関山から吹く風

新井田 忠

文芸社

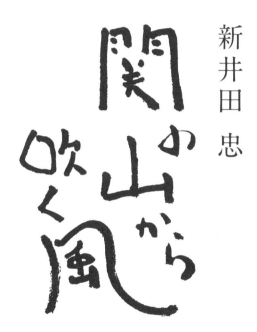

はじめに

新井田忠《あらいだちゅう》は、この年齢になって子供、孫たちに残すものが何もなかった。また、自分の先祖が江戸、明治の激動の時代にどう生活していたのか無性に知りたくなり、何も分からないことが寂しかった。調べたことを、今から百年後に子や孫が自分のルーツを考える材料として残そうと、ふと思った。ただ、それだけのことである。

この小説の題名は、新井田忠が、自分史を書き上げたときのタイトルである。自分史を軽く考えて書き上げたのだが、終活とかエンディングノートでは遺書めいて面白くないと考え、自分史を仕上げてから一年近くかけて付けたタイトルである。その間にいろいろと思うところがあり、自分史に寄り添った私小説をと思ったのである。

忠はあと二カ月余りで誕生日を迎える。古稀である。七十歳となる。子供の頃に七十歳の人を見たら、人生の終わりに近い老人を想像していた。親父が七十五歳で亡くなり、おふくろもその一年後の七十六歳であの世へと旅立っていった。

いろいろと複雑な家庭環境の中で育った忠は、定時制高校の二年生のときに、ふる里の飯塚、筑豊を飛び出したのである。当時は炭鉱も閉山して、その名残の香りのする炭鉱のハーモニカ長屋に住んでいた。その住宅は「関の山」の麓の西側に位置していた。春夏秋冬、関の山に登り、その里山には木苺や山菜、秋にはムベやアケビを採りに入っていった。時には時間を忘れて暗くなるまで遊び、両親からよく怒られた。

　忠が自分史を書くときに「関の山」にこだわったのは、もう一つ、理由があった。人生の節目節目に必ず独りで登っていたためである。悩んでいるときには堤の土手に座り込んで、関の山を見て過ごした。中学を卒業して、定時制高校を選んだのも高校二年生になって名古屋の方へ就職するときも独りで決めた。そのときの話し相手は関の山だった。帰省したときも必ず独りで登った。

　炭鉱のことを当時の人たちは「やま」と言っていた。忠は、「関の山から吹く風」に自分の半生を重ねた。関の山、イコールやま（炭鉱）、この響きが人に言えないくらい好きだった。

　昭和の時代が六十三年で終わり、忠は六十三歳で右大腿骨を切断した。糖尿病の合併症である。「道の駅」で仕事中に気分が悪くなり、夏真っ盛りだったから熱中症かなと総合病院を受診した。待ったなしで右大腿骨切断の手術となった。担当医が、「もう二日、三日遅いと命がなかった」と忠に伝えて、「右足だけで済んで良かった」と告げられた。急な出来事だったので思い悩む余裕はなかった。頭の片隅に糖尿病は目か足にくると聞いていたので、「やっぱり」と落ち着いて受け止めた。心の中では、今からどう生きていこうかと冷静に見つめるもう一人の自分がいたように感じた。この感覚は退院したのち、一人の看護師との出会いで、より一層深く考えさせられることになるのである。

　台風のときには、関の山の山肌を雨が簾《すだれ》のように左から右へと流れていたのを、時間が過ぎていくのを忘れて、いつまでも窓から眺めていた。右足を切断してから七十歳になるまでに残りの人生をどう生きるのか、どう生き抜くのかを決めようと、人生の中間棚卸しをやった。それが自分史の作成だった。

それまでは、人生は自然に偶然に物事が起きると思ってはいたが、担当看護師から、「その考え方には必ず原因があるから、もう少し深く考えてみて」と言われた。いろいろと自分なりに書物を読み、勉強していくと思い当たることがたくさん見えてきた。

今、現在の自分にはなるべくしてなったことが分かり、そうすればこれからのなりたい自分にはその原因を、その種を蒔く必要があると思った。今からの七年間にそのことだけを追求して生活してみようと思い、実行すると不思議なくらい生き方が見えてきた。再スタートすべきかどうかと躊躇《ためら》いもあったが、年齢には関係なく、意外と素直に再スタートをしてみたくなった。

人間が生きていくためには心臓がリズミカルに動かなくてはならない。その心臓は誰が動かしているのか。人間のことも宇宙のことも五パーセントくらいしか分かってない。忠は確信している。宇宙のビッグバンが始まって以来ずっと、そのリズムが心臓のリズムと同じなのだと。

会社を経営していて、息抜きでふる里の関の山に登ったときに、「俺はやっぱり自然の中の生き物なんだ」と山道に咲いている小さな花々を見て納得した。関の山全体とそんな対話をして、ゆっくりと登っていった。特に大嫌いな蛇に出会ったときは蛇が、「久し振りだな。元気だったか？」と語りかけてくるようで懐かしかった。気持ちが通じたのか、蛇はゆっくりと横切り、茂みへと姿を消していった。

名もない小さな山だけど、知らず知らずのうちに忠は「関の山」というフィルターを通して自然、宇宙に繋がっていると、この年になって感じている。忠は潜在意識がどうも宇宙に繋がっているのじゃないか、それにこの潜在意識はコントロールすることができるのでは……と感じている。宇宙のリズムに合わせて生きると、長寿も達成できると考えている。百歳になったときに、その潜在意識をコントロールする方法を孫たちに書き残してみたいと考えている。

それに合わせて、幸も不幸もすべて含めて全体をよい人生へと導いていくこともあると信じている。この信念も潜在意識をうまく使うと面白いほど人生が見えてくるように思われる。諦めずに長寿を目指して実践をしてみたいと決心したのである。今日までの経験を生かし、これからの糧にして、本物の自分の人生を切り拓いていこうと固く心に決めたのである。

自分のルーツもほとんど何も分かってない。せめて自分がどう生きてきたのか、どう生き抜いてきたのかだけでも残して死にたいと思ったのである。自分の祖父母の人生は全く分からない。引き継ぐ人生を考えるならば、せめて曾孫には残しておきたいものだ。

リハビリを兼ねて朝夕の散歩をしているが、そのときに、故郷の関の山に登っている気持ちになることがある。目に入る景色は全然違うのだが、心がどうも自然と対話しているように思えてならない。

家庭を守っていくために一生懸命働き通したときを終え、プラスこの身体になって天寿を全うしようとする、この時期にいろいろと考えさせられる。

目次

第一章　必然の縁

赤秋《せきしゅう》

社会に出る準備段階には、人生で一番光り輝く青春がある。人生に悩み、恋に悩み、気がつけば知らぬうちに時間が流れ、答えを出せないうちに青春を通り過ぎていた。

この頃、忠は青春のときと同じような気持ちになることがある。せめて、自分の人生だけには自分なりに答えを出して死んでいきたい。考えてみれば、青春で悩んでいたことと同じことで悩んでいる。田んぼの畦道を歩きながら不思議だなと失笑する。中学時代に関の山と対峙しながら過ごしたときと、今また同じように散歩しながら小川や田んぼの畦道で生き様を考えている。ただし、今回は若いときの青春とは少し違う。悩んでいても楽しんでいる「もう一人の忠」がいるのである。何となく生き方が分かってきた。見えてきたのである。

有名な俳優がこんなことを言っていた。

「青春は悩んで悩んで時が過ぎていくが、赤秋《せきしゅう》はその答えが見いだせるときである」

青春は十代から二十代、三十代のときで、赤秋は、サラリーマンを終え、現役から離れ、役職から名誉職へいく年齢で、いわば六十代、七十代のシニア時期のことである。若い頃は偶然に期待するが、赤秋では人生は必然に展開する。必然ということは、必ず原因があって結果が生ずる。忠はこのことを確信し、残りの人生で、このことを試してみようと決心した。

赤秋という言葉はない。その俳優が勝手に言った言葉である。忠は今悩んでいるときにこの赤秋という造語が心の中にすんなりと入ってきたのである。自分でもこの赤秋という造語の響きは気に入っている。赤秋を充実して生きるために目標を定めた。

「健康寿命で百十五歳まで生きる」と。

右大腿骨を切断されたときは、忠は死の一歩手前まで進んでいた。平成二十四年にこの病気を発症したのは全国で百八十名余りで、そのうち三割の人が死亡している。それも死亡者はすべてが六十歳以上である。

人生百年と言われる時代である。忠は無謀にも、この大きな目標を七十歳の誕生日を迎えるときに立てたのである。そのために、食事のバランス、適切な運動、脳の活性化を習慣化した。毎日日常生活の中に取り入れ、実践している。肉体の維持はこれを実行すると実現できると確信している。

健康長寿を全うするには、もう一つある。精神生命である。長寿の大半は、この精神生命が鍵を握っている。精神とは心、魂の世界である。これをいかに使うかである。

忠は信念という言葉が好きである。しかし、心、魂の世界を考えると、知っているだけで、実践していなかったことに改めてショックを受けた。今、現在の結果があるということは、必ずその原因、種を蒔いた過去があったということなのだ。単純に人生は明快である。

自分史を制作するときに自問自答を繰り返した。病院に行くたびに担当の看護師から、なぜそんな考えになったのか、と聞かれた。初めの頃は「分からん」「分からん」と深く考えずに答えていた。しかし、あるとき、「祖母《ばあ》ちゃんがよく言ってたな」と、またあるときは、「クラスメイトが言っていたな」と心当たりが出てきた。自分が忘れていたのか、すべてが芋づる式に出てきたのだった。

初恋の人に確認したことがあった。五十代の頃の同窓会のときだった。

まだ独り身の若かりし頃に二人して山陰地方の萩、津和野へドライブに行ったときのことだった。急に決まり、何の用意もせず走りだしたので、必需品であったカメラを持ってこなかった。そんな展開になるとは思わず、用意してなかった。忠はどうしても写真をと思いながら津和野の城山を散策していたとき、彼女に言った。

「インスタントカメラを買ってくるから」

「忠さん、カメラは必要ないわー」

腕を組んで歩いていた手に彼女は少し力を入れた。その後に忘れられないことを話しだしたのだった。

「今日のような楽しい出来事は私の心の中のカメラにしっかりと納めておくから大丈夫。その方が確実なの」

忠はこのことを平成最後の同窓会で彼女に確認した。すると、

「そんなこと言ったかな……」

とビールを飲みながら言った。少しガッカリしたが、忠は「心のカメラ」というセリフが淡い思い

出として今も心に残っている。

女性は今現在をしっかりと生きているから過去のことは忘れてしまうらしい。それに対して男は、いつまでも過去を引きずりながら生きている動物なんだと妙に納得した。しかし、このことも実は大きな意味があって、後の忠の人生に大きくかかわってくるのである。

手術してから七年が過ぎた。手術をした市内の総合病院には一カ月に一回通院している。忠にはお気に入りの場所がある。院内二階の喫茶・レストランである。全面ガラス張り、カウンター席に座り、世の中から隔離された病院特有の時間を感じさせない空間を満喫する。この場所にいることで再生エネルギーが湧き出してくるのを感じる。

身体障害者三級で、右半身にいろいろと障害が出てきている。右目の視力が駄目で、右耳が聞こえづらい、右手指先の細かな作業ができない。リハビリで、一カ月に四、五通の手紙を友人、孫宛に書く。読みづらい手紙である。右足は義足である。内科、眼科、歯科、皮膚科とそれに総合病院へと定期的に通院している。第二の人生は身体障害者の人生である。暗い気持ちではなくて、身体障害者は個性だと割り切って苦痛はない。それどころか今はこの人生を楽しんでいるし、夢、希望を抱いて生きている。今は自信を持って生きていることに感謝している。

魂と心をうまく使うと、どんな状態でも生きていくことができる。今、そのことが分かりだしたのだが、しかし、他人様にはまだうまく説明しづらい。要は人間が生きていくのに肉体生命と精神生命の二つを使って生きているのだ。特に大病を患った人とか長寿の人には、この精神生命をうまく使っている人が多い。

知らず知らず長生きしている人をよく見ると、長寿の原因をいっぱい持っていることに気付く。本人は全く気付かずにいる。ストレスを溜めずにリラックスを貯金している。怒らずに笑顔で過ごす。すべて、この方式にのっとれば、長寿のスイッチが入る。もし失敗すれば、再びリセットし直すだけである。日常的に習慣化すればよいだけである。相対積極性（相手や物事に対する積極的な態度）は誰にでも習慣化することはできるが、肝心なのは絶対積極性（自身の心から出る積極的な態度）を身に付けることである。この極意を身に付けると常に正しい生き方ができる。

特に総合病院のレストランに行った寒い日に大きな窓ガラスを通して外の庭園の木々を見ていると、音もなく枝が大きく揺れたり、枯れ葉が二階の窓まで吹き上がり、目の前を舞っている。その姿を見ていると、次元の違う世界が広がってくる。

定時制高校に通っていた頃、授業が終わり、帰り道が同じ方向の女子生徒と自転車を引きながら、落ち葉が足元をカサカサと音を立てて過ぎ去っていったシーンを彷彿させる。時間が過ぎていくのを忘れさせてくれる。今までは常に動きっぱなしの落ち着きのない人生だったが、嘘のように時間がゆっくりと穏やかに流れている。この状況が忠には一番必要だったのかもしれない。六十三歳で右足を切断すると、普通はこの段階でジ・エンド、残りの人生を諦めてしまうものだ。主治医が、

「義足を選ばれるとは思いませんでした。当然車椅子かと思っていました」

と言ったものだ。

このときにも看護師から、「どうして義足を？」と念を押された。自分でも不思議だった。ただ、

性格的にすぐに決断する方なので、そうなっているとしか思わなかった。一瞬落ち込んだ状況にはなったが、「何とかなる、俺さえしっかりすれば」と、もう一人の自分が呟いていた。

その決断を促したのが家族のうろたえようだった。嫁は一人では面倒を見切れない。息子も、既に結婚していた娘も誰かが犠牲になるしかないと結論を出していた。忠は俺がしっかりしないと家族が駄目になり、完全に崩壊すると思った。このままだと終わりだと覚悟をした忠は三人を前にして、「自分のできることはすべて自分でやる」と宣言をし、健康なときと同じく、バリアフリーではなく、「バリアアリー」を伝えた。用意したのは二本の杖と浴室用の椅子だけだった。術後二日目の夜には松葉杖で病院の廊下を歩いていた。夜は眠れずに時間潰しとリハビリを兼ねて歩き回った。それに傷口が少し痛いのもあった。このことが看護師から不思議がられ、変わった患者だと思われた。

入院中は患者同士でコーヒーやお茶を飲みながら暇な時間を過ごした。すると、そのうちの一人の男性患者が忠より三日早く退院していった。退院していく挨拶のときに、「忠さんいろいろとありがとう。三回目の入院生活だったけど、今回の入院は本当にためになった」と言ってくれた。基本的に忠が「もう一人の自分」と対話していたことが、周りの人に勇気を与えていたことが後になって分かったのだった。相手との会話だったのが、実は自分自身との会話でもあったのである。

主治医から早目にリハビリを開始するとよいですよと言われたから、独りで夜中に廊下をグルグル回って動いていた。深夜の一時、二時だから、仲間から「すごい」と言われた。あの日から、まだあまり時間が過ぎてはいない。

大きなガラス窓から、今はゆったりと安心して外の木々の景色を見ることができる。少なくとも今は現状を受け入れ、身体障害者の人生を歩き始めている。右足のハンディは、ない。それよりも赤秋の実り方が楽しみになってきている。百十五歳まで生きるとしたら今から四十五年間ある。大学を卒業して会社勤めして定年退職をもう一度できる時間である。人生の答えを見いだすのに十分な時間である。これからは、人間と宇宙、大自然、心と魂を十分に見つめて生きていける。素人なりに考えを深めて、自分の人生に結果を残してみたいと思っている。

赤秋と青春、右足を失ってから必然的に今までの生き方を修正せざるを得なかった。多少なりとも「なんで俺が」と思ってはいたが、主治医の「死ななくて、良かったですね。足だけで済んで」の言葉が必要以上に思い起こされる。

そのうちに生きている実感がたわいもないところで繰り返し湧いてきた。人生において、無駄な時間、無駄な出会いはあり得ない。偶然ではなく必然的に巡り合って物事が出現する。若い頃には、出会いに対して期待感を込め、やはりどこか自分の意志に関係なく偶然に訪れると考え、思い込んでいたようだった。

ちょうど忠が四十代前半の頃に長崎県の田舎町の喫茶店に超能力のパフォーマンスをする店があった。超能力を一切信じない忠だったが店の存在を知ってから三、四年後に独りで訪ねてみた。正味一時間くらいのショーなのだが、始まってすぐに鳥肌が立った。このときから、自分の理解できることや見えるものしか信用しない性格が完全に崩れ落ちた。名古屋に戻るときには、その余韻で気の抜けた状態で新幹線に乗ったのをハッキリと覚えている。

宇宙のビッグバンやブラックホールがどうしてあるのか？　生命がどのようにして誕生したのか？　なぜなのか？　人間がなぜ生まれ、死んでいくのか？　どこから来て、どこへ行くのか？　感じてはいたが、あまり深く考えずに暮らしてきた。誰も教えてはくれない。しかし忠は、このところをもう少し深く掘り下げることが自分の人生、生き抜くことに繋がっていると思ったのである。

それから二十数年が過ぎた。宇宙の中で誕生した人間が、宇宙を切り離して生きるのではなく、人間のどこかに宇宙がある。広がっている。最近そう信じるようになった。

地球の陸地が三十パーセントで海は七十パーセントで、人間の身体の水分と同じ割合である。ブラックホールが宇宙全体を掻き混ぜる役目を持っている。人間と宇宙は切っても切れない繋がりがある。そう考えていくと、宇宙のリズムと地球のリズムに寄り添って生きると長生きできるのではないかと思う。

ほとんどの場合、人間は無意識のうちに右か左かを選んで生きている。このときは、多分潜在意識が働き、自分が判断しているとは思っていない。しかし本人が知らないだけであって、潜在意識の方は、出すべき指示が決まっているように思われる。心臓が鼓動を打つ指示と一緒ではないかと思っている。顕在意識は分かりきった意識だが、潜在意識はどうなっているのか判断がつかない。何も分からない宇宙に繋がっているのが潜在意識ではないかと思う。顕在意識や、好き嫌いの判断ができる心のフィルターを通して、その先の潜在意識が大きく関係していると思われる。そのためには、自分の思い通りの人生になるように、その種を、その原因を、潜在意識の中に入れると、それが具現化され現実化する。

忠は、そのことで自分の人生を健康寿命で百十五歳まで生きることに挑戦して生きてみようと、今チャレンジしている。潜在意識の中には、いろいろな可能性が入っている。その可能性を心のフィルターに通して自分の思い通りの人生が実現する。大雑把だが、そんな感じを持っている。

素人の考えである。糖尿病で血管がボロボロで血液も最悪で、どう考えても、余命は数年と言われる身体だった。その身体をまず健康体へともっていく、血液をまずキレイにする。バランスのよい食事、適切な運動、認知症にならないための頭の体操、これが今から大切なことである。すべての生活、行動は楽しんで、喜んで、元気で、明るく過ごすこと。これらを心掛けて生活を送る。そうするとストレスを溜めずにリラックスを貯金することができる。忠は今までの七年の間にこの生活習慣ができるように自分なりに訓練をしてきた。今からは、今まで以上にこの生活に磨きをかけて精進する。

気を抜くとすぐに元の振り出しに戻ってしまう。苦しくない毎日を楽しんでいる。要は、心、魂といかにうまく付き合っていくかだけである。面白いのは、こんなふうに考えると、青春真盛りのようである。いや、年齢的には赤秋真盛りである。でも、いつも若々しく人生を楽しむことができる。

将来、この本を目にした人は、この著者は何歳で死んだのか？　今も生きているのか？　百十五歳ならば、令和だと四十六年になっているはずである。その確認をしていただきたい。人生の再スタートをするときに、赤秋という新しい言葉、造語に出会うことができ、本当に幸せ者だと思っている。この言葉に勇気をいただき、一歩を踏み出すことができた。

ある時期に人生が激変したことで、友人・知人も激減した。忠が出向くことができなくなり、必然的に当たり前の変化である。普通の友人、知人でなく、必要な人間、必要な人材にならないと面白い人生を生き抜くことはできない。途中からそのように決心し行動範囲を狭くして、自分自身の中身の充実に切り替えた。そんなときに、名古屋市内に住む古くからの友人で広告デザイナーの仕事をしている人から連絡があり、自分史を制作する仕事を少し手伝ってくれないかと誘われた。

「自分史か？」

忠は街の書店で三冊もそれらしき本を購入していた。終活ノートとかエンディングノートである。しかし、三冊ともに途中で投げ出していた。いろいろと書きたい思いはあるのだが、完成まで進めなかった。そんなことだから、あまり当てにしないでくれと返事をした。が、会って雑談をしながら友人が持ってきた書式に記入し、進めていくと、半年くらいで簡単な自分史が完成した。簡単な仕上がりだったが満足でき、充実したものに仕上がった。この出来事により、第二の人生、身体障害者の人生の幸先よいスタートラインに立つことができたのである。自分自身の過去を振り返るときに、看護師の言葉を思い出した。

「なんで？　その原因は、種は」

と繰り返し自問自答してみた。すると今、現在の自分の姿がハッキリとし、間違いなくこれが本当の自分の人生だと分かった。思い起こすと、我ながら壮絶な人生、半生だと思う。縁あって他人様の自分史制作にかかわり、その都度、そんな思いを持った。

歴史上の人物ばかりに目を奪われていたが、今までこの地球上に生きてきたすべての人たちにそれぞれの人生が存在する。人間は生き抜くこと、生き切ることが一番大切なんだ。そうして初めて生まれてきた価値がある。自分の祖先にもすべてにそんな生き様が残っているはずだ。そして自分に繋がっている。

しかし、ほとんどの人たちは自分の三代前の祖先の人生を知らないし、分からない。自分の祖先の生き様は間違いなく自分の人生に影響を与えているはずだ。忠はそのとき、自分の生き様を残そうと決心をした。

親父も波乱万丈の人生だった。元気で記憶のしっかりしているうちにいろいろと聞いておこうと思っていたが、そのときは仕事の忙しさでできなかった。気がつくと親父は認知症を発症していて、虫食い程度のことしか聞けずに肝心な話は分からず後悔した。親父が亡くなってしばらくして、親父に似ている、似てくる自分に無性に腹が立った。実の母親のことは全く知らない。情けないものである。

忠は自分の生き様の中で、自分と似た生き方をした祖先、考え方をした祖先が必ずいると確信している。このことは何代か後にもそう思う者が必ず現れると信じている。ピンチとチャンスは裏表、見方が違うだけである。生きることと死ぬことは同じ。出会いと別れも同じ。心の置きどころ一つ。どう生きるかは……。一生懸命に生きることが、完全に死ぬことに通じる。

出会いはうれしいものだ、別れは悲しい。いや、別れも出会いと同じようにうれしいものなのかもしれない。必ず表があれば裏がある。プラスがあればマイナスもある。片方だけでは人生は成り立たない。人生は必然によいことも悪いことも起こる。両方の出来事に、健気に生きるしか道はないのだ。よいこと、ハッピーなことばかりはあり得ない。そんな人生はないはずだ。仮にあったとすれば、それはその人の考え方、心の持ちようで、すべてをよいことにして生きている人に違いないと思う。

宇宙、大自然には絶対的なものがある。心は自分の都合のよいように考えるが、魂は宇宙、大自然と同じである。絶対的なものなのだ。今の段階では魂も宇宙も未知のものである。計り知れないもの。自分で分からないからと諦める必要などない。可能性の方がずうっと大きいのである。宇宙や地球や人間のことは、たった五パーセントしか分かってない。

よい人生、よい生き方をするのには、心・魂をいかにうまく使うかである。心は魂へと繋がる入り口だ。心は人それぞれに自分の都合で答えを出す。自分では正しいと思っても他人から見れば、オヤ？　と思われることが多々ある。

魂は絶対的なもの。宇宙も大自然も同じく絶対的である。人間の身体に、もし宇宙に似たものが存在するとしたら、顕在意識の奥にある潜在意識が宇宙、大自然と繋がっていると思っている。そしてここに魂も存在すると勝手に思っている。だからここに、生きるためにうまく使うヒントが眠っている。自分の目標とする人生の鍵がこの中にある。この潜在意識を使いこなせば大したものである。潜在意識か第六感か魂か分からないが子供の頃にこんな経験がある。

炭鉱で起きる事故は大惨事になることが多い。忠が飯塚を離れる少し前にその事故は起こった。その事故に巻き込まれたはずの人が事故発生から数時間過ぎてから、心配して右往左往している家族の元にヒョッコリ姿を現したことがあった。よく聞くと、「虫の知らせ」なのか家を出たのだが坑内へ入らずに、さぼってパチンコ屋へ行ったと言い、そして、「何か嫌な気がして、変な予感がした」と言った。

最近では信号待ちの人々の中へ車が突っ込み、数人が死亡する事故が発生した。もう一、二歩前に進んでいればはねられて死んでいたのに、その手前にいたために助かったという話を聞いた。これらの人たちは、自分の意志とは関係なく行動しているように見受けられる。しかし、実は私たちの知らないうちに潜在意識が働いているのではと思っている。

自分史を制作する現場では、他人様の人生でもよく似た不思議な出来事があることをよく聞く。本人もどうしてそんな行動をとったのか見当がつかないと言う。人それぞれの人生には、そんなことが一つや二つはあるようだ。潜在意識とは、仏教の教えでは阿頼耶識《あらやしき》、第六感と同じだと思っている。あくまで素人考えなのだが。細かなことはあまり分からず知らないが、大雑把にそんなふうに捉えている。

忠は、生きる術が分かり、この赤秋という時期は人生の実りのときだと悟った。青春時代のいろいろな出来事に対して、その結果が赤秋のときに現れてくる。自分史も遺書みたいにならずに、実りのある前向きの自分史として取り組んできたから今からの人生の計画、再スタート点に立つことができたのである。先祖と孫、曾孫を繋ぐ自分自身が長く生きて、将来の孫たちの灯りになれば最高だと思っている。この年齢になって、そのことが分かり、幸せな人生だと実感している。

考えているだけではなく、今からの人生に生きる術を実践、実行しなくてはと常に心に念じている。今まで生きてきた人生にプラスして、毎日を元気で明るく楽しく生きていこうと強く思う。常に潜在意識の中にはよい現象が現れてくるように、よい種を常にいっぱいに満たして準備をしておく必要がある。起きることに一喜一憂せずに常に心は穏やかに。

感謝をすると、怒る回数が激減する。このことをこの七年の間に身をもって経験した。最近では、ほとんど怒ることはなく、毎日を穏やかにリラックスして生きている。生きていけることを実感している。清濁併せ呑む度量の広さや相対積極性から絶対積極性へと心を移動させることも十分に理解し生活をしている。すべて心の成せる業である。

自分自身の修業だけど、これだけに集中していると周りの環境に少しずつ変化が現れてくる。社会生活の中ではいろいろな軋轢が生じてくる。環境を変えるには非常に大きな力がいる。しかし、自分が変わることが一番簡単で実行しやすい。そのことに馴染んでいけば答えが見えてくる。

簡単明瞭だが、嫌いな人は単純に好きになればよい。嫌なことは、好きになるように見方を変えればよい。マイナスのことはプラスの面を見て、そう、明るく元気で楽しくの精神を持てばよい。そうすれば、自分一人で世の中が変わる。周りの環境は一切変わらずに自分の取るべき行動が、答えが見えてくる。その結果、周りの人たちも必ず変化してくる。失敗したら再スタートするだけである。

忠は今日までに、大した人生の成果を残していない。何の実績もない。普通のごく当たり前の生き方しかしていない。結婚して子供二人を授かった。自分史を制作しているときに、「そうか!! これだけで十分なんだ」と閃き、納得した。先祖から子供、孫へとしっかりと繋いでいけば大きな役割は済んだことになるのだ。自分の代で終わらせるのが一番の罪なのだと考えた。

人生は長いようで非常に短い。一瞬の時間の流れで終わる。人生は速い。一瞬の積み重ねの生き物だから、納得のいく答えである。それに重ねて思ったのは、今からの生き方である。納得のいく生き方をしてみたいと真剣に考えている。心、魂を磨いて、このことを軸にして生きてみようと思っている。今からの人生は潜在意識の壺の中を「真・善・美」の種で充満させて、人生を全うしようと思う。沢庵禅師のような生き方をしてみようと、自灯明であり続けたいと、これに挑戦して生き抜きたいものだ。

恩人たち

あと二カ月余りで古稀を迎える。右半身に少し障害を抱える。右足は義足である。他の部位はいたって健康で丈夫である。長寿を目指し、血液を弱アルカリ性に保ち、キレイな血液で酸素と栄養を身体の隅々へ運び、細胞が生き生きと活性化するようにしている。ストレスや激怒は厳禁、それだけで血液は酸性化してドロドロになる。バランスのとれたよい食事をして散歩やストレッチで適量な運動をし、認知症にならないためにカラオケやナンプレをして常に頭、脳に刺激を与えている。多少のストレスは必要だが、元気で明るく楽しくを常に心掛けて生活している。当然寝ているときも、身体の掃除をするためにも十分な深い睡眠を心掛けている。

よい睡眠は長寿の条件の一つである。深い睡眠は十分な再生機能を働かせる。長生きしている人は、するだけの生活習慣を必ず持っている。本人はあまり意識してないだけで、長生きする種をばら蒔いている。もっと若い頃に気付いてそのような生活を送っていれば良かったのだが、当時は働くことに精いっぱいで考える余裕さえなかった。鮫と同じ動きっぱなし人生にブレーキをかけたのが、大腿骨切断である。人生とはこんなものなのだろう。

今月の初めに、五木寛之の『新青春の門　第九部　漂流篇』が発売された。名古屋市内の書店で購入して読み終えた。信介と織江が最終的にどのような形で終えるのか、早く結果が知りたいと楽しみにしている。第一部の発売から五十年になる。ふる里に住んでいる同級生の喜多村健が忠に、「お前は『青春の門』の信介と同じ生き方だな」と言ったことがあった。忠の人生にも、深くかかわっている恩師と、織江と同じ環境の初恋の人もいる。忠自身は喜多村が言ったように『青春の門』の信介の生き様がいつも気になっている。そして、ふと我武者羅《がむしゃら》な生き方が似ているかなと思うときがある。錯覚している雰囲気もある。

恩師は、もう既に鬼籍の人である。喜多村は今では会社の重要な人物で、ふる里で頑張っている。初恋の幼なじみは、北九州市に住んで幸せな家庭を持っている。今ではなかなか会えないが、この三人からは自分の中でいつも励ましをいただいている。

「新井田、お前なら大丈夫。しっかりやれ」「あなたなら、きっと大丈夫よ。いつも私見ているわ」ピンチになると、必ずどこからか聞こえてくる。特に自分史を手掛けてからは、そんな場面が甦ってくる。両親、祖母、親友その他の人々が過去の中から教えてくれる。もう一人の自分になって現れてくる。常に勝手に動き回って生きてきた忠にとっては、本当にありがたい味方だと感謝している。もっと早い時期、若い頃に気付いていればと思うが、しかし今からでも決して遅くはないと信じている。何かの本で読んだ、「気付いたときがスタートだ。年齢ではない」。

人それぞれで同じ人生などあり得ない。似たような人生でも、全く違うものである。七十年近く生きてきた人生には、忠なりの出来事があった。これから生きる数十年の人生にも多分面白い出来事がきっとある。いろいろな人たちとの出会いと別れ、後々の人生に大きな影響を与えた出会いと別れ、この年齢になって分かることがしみじみと思い出される。別れに対する心構えのようなものができたように思える。プラスとマイナスの判断だけではなく、別れもプラスの方向へと考えられるようになった。

二十歳前に知り合い、四十五歳を過ぎた頃に自ら死を選んだ牧真一《まきしんいち》もその一人であった。牧は中学を卒業して四国の田舎から名古屋に来て、二十歳前に独立して仕事をしていた。忠はサラリーマンだった。忠もいずれは俺もと胸に秘めていたために、この男、牧とは急速に親しくなり、彼の経営する車の整備工場には入り浸りになった。普通科高校出の忠が、仕事以外のときはこの整備工場にいた。そのために車のメカニックに強くなり、不得意分野を逆に人に教えることができるようになった。

忠が三十五歳になるときに会社は、異分野の外食産業へ乗り出すことになった。二級建築士の免許を取得し建築絡みの仕事をしていた忠に白羽の矢が立ち、迷っている忠に真一はこう言った。「大丈夫、やれる。車のメカにも強くなったじゃないか!! いつものその姿勢で臨めば、いけるから」

その気になれば間違いなくできる。「やれる!」と畑違いの外食産業へ進む忠の背中を押してくれた。それから七年間、忠の会社は順調に拡大を続けた。その後に親会社の都合で忠は独立をすることになった。独立するための交渉が親会社と東京の本部との間で進み、何とか独立することに決まった。しかし、ここで大きな問題が立ちはだかった。独立資金である。サラリーマンの忠には桁違いの金額であった。忠は諦めた。牧真一は経緯を十分に知っていたので、忠に独立資金の金額を確認した。二億一千万。既に経営者だった牧真一は驚かずに冷静に聞いていた。ふって湧いたような話で、どう工面するのか？　そんな大金を出せる人脈など忠にはなかった。結婚していた忠は、両方の親にも相談できる金額ではなかった。サラリーマンの家庭にはひと桁違う話だった。

交渉の期限が一週間後と迫った週末に忠は、ふる里の飯塚へと里帰りをした。一縷の望みを託して。しかし、自信はなかった。両親と別に暮らしている弟に相談しに会いに行った。予定より少し早く博多の駅に着くので、忠は軽い気持ちで無意識のうちにプラットホームから電話を入れた。終点の手前の小倉で下車した。ホームに降りると、懐かしい顔が飛び込んできた。

中学を卒業して同窓会以外で会うのは初めてだった。初恋の人赤土恵子だった。声が小さくて聞こえなかったが、「久し振り」と胸の前で手を振った。重苦しい空気が急に晴れやかになり、中学生の頃に一瞬でタイムスリップした。新幹線の時間に合わせて迎えに来てくれた。あまり時間もないからと駅を出て近くの喫茶店へ行った。

「少し、ふっくらとしたね」

「少しね」

「健康管理は大切よ、糖尿病は？」

「今のところ大丈夫」

恵子は忠の顔を見て、「いけない。つい、いつもの癖が出ちゃう、きっと職業病ね」と笑った。忠はなぜか恵子が結婚するときのことを思い出していた。その当時のむなしい、ちょっと懐かしい気持ちになっていた。

「どうしたの、何か嫌なことでもあったの？」

「いや別に、どちらかと言うと、よい話なんだけどね」と余韻を残しながら続けた。

飯塚の両親と弟に会いに行くことを詳細に話した。二億一千万の融資がほぼ決まり、残すところ二人の保証人依頼の件で会いに行くことを話した。忠の家庭環境を恵子は十分に察していたから軽はずみなことは言わなかった。忠も大体この話は断られると覚悟していた。恵子と一時間ほど話をして別れた。別れ際に「今度私の方から連絡をするから」と、名刺をちょうだい、と手を差し出してきた。そして、

「いつになるか分からないけど、あなたに借りを返さないと、私に一生の重荷が心に残ったままなの」と少し意味ありげに意地悪そうに小声でささやいた。駅の改札口で別れるときに、

「実家ではどんな答えが出ようとも、それはトータル的には、長い目で見れば正解だと思うわ。だから、くじけないでね」

と手を力強く握った。

実家で両親に保証人を頼んだが駄目で、弟もやはり無理だった。悶々とした一夜を過ごした。次の日に喜多村健に博多の駅まで送ってもらった。喜多村も最後の最後まで諦めるなと檄を飛ばした。これも自分の至らなさか、力のなさなのか、しかし、どこか晴れ晴れとした気持ちで新幹線に乗った。恵子に会えたことだけが収穫だったと深い眠りに入った。

「あなたに借りを返すの」この言葉を繰り返し思い出しながら。

忠は、独立の話はこれで消えていくと覚悟を決め、親会社の社長には保証人の件は難しいことを伝

えて、通常の業務をこなしていた。忘れようとすればするほど義母の言葉がハッキリと甦ってきた。親父も横で頷いて何も言わなかった。

「そんな大金の保証人はできん!!」

隣で親父も、「忠、すまんな。力になれなくて」と小声で呟いた。

一瞬の時間ですべてが終わった。義母から弟の所へ行って頼んでも無駄だと念を押された。覚悟はしていたがショックだった。と同時に改めて金額の大きさが身に沁みた。サラリーマンの身上にはあまりにも大きなことだった。自分の力だけではどうしようもないことでモヤモヤした時間だけが過ぎていた。そんなときだった。自分のことのように心配してくれていた牧真一から電話があった。

「今、仕事が片付いたから。時間が取れるか?」

牧には、名古屋駅に着いてすぐに電話を入れて、飯塚でのことを詳しく話していた。電話では一方的に報告して終わっていた。

忠は、会社の前のファミリーレストランで牧が来るのを待った。店内の時計は約束の四時を指していた。待ち合わせの時間よりも少し遅れると事務員から連絡が入っていたが、忠は予定通りに入って待った。忠の心の中ではむなしい時間が過ぎていた。独立に未練が残っていたのかもしれない。店内はいつになく静かだった。そんなときだった。入り口の方から空気が一変した。

「やあ!　待たせて申し訳ない!!」

牧真一だった。彼独特の雰囲気である。席へ座るなり少し離れたウエイトレスに大きな声で、「コーヒー」と注文した。嫌味のない素早さである。忠に断ってから煙草に火を点けて、天井へ白い

煙を吐き出した。いつものパターンである。落ち着いたところで忠に話しだした。念を押すように
「保証人は二人いるのだったよな?」と、忠の返事を聞かずにニヤリと微笑んだ。忠は頷いた。

昨日、名古屋駅から電話してから丸一日しか経ってなかったが、牧は忠の実家での答えが最悪の場合に備えていろいろと手を打っていた。忠の事業計画書を持って会計士に相談をしてきたのだった。

忠は、この話はもう駄目で、牧に対していろいろと心配を掛けたことを詫びるつもりでいた。牧は本題に触れずに一方的に今の自分の会社の将来の夢を話していた。話しながら頻りに腕時計を気にしていた。牧が駐車場を指しながら、

「やっとお見えになったな」

と忠を見て、ほっと安堵した表情になった。定時制高校の同級生の田岡一雄だった。

「俺が呼んだんだ」

忠の対面に二人して座った。牧は田岡一雄が来るまでに本題に入らなかったことを忠に詫びた。そして、おもむろに、

「俺たち二人が保証人になるよ」

「こんなチャンスはめったにない。そして、それも仲間の新井田君にきた話だ。絶対に掴んでくれ。応援するから」

「本当か?　受けてくれるのか?」

「いや、俺の場合は受けさせてもらうよ」と田岡が言い直した。

田岡は独立した直後にサラリーマンの忠が銀行の融資の保証人になって助けたことがあった。「今

度は俺の番だ。金額が少しデッケーけどな」と笑った。忠はそのことはすっかり忘れていた。田岡が少しお道化《どけ》た顔をしながら、

「あのときの金額とは、雲泥の差だけどな」

田岡は続けて、「親兄弟に断られた心境は俺には痛いほど分かる。だから俺でよければ力になりたい」と忠を見て言った。牧は、百パーセント約束するが嫁さんに話してからサインをしてハンコを押すからと言った。少し不安な顔をすると、牧は心配しなくてもいいと、忠の肩に軽く手を載せた。次の日に牧の会社で三人で会って書類を書き上げた。

自分史を書いているときに、忠は、この場面をリアルに思い出して目頭が熱くなり筆が止まった。この年齢になって振り返ると、若かったから成し得たのかなと思い返した。それにこの話には続きがあった。

人生は片道切符で生きていく。そんな中で、いつも本番でしかない。俳優が演じるのではなく、当たり前だがいつも自分自身が演じて生きていく。それも待ったなし！　いつも本番なのが人生なのだ。だから、真剣勝負。忠の頭の中に浮かんできたのが祖母の言葉だった。

「本当の生き方が理解できる頃は、もう人生の終わりの頃、これじゃ駄目なんだよね」

忠が中学生の頃によく聞いた言葉だった。この年齢になって身に沁みる。忠が自分の身の回りのことで悩んでいた高校二年に進級するとき、筑豊、飯塚を離れる決断をしたとき、相談をした祖母が言った。

「人生、早いうちに一度棚卸しをしなさい。折り返す地点を設けなさい。あなたにはあなたの人生し

かないの。大切なことは、自分で悩んで自分で答えを出しなさい。そうすれば、後悔しないし他人のせいにはしないから」と。

血の繋がってない祖母だったが、忠の人生に大きな影響を与えた女性の一人だった。自分史を作り出してから随所に、祖母の台詞が甦ってくる。もう一人の自分となって今でも時々出てくる。摩訶不思議。

祖母の年齢に近づいた頃に、祖母が言っていたことを確認するもう一人の自分が見えてきた。人間は知らないうちに生まれて、多分知らないうちに死んでいく。なぜか矛盾を感じるが、気がつけば与えられた人生を生きている。が、実は、そうではなくて本当は誰かが知っているのかもしれない。忠の身体のどこかが分かっている（？）のかも。それは誰しも覗くことのできない潜在意識の中にあるのかもしれない。

忠は、人間の身体の中に宇宙と似たものが存在すると思っている。勝手に思っている。今からの人生はこの潜在意識をいかにうまく使うかにかかっていると思う。長生きするための人間らしい生き方の種を潜在意識の中にインプットして、熟成された果実をアウトプットできるように心掛けている。潜在意識の中に投入するときにはすべての事柄を「真・善・美」に変化させて、それをゆっくりと時間をかけて自分のものとして作り上げて日常生活の中に生かしていきたい。できると信じている。今からの人生を、このパターンで生きていこうと思っている。

その答えを導き出すためにも長生きをして、素人なりに挑戦していこうと思っている。健康で百歳を迎えたならば、そのコツを書き記したい。バランスのよい食事、適度な運動、呆けないための頭の体操、身体の再生を促す完璧な睡眠。今現在の七十歳の機能を維持できればと思っている。一年前の同窓会で、赤土恵子が忠に言った。

「あなたは、長生きするタイプよ」

そう言いながら、恵子はこの二月の出来事を語った。「心臓が一度止まったのよ。無事に生還したけど。まだあの世の景色は見なかったけど、入り口までは行ったわ」といとも簡単に涼しい顔をして忠に話した。

牧を捜して

牧と田岡の二人が保証人になって、三年が過ぎた頃、いつも三人が集まる小さなスナック『真樹《マキ》』のママから、相談があると電話があった。店舗展開に忙しくてご無沙汰していた忠は少し嫌な気分で電話を切った。考えてみれば長いこと顔を出してなかった。酒を飲む習慣がない忠はあまり縁がなく、独りでは顔を出さなかった。

ママの話では牧は相変わらず日参しているようだった。忠は約束の時間より少し前に店に入った。カウンター席だけがある小さな店である。忠の営業スタイルでいつも早目に行ったのだが、ママの機嫌が少し斜めだった。酒を飲めない忠は、薄い水割りを頼んだ。ママと牧はよい仲だった。この関係は店に通ううちにすぐに感じていた。牧も忠だけには打ち明けていた。オープンする前の時間だったたが、ママは時間がないからと忠に牧の最近の様子を事細かく話しだした。一方的に聞いているだけだった。

「もうママの顔を見ることもなくなるなと暗く沈んだ顔で言うのよ。いつも言っていることなんだけど昨日はいつもと違うのよ、おかしいのよ」

忠も心当たりはあった。資金繰りが大変なことも知っていた。

「新井田さん、何か詳しいことを聞いてない？」とママは真剣な表情で見た。そして不安気に忠に、

「話を聞いてあげて、相談に乗ってあげて」

と念を押した。大変なこととは知ってはいたが、最近は会ってないなと後悔した。それからすぐに牧が店に来た。ママは彼が来ることを知っていたようだった。忠に目で合図して、いつも通りに振舞っていた。気のせいか、牧はいつもよりもハイテンションで陽気に見えた。しかし飲むピッチは早く、すぐに出来上がっていった。忠も今夜は最後まで付き合うつもりで烏龍茶をたらふく飲んだ。牧は常連の顔馴染みの客と馬鹿騒ぎをして酔い潰れ、すぐにタクシーで帰っていった。見たことのない牧の醜態だった。

次の日、いつものパチンコ屋の前の喫茶店で忠は牧と会った。ママが心配していることを伝え、牧の会社の事情を突っ込んで聞いた。思った以上に深刻な内容だった。そして牧の次女が忠の店で働いていることを大変喜んでいた。

「あのじゃじゃ馬娘が喜んで仕事に行くんだ。今までにないことで感謝している」

つくづく忠に頼んで正解だったと目線を窓の外へと向けた。娘だけが気掛かりなんだと言う。娘のことを心配している牧は、普段見せない父親の顔をしていた。このことが忠の脳裏に焼き付いている。

「資金面のことは俺に任せてくれ」

「クリスマスまでに軌道に乗せるから」と答える。

クリスマスまで二カ月余りだった。しかし、二カ月待たずにショッキングな事件が起きた。一週間後の忠の誕生日に新しく店をオープンするために、忠は忙しく動き回っていた。昼過ぎだったと記憶している。既存店の店長から連絡があった。牧の娘の朱里が泣きながら早退していったという。店長に訳を聞くと、「理由は分かりません。朱里の様子だと大変なことが起きたんじゃないかと。早く牧さんの自宅へ連絡してください」とのこと。

物事に動じない朱里が泣きながら帰るとはヤバい。すぐに忠は電話をかけた。呼び出し音だけで誰も出ない。嫌な気持ちを抑えながら牧の自宅へと向かった。着くが誰もいない、反応なし。玄関、庭先に回るが人の気配はしない。どうすることもできずに誰か帰ってくるのをしばらく待つことにした。

どのくらいの時間だったろうか、朱里が泣きながら戻ってきた。捜索願いを警察署に出してきたところだった。母親と姉は警察署に残って手続きし、いろいろと事情を聞かれていると玄関を開けながら忠に言った朱里は、急いで父親の部屋へ入っていった。すぐに部屋から飛び出してきて部屋の様子を警察署にいる母親へ電話をした。朱里はもう泣いてはいなかった。話の内容から牧は今朝は体の調子が悪くて会社を休んで部屋で寝ていたようだ。昼になって嫁さんが様子を見に来たら車がないのに気付き、元気になって入れ違いに会社へ行ったたか、あるいは病院へ行ったかと思った。嫁さんはいつもと同じように昼食をとり、会社に戻る前に何気なく牧の部屋を覗いてみた。

机の上には、財布と携帯電話と免許証、いつも持ち歩くセカンドバッグが綺麗に並べて置いてあった。その異常さに気付いた嫁さんが、牧の寝ていた掛け布団を捲ると敷布団の上に大きな血痕がベットリと付いていた。そしてすぐに朱里に連絡をして警察署へ向かい、警察で三人が合流をし、牧の部屋の確認で気丈な朱里が一人戻ってきたのだった。

忠は電話が終わるのを待ちながらいろいろなことを考え、頭の中を整理していた。電話の内容からパジャマ姿のまま車の運転をしている様子だから、まだ近くにいる可能性が高いので自宅の近くを探すように指示されていた。忠は親父の弟が自殺したときのことを思い出していた。自分で命を絶つ、自殺をする場合は、その場所は本人にとってよい思い出か、楽しい思い出の場所を選ぶのだと親父が言っていた。叔父は小さい頃よく遊んだ山の中腹の大きな岩の上から飛んで首を吊った。夫婦二人揃って。親父はそのとき、忠の顔を見て、

「死ぬ気になれば何でもできるのにな」

と小さく呟いた。

「社長!!」

朱里の声に忠は、我に返った。

「お父さんを早く探さないと死んじゃう!!」

忠は心当たりを探すから警察署に戻るように言った。車に乗ってすぐに田岡に電話をかけた。田岡は会議で名古屋にいた。なかなか携帯に出ず四、五回コールして繋がった。あまりにも鳴るから田岡も何か大変なことがあったなと察して開口一番、

「何かあったのか?」

詳しく説明して電話を切った。田岡には牧がよく通っていた大府市や半田市の施設を見ながら戻るように頼んだ。特に駐車場を確実に見るようにと。忠は、刈谷、高浜、碧南を見て回ることにした。車から「真樹」のママに電話をかけた。店を手伝っている娘の由紀が出て事情を説明した。祖母が危篤状態で、ママは市民病院で付き添っていると聞いて、忠は少し躊躇したがすぐに病院へと向かった。由紀からの連絡でママは入り口で待っていた。ママは義母の容態のことに対してか、牧の覚悟の行動に対してなのか目を潤ませていた。忠は、瞬間に牧の心情を思っての涙だと確信をした。

「娘から聞いたわ。この状況では私は一緒に探しに行けないわ」

と、申し訳ないと言った。そして二人で行った思い出のある場所を聞き出して、忠はすぐに病院を後にした。後で分かったのだが牧の葬式のときに、ママが、

「義母の葬式が明後日なの。今日は迷っていたけど牧さんに最後のお願いに来たの」

忠は知らなかったが、店の隣の喫茶店でよく義母と三人でコーヒーを飲んでいたようだった。

「きっと牧さんが一緒にと……」あとは聞こえなかった。

牧は、死に切れずに大量の血が付着したパジャマ姿だから車の中で動かずにいる。すれ違う車、公園の駐車場、人気のない河川敷を見て回った。黒の日産グロリアだから見落とすことはない。特に蒲郡の竹島が見える近辺は丁寧に見て回った。今はクラッシックホテルだが、そこも念入りに探した。時間だけが過ぎていった。

夕暮れ時の竹島を見てハッと気付いた。知り合った頃によく行った堤防の近くの修理工場、お互いに夢と希望を語り合った場所。仕事がひと段落して暮れていく堤防の上で缶コーヒーを飲みながらよ

く話し込んだ。こんな夕暮れだった。肝心な場所を思い出した。牧は、きっとそこだ、そこしかない。陽が落ちないうちに見つけないと、と焦りながら懐かしい場所に着いた。整備工場は更地になってい た。あれから、二十数年が過ぎていた。太陽は沈む寸前だった。十一月の末だから日暮れは早い。感傷に浸っているときではなかった。堤防の下の空き地に目を凝らしながらゆっくりと車を走らせた。すれ違う車はほとんどなく、堤防を三往復する間に完全に陽は落ち、闇夜に包まれた。

いるならここしかない。忠はそう思っていたが牧を見つけることはできなかった。田岡と連絡を取り、他に行きそうな所を確認したが、思い浮かばなかった。警察からの連絡を待ちながら、一度自宅へ帰った。悶々とした中で遅い夕食を済ませて何をすればよいのか分からず、もう一度探しに行こうと防寒服を着ていたときに、店長から電話があった。探していた乗用車が川底に沈んでいる。気が動転しているためか、場所も、どこの警察署かも確認ができなかった。

忠は、場所は自信があった。迷わずにその場所へ直行した。田岡にも連絡を入れた。晩秋の寒さのせいなのか無性に震えていた。車の中は暖房を全開にしていた。が一向に震えが止まらなかった。現場に近づくと投光器が明々と点灯していてすぐに分かった。近づくと規制線が張られていた。車を止めた。現実離れをしていて、映画やテレビのロケシーンを見ているようで、今でもハッキリ脳裏に焼き付いている。その場所は暗くなるまで探していた場所だった。ドラマのワンシーンみたいに五、六メートル高い所から照らす投光器の明かりが中洲の川底のヘドロを照らしていた。運転席と助手席の後ろの窓が全開していた。車が飛び込んだときに早く沈むようになっていた。牧は、運転席のシートを倒して手を組んでいた。決死の覚悟だった。夜釣りに来た人が車が沈んでいるのを見つけて警察へ通報し、ナンバーを確認して家族へ連絡があった。見つけたときは引き潮で車の天井部分だけが見えていた。川岸から十数メートル離れた場所だから人の確認はできなかった。忠が探していたときは、天井まで水があり、満潮だった。今、車はヘドロの上にうまく載っていた。

牧の兄貴と次女の朱里が確認に来ていた。嫁さんと長女は見たくないと言って朱里一人が来ていた。若いけど気丈な娘だと忠は見ていた。車を降りて近づくと警察官に制止されて、友人だと伝えたが駄目ですと断られた。確認作業をしている人混みの中から忠に向かって近づく者がいた。朱里である。二十歳に満たない娘が気丈に振る舞っていたが、

「おじさん！」

と抱きついてきた。安心したのか声を殺して泣きだした。忠は強く抱き締めながら、

「よく頑張ったな。思い切り泣け」としばらくそのままで頭を軽く撫でた。

「お母さんやお姉ちゃんは？」

「確認するのが怖いって言うから、私独りで来たの」

二人は警察署で待っていると忠に告げた。朱里の震えと晩秋の寒さで震えが止まらなかった。長いようで短い一日だった。

二十数年も前の出来事である。この日からの数カ月はただ時間だけが過ぎていき、あまり記憶にない。通夜、葬式と型通りに淡々と事が進んでいった。通常の日常生活に戻っても、いつもと何の変わりもないのにどうも沈んだ気持ちが消えず、どうしようもない時間だけが過ぎた。牧といつも会っていた喫茶店で、ぼんやりと独りでコーヒーを飲んでいた。そんなある日、朱里が忠の前に座った。

「おじさん、やはりここにいたのですね。社長と言わなくてごめんなさい。今日はお父さんの友達と思って話したいから、少し時間をよろしいですか」と断って話しだした。気丈な朱里が落ち着いて忠に語りだした。

牧が家を出たそのとき、朱里は自宅にいた。当日は遅番で、いつものように浴室でシャワーを浴びていた。人の気配を感じて、「お父さん？」と声を掛けたが返事もなく、何の気配もなかった。朱里はちょっと気になったが、そのときはやり過ごした。

「私がシャワーを早く終えて出ていれば、お父さんに会えてたはず。そうすればお父さんは死んでなかったかも。血の付いたパジャマを着替えに来て、私がいたから慌てて、パジャマのまま車に乗って出ていったと思う」と言う。

そして、朱里は少し間を置いてから、牧が亡くなる二日前のことを話した。牧はよく二人でコーヒーを飲みながら朱里の近況を聞いていた。その日もこの席でいつものように一時間ほど過ごしたという。会話が途絶えて沈黙のときに、

「何か困ったときには、新井田社長に必ず相談しろ」と牧は念を押した。

会話にならずに三回も繰り返し言ったそうだ。

「お母さんやお姉ちゃんじゃなく、視野の広い新井田社長にしろと命令口調で私に言ったの。今社長が座っている席で。なんで、そんなことを言うのかさっぱり分からなかったけど今頃になって理解できたわ。いつもは社長のことを忠さんと呼んでいるのに、その日は妙に畏まって変だったの」

忠は、朱里の話を聞きながらあることを思い出していた。人に頼み事をしない牧が忠に「娘のこと

を頼む！　一人前にしてくれ。頼めるのはお前しかいない。頼む！」と忠に、両手を合わせていた。そして最後にこれで安心した、と呟いた。

「社長、車の場所、よく分かりましたね。誰かに聞いたのですか？」

忠は、朱里にあの場所が大切なことを話した。あの日は、あの場所にしかいないと自信を持って探していた。堤防をゆっくりと時間をかけて三往復した。日が暮れてもその場所を離れられずに、その場に留まり、目を凝らしていた。しかし、牧は間合いを見計らい車止めをうまく避けて川へ車ごと飛び込んだ。多分忠が諦めて、その場を離れた直後だったのだろう。

その場所は二人がまだ若い頃に将来の夢を、夕陽を浴びながら語り合った場所だった。二十歳過ぎに知り合い、二十五年も過ぎていた。そして牧は、忠の目の前から忽然と姿を消した。牧の心の中を見通せなかった自分を責めた。

牧がいなくなったことであまり深く考えずに時間だけが過ぎていき、毎日の生活と仕事だけに明け暮れた。まだ本当の意味での生き方や人生を考えなかった。こんな人生でよいのかという思いを心の片隅に抱いていた。単純に、生きるって何だ。何のための人生なんだ。眠りにつくように死んでいくのか？　自分から進んで幕を閉じた牧はどう思っていたのだろうか。牧のことを思うとき、忠は、もう一つの身近な死を思い出す。

高校一年生のときに忠と同い年の叔母（義母の妹）が白血病で亡くなった。このときは死に対する恐怖心があり、受け入れることができずにいた。そのすべてが亡くなったとは考えられずに心の整理がつかず、淡い思い出に変わるのに長い時間が必要だった。

身の上に起きることは、必然である。自分にとっては意味がある。そんなことに気付きかけていた。仕事をしていて壁や困難にぶつかるとふともう一人の自分が牧と会話をしている。

「俺みたいに、変な答えを出すな」と。

この習慣が顕著に現れてくるようになったのは、紛れもなく右足を失ってからである。人生のリセットボタンを押してからである。それに加えて自分史を手掛けて半生を振り返り、モヤモヤしたものが一気に晴れた。人生には偶然などなく、すべてが必然である。自分が理解できていないだけで、ここに生きる真理がある。そう考えると少なからず出会った人たちの影響を受けていることを実感している。特に忠の場合は、今はこの世にいない人たちである。白血病で最後まで死にたくないと言いながら、亡くなった叔母の小夜子。中学三年生のときの恩師。自分史に登場するすべての人、その人たちがそれぞれにメッセージを遺してくれていた。

祖母がいつも何度も、事あるごとに言っていた。

「正直にしっかりと生き抜きなさい」

孫の忠に対して常に一人の人間として接してくれた。担任だった恩師は、

「同じクラスの恵子君とは、どうなっているんだ」

といつも二人の仲を気にしてくれた。

そんな先生が脳出血で倒れ、植物状態のときに北九州市の病院に見舞いに行ったことがあった。健と恵子と三人揃って行った。このときもなぜか忠だけが先生の声を聞いた。

「三人でよう来てくれたな。ありがとう」

忠の空耳だったのか。

その当時は無性に気になり、なぜ俺だけにと事あるごとに不思議に思っていた。しかし、右足を失って自分史を作る頃から似たようなことを経験するようになった。特に牧からはたくさんの生き抜く方法を常に教わっている。今は亡き親友なのだが、常にもう一人の自分と話している。多重人格者ではないが、そんな教えを乞うもう一人の自分がいるのに気付く。今までに出会った人たちから自分に足りない、また自分より優れている助言をもらう生き方に気がついた。

このスイッチの入れ方のコツが分かった。忠がまだ若い頃は人生は五十年と知らぬうちに決めつけて大人になった。今年で七十歳である。古稀である。人生五十年と決めつけていたためか駆け足で生きてきた。常に全力投球、全力疾走。生きる意味を考えて生きていると思っていたが、実は何も考えていなかった。右足を失ってから七年の間に、もう一度自分なりの充実した人生をと切に思うようになった。今までの経験を生かして、それをベースにすれば面白い人生が見えてくる。余生ではなく、完全な人生を送れるはずと思ったのである。

二つ目の身体障害者の人生である。若い頃に夢を見て青春を謳歌したときと同じように、シニア世代になって、もう一度チャレンジする忠は、これを赤秋と決めて実りのある人生を送ろうと決めた。その生き様の芯に心と魂を置いた。心は自分の都合のよいように答えを出すが、魂は絶対的な答えを出して生きる。損得ではなく人間らしい答えを出せる生き方をしたい。

自分では当たり前だが、周りの人たちに対しても、

一、明るく元気に楽しく生きる。
長生きをして赤秋の結果を出すために、
一、バランスのよい食事、適切な運動、呆け防止の頭の体操、それにプラス再生エネルギーを生み出す快適な睡眠。
自分らしく生きるのに一番難儀な、
一、自分が変わる。
人生には偶然はなく必然の連続である。原因の種を蒔いて結果が生じる、これの繰り返しである。当たり前のことだ。よい結果の偶然だけを当てにして今まで生きてきた気がする。過去、現在、未来と生きていくのだが、過去も未来もない、あるのは一瞬一瞬の積み重ねができる瞬間の現在だけだ。むなしいけど面白い。ここに心と魂を重ねて生きていこう。

サイン帳と自分史

忠は土砂降りの雨でない限り、午前と午後の二回、必ず散歩に出掛ける。もう七年になる。ただ、歩いているだけなのだが、この散歩で得るものは計り知れないほど大きく、また多い。単純な繰り返しの習慣なのだが、日ごと、季節ごとに変わる微妙な変化を楽しんでいる。

いつ頃からか、人生を考えるときに洋画の『風と共に去りぬ』が浮かんでくるようになった。幼なじみの若い男女四人の物語である。ラストシーンはヒロインがすべてを失い、独りで帰郷する。忠は、自分の人生を勝手にこの『風と共に去りぬ』に重ねているだけなのかもしれないが。

真冬の寒さの散歩のときに虎落笛《もがりぶえ》を風の中に聴くと厳しい人生を勝手に想像し、初夏の頃には故郷の関の山から吹く柔らかい風を思う。自然には計り知れないすごいパワーが潜んでいる。つらい、苦しい嫌な出来事も、時の流れを経て、心の中に優しく柔らかな風となって吹いてくる。忠もいつの日かラストシーンに自分の人生を重ねて、満足しているもう一人の自分が微笑んでいる。

無性に自分史を書きたいと思ったのは、中学校を卒業するときに仲間たちから贈る言葉を集めたサイン帳のことを思い出したからである。今から五十五年前のことである。当時ふとした思い付きでB5判のフィラーノートをクラスメイトに渡し、ノートの主旨を話して、書き込んだら次の仲間に回して完成させた個人の卒業文集である。昭和四十年一月の中旬の頃だったと記憶している。このノートが手元に戻ってきたのは、卒業式の二日か三日前だった。同級生が七名、下級生が二十二名、合計で二十九名のメッセージが書いてある。

このサイン帳には当時の気持ちがしっかりと書き綴ってある。ノートを開くとそのまんまの気持ちが甦ってくる。疲れたとき、落ち込んだとき、その時々に机の奥から引っ張り出して見る。何度も慰めと勇気をもらった。一人一人が本音で書いてくれたようで、今読み返すと核心を突いているところが多々ある。読み返せば読み返すほど、自分自身のバイブルになって、宝物になった。その時々の年齢に応じて得るものが多く、教わり、訴えてくるものがあった。本当に私だけに通じるバイブルなのである。

そのおかげであろうか真っすぐに生きてきた。人生に悩み苦しみ、迷っているときにノートを開いていたから心に沁みてきたのだろう。きっと顕在意識を通り越して潜在意識の中に蓄積されていったと思われる。あまりうまく表現できないが、こうして無意識のうちに行動に現れてくる。潜在意識の怖さでもある。

自分史とサイン帳、それに私小説。青春真っただ中にもらったサイン帳。今からの赤秋には自分史が必要と感じ、私小説をと欲を出した。大器晩成を志すときには、必要な条件の一つである。うまく生きるためには、所詮心掛けひとつ。心はコントロールできるがコントロールされやすい。それの上を行くのが魂である。だから、よい結果を得るためにはよい材料を潜在意識の中に入れるしかない。心の中の奥深くにある潜在意識の中に実現したい要素を静かに沈めることにした。

魂の出所が宇宙、大自然ならば、この潜在意識の中に生きるヒントや大切な要素がある。これを意識して生きる必要がある。古稀を目前にして思い返してみると、言葉を交わさず、すれ違うだけでも他生の縁と言われるのに、真正面からかかわり合い、人生に影響を与え与えられた人も確実に存在する。その場面でしっかりとメッセージを出すこともあれば、後々ふと出会ってひとときを過ごした後に意味が分かることもある。出会った意味を理解した人とは、事あるたびに必ずやもう一人の自分と会話をしている。このことができるようになって人生が面白くなり、楽しむようになった。もう少し若い頃に理解していれば、人生をもっと有意義に過ごせたかもしれない。

この生き様を試すために勝手に自分の寿命を日本の最高齢に設定し、そのための健康促進を考え、実行している。潜在意識をうまく使って心、魂にどう取り組んで生きれば充実した人生を全うできるか、それに挑戦したい。楽しく赤秋をつくってみようと……。今は亡き人たちが、いつも耳元で、もう一人の自分と会話をして楽しんでいる。特に祖母と牧と叔母の小夜子とは頻繁に交わしている。だから、亡くなっている感じが全くない。忠の心の中で生きている。それに中学のときの恩師は、常にメッセージを出していてくれる。この会話は時空を超えた会話で、常に「真・善・美」で成り立っている。嫌な思い出も、つらい過去もこの「真・善・美」のフィルターを通して現れてくる。耳元にささやく言葉は生きている。

この年齢になって独りカラオケによく行く。初めは時間潰しと呆け防止のために通った。もともと歌が嫌いではなく、むしろ好きな方だったので、すぐに嵌まった。そして、自分史や私小説を書くための材料が湧いてきた。歌うコツを掴むためにカラオケ教室で習い、自分なりに歌い込んでいくと昔を思い出し、嗚咽して歌えなくなることがしばしばあった。西郷輝彦の『赤い花』はふる里を離れた当時を思い出して、歌詞の「春に背いて散る花びらを背に向け行こう一人旅」は、親父に逆らい恋人と別れていく場面を勝手に想像して、その気になって歌い込んだ。すると、あれほど反発していた父親が無性に懐かしくなり恋しくなった。自分のわがままでふる里を離れた人に寄せる恋人の気持ちが切なく甦ってきた。亡くなった父親の年齢に近づくにつれて弟から、

「兄ちゃん、最近ますます親父さんに似てきたなー。ビックリするくらいだ」

と言われる。反面教師として見ていただけに父親みたいな生き方だけはしないぞと決めていた。血には逆らえない。現実にはちょっとした仕草まで似ている。同じＤＮＡを持っているのだから。すると、耳元で、

「忠、見方を変えろ。使い方を変えろ」

父親がささやく。嫌だった父親が懐かしく非常に身近に感じた。義母も同様である。人生を大自然の中に置き換えると、いつも「風」を思う。そして、『風と共に去りぬ』に当て嵌めてしまう。人生の中でいつも幼少の頃遊んだ関の山の麓を思い起こす。映画では男女四人がそれぞれの人生を生きていく。そして常にはそばにいないがお互いの人生に少なからず影響を与え、心の中で気にして常に大きな存在として生きている。これは忠だけかもしれないが、『風と共に去りぬ』のメンバーがいつも心の中にあった。

『関の山から吹く風』本書のこのタイトルは、ふる里の甘酸っぱい味と香り、それに合わせて五月の若葉の和らいだ風を思い出させる。関の山は名もない小さな裏山である。しかし、忠の心の中では、あの富士の山よりも大切な山である。

春夏秋冬、四季を通じて関の山に登り、遊んだ。名古屋に来てからは数は少ないが帰省するたびに独りで頂上を目指した。夏にはGパンとTシャツで登り、通り雨に打たれて、清々しい気持ちで山道を駆け下りたこともたびたびあった。そんなときでも関の山には母親の温もりを感じた。実際にはそんな温もり、優しさは知らないのだが。

ただ、漠然と人生は風のようだと決めつけている。『風と共に去りぬ』の若者四人も気ままな風に吹かれた人生、よい意味での気ままな風に吹かれてそれぞれの人生を歩んでいった。関の山を吹き抜ける風も一瞬のうちに枯れ葉を空高く舞い上げ、関の山を超えて、飛んでいった。今はふる里から遠く離れているが、関の山の上と同じ空を眺めている。関の山の和らいだ風を思い起こさせる風を全身に受けて毎日散策をしながら、澄んだ青空と優しい風にいつもふる里を感じている。『風と共に去りぬ』のラストシーンに憧れているためなのか、ふる里関の山に対して並々ならぬ思い入れが常にある。白寿近くなって独りぼっちなら関の山の麓で四季を感じて生活してみたいと思う。

自分の知らぬ間にこの世に生を受け、いずれこの世を去っていく。確実にそれはやってくる。このことは幼い頃から悩んでいたし怖かった。当然その答えは出なかった。出ないからといっても時間は止まってくれず、待ってもくれない。確実に終着駅へと向かっている。無情なものである。終着駅近くなって開き直って考えているのかもしれないが、人生には常に表と裏がある。損得もある。別れがあれば出会いもある。よくよく考えてみればその考え方、その見方、心があっちこっちと揺れ動いているだけ。出会いには必ず別れがセットで付いている。物事、出来事には必ず裏表がある。嫌な思い出も素晴らしい過去になる。生まれたからには必ず終着駅が待っている。ただ、それだけのことなのだ。いずれこの世を去る身ならば性善説ではないが上品な洒落た年寄りで生きてみようと、決めた。

すると、途端に自分が幸せ者に見えてきた。嫌な人間をやめると、自分の周りから嫌な奴が消えていった。他人様の生き方を気にしないで自灯明（自身を頼りにして生きる）に徹すると、そんな人たちが寄り添ってくる。その気になれば周りには素晴らしい人々が寄ってくる。

時間が少しかかったが、一番身近な嫁さんが手強かった。今でも気は抜けない。「あなたはおかしくなったの？」と言われ続けている。時間が必要なのは今までの付けが大きいからだけだった。簡単なことである。他人に期待するのではなく、自分自身が変わるだけである。これほど簡単なことはない。社会では相手に対してだけ変わるように常に要求してきた。「俺が正しい、間違いはお前だ」この、セオリーだけで通してきた。冷静に考えると他人の心を変えるほど難しいことはない。

自分の嫁さんを理解させせれば、分かってくれれば、あとは簡単なことだ。長年の垢が心に積み重なっているから。幸福感とは形や物ではなくて、心の充実感や心の在り様が大きい。空気、酸素がないと人間は生きていけない。心を大切にして生きることに似ている。内観という言葉があるように、外に求めるのではなくて、自分の中に求める方がやりやすい。

神様、仏様に少しでも近づけばよい。このような生き方をしてみよう。神様、仏様の存在は信じてないが、そのような生き方はできる。自分では訳も分からずに気がつけば生まれ、生きていて、誰も生き様を教えてくれない。これが人生。気付いたときがスタート、危うく気付かずに終えるところだった。光陰矢の如しで時間だけが勝手に過ぎ去っていく。一生懸命生きていればすぐに年齢を重ねて、気付けば死が目前に存在する。不条理なものだ。

『風と共に去りぬ』ではないが、関の山から吹く風に飛ばされてこの名古屋に着いた若葉が本格的な人生の旅を始めた。迷いながら歩く歩道に渇いた枯れ葉がカサカサと音を残して追い越していく。あるときは、爽《さわ》やかな風に押されて登る山道に夢と希望を抱いていた。どれもこれも間違いなく人生。古稀を迎えて今からは、第二の青春、いや赤秋を自らつくり上げようと自分史の途中で見つけた。今までの反省を含めて自分なりの大器晩成を目指そうと思う。人生は、まだまだ道半ば、これからだ。

幼い頃の出会いと別れ

夜中に目が覚めて泣いていた。小学校に入る前の幼少の頃だった。大きな部屋に独りで寝ていた。

窓から差し込む月明かりで壁に掛かっている白いワイシャツが怖くて、しくしくとすすり泣いていた。忠がまだ三歳か四歳の頃のように覚えている。両親が離婚して間もない頃の出来事である。

弟妹三人はバラバラになって、忠は祖父母と一緒にいたように思っているが、これも定かな記憶ではない。弟と妹はそれぞれの親戚の家へと引き取られていった。弟とはその後、縁あって小学校四年生のときに再び一緒に暮らすようになった。妹とはそれっきり会ってない。記憶に何も残ってない。博多に住んでいると聞いてはいるが、会うことはできないのである。時間が過ぎて泣き声が大きくなり、廊下の奥から祖父が忠のそばに来て、安心して寝るまでいてくれた。こんな夜が何回かあった。

その後父親が再婚して新しい妹が二人できて、普通の家族の中で育った。筑豊にいた頃は夜中に汽笛の声を聴くと無性に寂しく切ない気持ちになり、それと同時にいつも母親に連れられて暗い夜道を歩いている風景を思い出す。考えてみるとドラマである。この年齢になったからなのか、落ち着いて自分の半生を少し余裕を持って振り返ることができる。今まで封印していた記憶が少しずつ解きほぐれて浮かんでくる。

考えてみると、よくここまで生きてこれたなあと自分ながら感心する。両親の離婚という大きなハンディを背負ったのだが、それをプラスに変えてくれる人たちがいた。これも現実の出来事である。マイナス、失った物事は忘れもせずに覚えているが、大切なことは、必ずそのために得た物事に目を向けることである。その最たる出来事は、新しい祖母であった。半生を振り返ることで、その不思議な縁はハッキリと甦ってきた。その気付きのスイッチを見つけただけでも、人生生きていく価値が十分に理解できた。

実母、義母、父親、祖母が他界してから考え始めて気付いたのだから、なおさら自分史に愛着を感じ、必要性を強く持つようになった。孫、曾孫、その先の人の誰かの中に、忠の人生に興味を持つ人が現れてくると思う。確信している。

今現実に亡くなってはいるが、その人たちの面影を追って親しみを感じて生きている。忠の心の中ではいつも生きている。必然だが、誰一人欠けても忠は存在しない。当たり前のことなんだが、余計に強く生き抜くことの大切さをしみじみと感じている。山も谷も、プラスもマイナスも、出会いも別れも、そして誰もが経験する生老病死は、みんな同等の意味があり価値がある。そして、プラスに変えて生きる術を身に付けて、十分に理解して生き抜きたいと思っている。

ある日、幼い新井田忠は、拭っても拭っても涙が止まらず、小学校の校門を駆け抜けていた。心の中では新しい小学校へ転校する不安が胸の中で渦巻いていた。家の事情というか親の事情で、内気な性格の忠が慣れ親しんだ小学校、クラスメイトに別れの挨拶を済ませて校門を走り抜けていた。知らず知らずに涙は流れ続けていた。帰る間際のホームルームで担任の女の先生がざわつく生徒たちに向かって、

「静かに！　今から大切な話があります」

少し静かになったが、落ち着いた声で再び、

「新井田さん、忠君、前に」

と先生が手招きをした。先生は既に涙声だった。その日の朝から我慢して授業を受けていた忠は、

先生の涙声で目頭が熱くなり一気に涙が溢れてきた。それまでざわついていた教室が一瞬で静まり返った。

「はい」

小さなか細い声だった。

先生が忠の肩に両手を軽く載せて転校の話を切り出した。忠も震えていたが先生の手も微かに震えていた。

「あと少しで皆と一緒にこの小学校を卒業できたのですが、残念ながら新井田君とは今日でお別れです」

「え！」

教室中が再びざわついた。特に仲良しグループ女生徒四人組が席を立って一様に、

「どうして！」

と声を荒げて言った。忠は、一週間ほど前に義母から突然隣町へ引っ越すことを告げられていた。別れるまでには慣れ親しんだ仲良しグループだけには話をするつもりだった。が、つらくて切り出せなかった。そしてこの日を迎えたのだった。耐えていた精いっぱいの気持ちが皆の前に出て一遍に噴出し、忠は下を向いたまま泣いていた。先生が何を話していたかは覚えてない。長く感じていたが、それも今は覚えていない。気がつけば泣きながら帰っていた。急な出来事だったので仲良しグループが席に着いた忠に駆け寄って声を掛けた。気が動転していた忠は何も覚えていない。クラスメイト一人一人が、

「元気でな！」

「手紙をくれよな!!」

返す言葉もなく終始俯いていた。四人組は既に教室には姿がなかった。気がつけば叔父さんがやっている魚屋の店先に来ていた。夕方で店は忙しくて叔父さんは忠に気がつかずに働いていた。大きな声だけがいつも通りに響いていた。その風景に忠も落ち着きを取り戻していた。そのとき、後ろから、

「新井田君!!　新井田君!!」

とバタバタという足音とともに走り寄ってくる四人組がいた。息を切らしながら、

「良かった。追いついて」と声を掛けてきた。忠にいつも声を掛けてくる姉御肌タイプの娘だった。

「教室に残っていてネと言ったのにいないんだから焦ったわ」と忠の袖を引っ張った。そして、手に持った手提げ袋を渡した。

「あまりにも、突然だったので全員に声を掛けることができなかったけど思ったよりも集まったわ」

と言った。ノート、鉛筆、消しゴムなど文具用品だから重たかった。使いかけの消しゴムと当時としては珍しいシャープペンシルは身なりのしっかりとした金持ちの男の子のプレゼントだと言った。昭和三十六年の頃だから町中で小学校の男女が話し込んでいる姿は珍しくて叔父さんが見ていない振りをして見ていた。忠は急に恥ずかしくなって顔が赤くなりながら、女子に囲まれていた。新しい学校に行っても、私たち四人組を忘れないでネと手を差し出した。

「誓いの握手よ」

忠は一人ずつ手を軽く握った。そのうちの一人が力強く握り返した。リーダー格の女の子だった。

忠の耳元で、

「楽しかったよ」

と小さな声で忠だけに聞こえるようにささやいた。四人は小走りに帰っていった。途中何度も振り向きながら手を振っていた。

忠は、耳元でささやかれているときにある出来事を思い出していた。その女の子に呼び出されたことがあった。そのときも周りを気にしながら、やはり小声で、

「新井田君は人の悪口を言わないから好き！」

と言って走り去った。忠は、家では自分の居場所がなくて気を使っていた。だから、学校では居心地のよいように、友達の悪口は絶対に言わないように決めていた。そのことが気に入られて特別な友人になった。淡い出来事だった。忠は、再び涙が溢れてきた。

「こら!!　泣くな。男だろ」と頭を小突かれた。

「あ！　叔父さん」

「クラスの女の子か？」

忠の後ろに立っていた。

「忠も兄貴に似てモテるんだな」

叔父さんは、今日で学校も替わって、いよいよ隣町に引っ越していくんだなと言いながら、新聞紙に包んだ魚を忠の手に渡した。

「ほれ駄賃だ」

と十円玉を三枚握らせた。昭和三十六年の十一月の初旬で、小学校六年生だった。後で聞いた話だと、忠はよく店先で遊んでいて小遣い銭をもらっていたそうだ。家に着くと新聞紙の包みを祖母に渡し、叔父にもらった三十円を祖母に差し出すと、祖母は家の者に知られないように、

「これは、忠君が使いなさい」と言った。

忠は、祖母の目を見て頷いた。忠の家庭環境は複雑だった。物心がついた頃には義母の実家で暮らしていた。義母の実家には二つ上の叔父と忠と同じ年の叔母がいた。小夜子である。忠の両親は忠が三歳か四歳の頃に離婚した。血の繋がった二つ下の弟と三つ違いの妹がいた。妹は母親と実家に戻り、弟と忠は父親の方に残った。当然ながら悲惨な生活の始まりである。それぞれ別々の親戚の家に預けられて育った。大人の顔色を見ながら子供らしくない育ち方をした。わがままが言えず、よい子でいないと自分の居場所がなくなる。「お母さん」という言葉を使ったことが一度もない。そんな生活環境が小学校四年生まで続いた。基本的にはよそ者の立場で育っているから、つらいことしか印象がなく、泣くときも人が見ていない物陰で泣いた。物心がついてからは、つらく苦しいことでは涙を流すことはなくて、人のちょっとした気遣いや優しさに涙することが多かった。

弟の場合は、忠以上に悲惨な幼少期を送った。自分史の作成のときに聞いて、改めてその苦労を実感した。そして、二人してよく我慢したなと涙した。お互いに非行の道に走らなかったのは祖母のおかげだと弟が即答し、その当時の祖母との関係を確認することができた。なくてはならない人だったのだと。両親の離婚がなければ祖母との出会いもない。深い意味合いの人生の機微である。年月を経ないと見えてこない代物である。

その祖母の家での生活で初めて弟と一緒に暮らせた。忠が十歳、弟が八歳のときだった。今忠には二人の孫がいる。女の子である。祖母の与えてくれた影響を考えて、自然と孫に対する接し方を大切にしている。孫は今八歳と五歳で北海道と愛知県にいる。二人の女の子を見てつくづく思うことは、別れて以来会ったことのない妹である。兄弟二人はそれなりにまじめに大きくなったが妹がいつも気になる。実母は忠が五十歳の頃に亡くなり、お墓を探し当てて帰省した折にはお参りしている。生きているうちに会えなかったことだけが心残りである。なおさら、妹には早く会いたい。お互いが生きているうちに。妹が頑なに拒んでいると聞いている。妹自身が犠牲者だと信じ込んで生きているようだ。

思い起こすと、これまでにいろいろな経験をして生きてきた。その都度それなりに通り過ぎてきた。右足を切断したときになぜか「人間万事塞翁が馬」という言葉が頭に浮かんできた。中国の故事で村の若者が落馬して大怪我をして戦に行くことができずに落ち込んでいた。同じ村から戦に行った若者は全員戦死した。生き残ったのは若者一人だけだった。一緒に戦に行けば若者も死んでいた。「不幸も幸福にできる」と自分流に解釈している。

右足をなくしても、まだ命はある。何かできる。俗に言う「その気になる」スイッチが入った。その気付きのサインを受けることができた。

転校して別れた四人組の女の子とは、それ以来会ってない。一度だけ中学三年のときに後輩の知り合いを通して会う機会があったが、縁がなかったのか実現しなかった。

小学校六年の秋に転校して新しい年を迎え、三学期から登校したがクラスメイトには全然馴染めずに中学校へと進んだ。家族構成は両親と弟と妹二人で、年齢が両親は三十歳、弟が十歳で、妹がそれぞれ四歳と二歳と若い六人家族だった。町役場から少し離れた関の山の麓にあった七軒続きの炭鉱長屋で暮らした。俗に言うハーモニカ長屋で、三棟の中の真ん中の棟の南から三軒目だった。家族らしい生活のスタートである。暮らしの内容は相変わらず厳しく、義母は身体が弱くて入退院を繰り返し、その都度、祖母が家事の手伝いで隣町からバスで来ていた。妹がまだ小さいために、弟と二人で否応なしに家事を分担してこなした。そのときの祖母と過ごした時間、交わした会話、教えがその後の人生に影響し、考え方のベースになっている。

このことは自分史を手掛けて改めて気付かされた。嫌だった苦しい生活の中でも、忠にとってはなくてはならない大切な時間だったのだと痛感し、沸々と感謝の心が湧いてきた。祖母はいつも忠と弟のことを気に掛けてくれ、子供扱いせず、長男の忠には一人前の大人として接して教えてくれた。忠にとっては一番大事な相談相手だった。自分の進路を決めるときも、ふる里を離れるときもまず祖母を頼った。

「忠君のやりたいことをまず考えなさい」

家族のために自分の人生を犠牲にするなと常に話し、自分の人生を歩きなさいと言った。同時に強制はせず、自分で考えて決めなさいと言った。ふる里を離れたために祖母と過ごした時間は短かった。亡くなってからも、祖母と会話をしている。血の繋がりはなくても縁とは摩訶不思議なものである。

自分史に取り掛かってからは自分の人生に納得ができ、素直に受け入れることができた。すべての経験を受け入れ、そして反映して生きている。思いもよらず違う方へ向いても落ち着いて考えることができる。今となっては、心、魂に寄り添って生きると常に人生は頂上を目指して登山をしている旅のようだと思う。頂上は完成度の高い死ではないかと思うようになった。人生には下山はないと考えた。その頂上は遥か遠くに存在する。だからなおさら長寿を意識して生活環境を洗い直した。これまでに積んだ経験を完成度を高くバージョンアップして子孫に残そうと勝手に決めた。これこそが本当の自分史だと独りで、ほくそ笑んでいる。このことが自分の中での大器晩成だと位置付けている。

祖母は平成元年に生涯を閉じた。八十二歳だった。ふる里を離れるまで七年足らずのかかわりだった。葬式の日は晴れた清々しい日で、火葬場の高い煙突の上に白い雲がぽっかりと浮かんでいた。ボタ山の見える火葬場だった。最後のお別れを済ませて義母が点火のスイッチを押した。外に出た忠は高い煙突から白い煙を見た。そこには身震いをしながら座り込んで大粒の涙を流している弟がいた。誰もいない所で独りで泣いていた。微かに上る白い煙を見ながら祖母が風になって自然に帰っていったと感じ、忠も同じように泣き崩れた。弟の背中に手を回して白い煙が青空に消えていくのを最後まで見送った。

「人生は風のようなもの」と、青い澄んだ空から声が微かに聞こえた。ふる里を離れるときに祖母が忠に寂しそうに言った。

「きっと、心の中で旅立ちの風が吹いたのよ」

後々分かったのだが祖母と両親が眠っているお寺の墓地に実母も永眠していた。そのことを祖母も義母も知っていたらしい。縁とは異なものらしい。風に吹かれて同じ所に戻って眠っている。

自分の生い立ちを調べていくうちに自分が思っていた以上に知らないことだらけでショックだった。

実母の写真もなく、実母に繋がるものは、何一つない。小学校の入学式も誰と行ったのか覚えてない。年齢から考えても一人で行くはずもなく、ただ、記憶に残っているのは、カーブしながらゆっくりと上る坂道の両脇の桜並木は満開で、少し散り始めていたこと。その場面がしっかりと焼き付いている。

幼い頃の話としては、寝る間際に夜汽車の出す微かな汽笛の音が聞こえると無性に涙が出て仕方がなかった。無性に母親を慕う気持ちになった。多分、夜中に手を引かれて悲しみの中を家に帰っていたんじゃないかと想像する。

閉山間際の深夜に聞こえる炭鉱の音も忘れることができない。特に母親の件に関しては父親に聞いても一切答えてくれなかった。きっと隣町の近い所にいたからだろうか。今考えると、父親の気持ちも理解できる。周りの人たちから一目置かれる親父だったからすべての人たちが気遣っていた。一度だけ誰か分からないが忠に、「お母ちゃんに会いたくないか?」と聞いた人がいた。そのとき、大人たちの間で大騒ぎになったらしい。それ以来、箝口令が敷かれた。

父親の弟の叔父さんには、大変世話になったようだ。今は叔父さんも鬼籍の人になっている。つくづく人生は速いと思う。

父親は別れた妹のことを気にしていた。義母との間に生まれた二人と家族六人だったが、忠がふる里を離れるときには、弟妹三人の他に義母の姪一人と甥二人の面倒を見ていた。俺にはできないと忠は思った。その当時の親父の口癖は、「昔道楽したから、罪滅ぼししたい」であった。苦笑いをしていた。亡くなる前は認知症も出ていたが、どこにでもいる好々爺になって暮らした。

幼少の頃の経験は間違いなく潜在意識の中にインプットされている。いろんな出来事をアウトプットするときは、魂のフィルターを通して上品な年寄りに変換させたい。父親の晩年を見て、できるものだと自信を持った。

第二章　青春時代

男女に友情は成立するか？

　忠の通った中学校は町の中心に位置していた。付近には役場に公民館、郵便局、農協などがあり、この一帯で用事は大体済んだ。南北に長い町だった。小学校は二校あり、北と南にあった。中学校の前を流れる川は遠賀川に注ぎ、玄海灘へと向かって流れている。鉄道の敷かれてない頃は、この遠賀川を使って小舟で石炭を港まで運んだ。今は水の濁りもなく、その面影もない。

　炭鉱の景気の盛んな頃を生きてきた父親は、この一帯に多くいた川筋気質の人間だった。義理人情に厚く曲がったことが嫌いな男だった。だからいつも他人の揉め事の仲裁に入り、それが原因で夫婦喧嘩が絶えなかった。義母も筑豊の女で、大人しく引き下がる性分ではなくて、当時普及し始めていたブラウン管のテレビが年に一回の割合で新品になった。家具箪笥類も同じで、大立ち回りの喧嘩が原因だった。妹二人は予知能力があったのか、決まって二人で忠と弟の布団に潜り込んできた。激しくなると夜中だろうが明け方だろうが、隣近所へ避難し世話になっていた。弟は長女を、忠は次女を連れて。あまりにもテレビの買い替えが激しいので、業者がテレビに向かって物を投げないように諭した。テレビが爆発すると場合によっては死亡しますよと告げた。それ以来、買い替えは収まった。

義母が病弱だったために入退院を繰り返し、弟と二人で家事を分担してこなした。特に朝は大変だった。五歳の妹すみれを幼稚園に連れていくのに難儀したし困った。状況が分からないすみれは常にマイペース。遅刻寸前の忠は急ぎ足なのだが、すみれは忠と一緒に行けるのが楽しくて、すべてがスローペース。中学校を過ぎたグラウンドの脇に幼稚園があった。義母が入院すれば、これが日課となる。中学三年の忠にとってはそれが少し恥ずかしい年頃だった。生徒会の副会長をしていて、遅刻をして正門に立たされるわけにもいかずに、その日もすみれの手を引いて急いでいた。

「兄ちゃん、もっとゆっくり歩いて!!」

「遅刻すると駄目なんだから、少し走るぞ!!」

脇道から役場の通りに出た所でバッタリと赤土恵子に会った。忠とすみれを横目に見ながら追い越して校門に向かって急いでいた。

「遅刻するわよ！　ギリギリよ！」

と後ろも向かずに走り去った。忠は諦めて歩きだした。すると突然向きを変えて恵子が戻って来た。

「新井田君、あなたは遅刻をするとまずいわ。すみれちゃんは私が引き受けるわ。先に行きなさいよ」

と姉貴口調で忠に言った。すみれの手を取りながら、

「大丈夫よ、お姉ちゃんとゆっくり行こうね」

恵子は手で忠を追い払うような格好をして、

「小さな子供には無理よ。ゆっくり行くわ」

忠はダッシュして校門を通り抜けた。後ろの方で恵子とすみれの声が微かに聞こえていた。

「お姉ちゃん、幼稚園まで連れていってくれるの?」

忠はいつも時間ギリギリで家を出るので遅刻の前歴があり、咄嗟に恵子に甘えてしまった。少し後ろめたさを感じながら教室へと入っていった。朝の掃除時間も終わり、一時間目の授業が始まる前に恵子が教室に入ってきた。指で丸を作ってオッケーのサインを忠に示した。軽く頭を下げた。

遅刻すると校門に立たされる決まりがあった。厳しい生活指導の取り締まりをうまく切り抜けてきたなと安心して授業を受けた。その日の下校時に忠は、恵子が校門を出てくるのを門の陰で待った。忠を見つけた恵子は、一緒に出て来た女子生徒に手を振って、忠の方へ駆け寄ってきた。

「朝はありがとう。助かったよ」

頭を掻きながらペコリと頭を下げた。

「校門に立たされずに済んだわ」

と言いながら一部始終を話してくれた。

「近所の知り合いの子供で、お母さんに頼まれて幼稚園まで行くところだったことと、途中でトイレに手間取ったことを話し、すみれちゃんにも言い含めて生活指導の先生をうまく擦り抜けたわ。すみれちゃん、演技うまかったわよ。そうしたら煩い先生も授業に遅れるなと無罪放免だったわ」

恵子には七つ離れた兄がいる。だから忠の気持ちがよく分かると言って東京にいる兄を思い出していた。

「東京か」

忠にとっては遠い存在だが、いつの日か行けそうな響きのする所だった。憧れの都市、東京である。

「新井田君も東京へ行きたいの？」

「行ってみたいと思っている。……けど」と言葉を濁した。今の家庭環境では弟妹を残していけないと十分に理解していた。自分一人が家を出ることは難しいと考えていた。

「行っちゃうと寂しいよ」

それに加えて恵子は、「私は一生、この筑豊で暮らしていくと思うわ」と忠の顔を見た。

忠は家の用事や晩ご飯の支度が気になったが回り道をしながら庄内川の堤防を恵子と歩いて帰った。この川原には春は菜の花が咲き乱れ、秋には薄の穂が夕焼けに染まる。ふる里を離れる前にたびたび恵子と過ごした。

この事件以来、すみれは赤土恵子のことをお姉ちゃん、お姉ちゃんと慕って懐いていった。忠にとっても同じように大きな存在となっていった。

炭住長屋に引っ越してきて時間が少々かかったが人並みの家庭らしくなり、親戚から親戚への間借り生活も終わった。忠は内気な大人しい性格から徐々に明るい陽気な性格へと変わり、目立つ存在になっていた。生徒会の役員になってからはますます際立って目立つようになった。相変わらず家事の手伝いも忙しかったが要領よくこなし、時間を作っては関の山、溜め池に川にと季節ごとに遊び惚けていた。

それぞれに遊びの達人がいて、春夏秋冬と時間の許す限り真っ黒になって山野を駆け回った。アケビ、ムベ、柿、栗、山芋、山菜採り、鰻や川魚、それぞれに名人がいて、付いていって覚えた。特に毒蛇のマムシを獲りに、また、簡易な鉄砲を作って山鳩や雉を撃ちに山に入っていった。二つ年上の先輩で、手先の器用な頼りがいのある先輩がいた。マムシは漢方薬の店に売りに行き、割のよい小遣い稼ぎができた。ただし印象の似ている鰻は当分の間食べることができなかった。口にしたのは最近である。

小学校六年生のときに引っ越してきて、家でも学校でも馴染めずにいたときにこの二つ年上の先輩と知り合った。先輩は祖母《ばあ》ちゃんと二人暮らしをしていた。炭鉱の閉山に伴い、両親は仕事の関係で先に静岡へ引っ越していた。中学を卒業してから先輩も静岡に行くことになっていた。二年足らずの遊び仲間だった。関の山に入り、迷ったときには高い木に登り、周りの景色を見て自分の位置を確かめた。それでもなお分からないときは沢沿いに山を下りた。野苺、木苺、アケビ、ムベ、山菜採りのコツも教えてもらい、四季を通して関の山で明け暮れた。この経験で独立心が忠の身体の中に芽生えた。

そして、時間の経過とともに中学の友達も増え、クラスの中でも目立つようになっていった。中学の一年から三年まで学級委員長や生徒会の役員、東京オリンピックには聖火リレーにも参加した。そして先輩は静岡へと越していった。その後は後輩を引き連れて関の山に入り、同じように遊んだ。

先輩と同じようにはいかずに父親に大目玉を喰らったことがあった。いつもと同じように四、五人の後輩を連れて栗を採りに山へ入り、採ることに夢中になり、日が暮れるのを忘れたのだ。山の中で真っ暗になり、手探りで下りてきた。いつもの見慣れた広場に着くと心配して探しに来た父親たちと出くわし、いきなり大声で怒鳴られた。家に帰ってから後輩の家を一軒一軒回り、両親に謝って回った。

関の山は標高三百メートルの小さな山だが、中腹にある炭焼きのアルバイトに行ったときは感動した。炭焼きの仕事は夜が明けぬうちに山に入り、原木を集める。関の山の中腹から盆地の家々を見ると雲が一面に漂い、普段山頂から見る景色とは全く異なって幻想的な別世界だった。太陽が関の山から覗くと数分で霧が消えた。その間手を止めてその移ろいを見続けた。一週間ほどのバイトだった。

あれから五十数年過ぎたが、関の山は今でも堂々として何の変化もない。青春を過ごした炭住（炭鉱住宅）も今はないが、山は相変わらず堂々と存在している。見るたびに心が和む。人々の暮らしは大きく変わったが関の山はどこ吹く風である。今となってみれば関の山から吹く風は、常に清々しくて優しい風である。

先輩と別れの記念に登ったときに発見した小さな洞穴が懐かしい。石灰の山だから、洞穴には石筍《せきじゅん》らしきものがあった。

親父の年齢に近くなって分かることだが、当時は理解し難いことだらけだった。忠が中学二年生のときにあった事件である。忠が卒業して四、五年過ぎた頃、恩師に訳を聞かされた。思い起こすと合点のいくことがいくつかあった。

校則が非常に厳しく、各学年には必ず風紀に対して煩い先生がいた。それなのに忠に対して寛大な計らいがいくつかあった。恵子とすみれの遅刻の件もその一つであった。

二年生に進級してすぐのことである。炭住のハーモニカ長屋の隣に一つ上の先輩がいた。その先輩の父親が血相を変えて相談に来た。二人して毎日弁当を取り上げられて虐めにあっている。何とかならないかという相談であった。三十二歳の血気盛んな父親は雪駄履きのまま中学校の校長室に怒鳴り込んでいった。朝の職員会議中だったので、大騒ぎになった。親父は校長室のソファーに深々と座り、校長先生に新井田忠の父親と名乗り、隣の息子の虐めのことを伝えて、その担任と虐めている生徒を連れて来いと怒鳴った。これは父親のやり方であった。組織のトップの人間としか話をしない。言いたいことだけ言って、すぐに校長室を後にした。そして、夕方に担任の先生と生徒二人が隣の家に謝罪にやって来た。この事件を知っている人はほとんどいなかった。忠も知らなかった。

だが、それ以来数人の先生は忠に対して当たり障りのない態度で接するようになった。生徒会の顧問の先生と担任の先生だけが本音で話せると感じていた。父の一件を知らない忠は、喜多村健と生徒会の活動に専念して充実していた。恵子とすみれの遅刻の件もそのようなことで穏便に済んだのかもしれない。独身の若い女の先生にも少し距離感を感じていた。卒業してからも、そう感じていた。当時父親は男盛りで、怖いもの知らずの一匹狼の生き方だった。

この町へ引っ越してきて離れるまでの五年足らずの経験がすべての基礎になっている。友人知人の振る舞いや考え方を随所にもらっている。特に恩師の、人間の外見だけで判断はするなと教えていただいたことは忘れられない。喜多村健と忠は特にかわいがってもらい、先生の宿直のときには学校に泊まったことがあった。今では考えられないことである。正反対の性格の二人だが、校長室の前や柔道部室の廊下に立たされた。プールサイドでは両手にバケツを持って立たされた。灼熱の太陽の下でバケツには水がなみなみと入っていた。これが一番苦しかった。

こんな二人の関係は、忠がふる里を離れてからも続き、人生の大切なときに必ずかかわっている。

同じクラスで生徒会の役員をやっていたので、いつも一緒にいた。腕白で餓鬼大将の健は忠に対しては素直だった。校則に反するときは健は独りでやり、忠には手を出すなと制した。健が正義感で行動しているときに限られていた。ある日、下校のチャイムが鳴った後に裏山に誘い出し、護身用に持っていた登山ナイフを分解して雑木林へ投げ捨てたことがあった。その日以来、お互いの人生に影響を与え合う間柄になった。福岡と愛知と離れてはいるが、節目節目にもう一人の自分と会話をしている。今も大きく影響を与えてもらっている。齢を重ねて今なお、関係は続いている。忘れられないのは結婚で悩んでいたときに、電話口で「両親に猛反対されているなら、駆け落ちしてふる里に戻って来い」と言ってくれたことだ。

正月休みを利用して黙って女性と二人で帰省した。二十歳のときだった。

「本当に二人して家出か!!」

けしかけた健が、まさかと二度ビックリした。それとは反対に、実家の父親は経緯を話すと忠を一喝した。

「馬鹿者！　すぐ戻れ!!」

諸手を広げて受け入れてくれるものと思っていた忠は唖然とした。このとき初めて父親のまじめな一面を見た。懇々と両親の心配と不安を話して諭した。この日から結婚するまで五年の歳月を要した。健は突発的な行動を取った忠を見て、「まさか」とビックリしたと言った。忠も自分ながら親父にそっくりだと思った。

人生はいつも本番で練習はない。リハーサルはないのである。経験を生かして生きていくしかない。

分かってはいるが、ぶっつけ本番で過ぎていく。健康体を維持するには、食べるものに気遣い、食べたものしか身に付かない。心も同じ。まして魂もこれ同じ。関係が見えると、どんな苛酷な状況でも両手を広げて喜んで受け入れる。生老病死、どんなときでも受け入れることができる。理解できたときが本当の生き様をスタートさせるときなんだ。そう考えると、すべてが平等に与えられている。

卒業してから会うことは稀だが、もう一人の自分といつも会話をしている。そんな登場人物の中に健も恵子も必ずいる。

忠がハーモニカ長屋に住んでからも大変だったが、それなりに落ち着いた生活を送ることができた。最低限の水準の生活なのだが、家族としての環境が落ち着ける場所であった。肉親と一緒というのがありがたかった。兄弟の間でいろんな分担があり、取り決めがあった。年中行事の夫婦喧嘩が始まると、弟は上のさくらの担当で、忠はすみれだった。喧嘩は夜中が多く、いつも夫婦喧嘩が始まりそうな予感がするときには普段着で寝ていた。いつでも裏から逃げ出せるようにしていた。忠は、両親に一度だけ泣きながら喰ってかかったことがあった。妹二人がトラウマになり、酷いときには激しい発作を起こすことがあった。それ以来、予知反応で夫婦喧嘩が始まる前に必ず震えがきた。それを訴えたのだ。

夫婦喧嘩もこれを境に少なくなった。家具の寿命もぐっと延びた。炭鉱が閉山してから去っていく家族が増えて、クラスメイトが激減した。

忠の中学校生活の中で、もう一つ大きな影響を与えた仲間がいた。今日までほとんど思い出すことのなかった人物である。二年生のときも同じクラスだったように記憶している。自信は今いちだが……。卒業式にはいなかったために、記憶の奥底に沈んでいた。自分史を作る段階でふっと甦ってきた。忠が小学校を卒業する間際に転校したのと同じように、彼もまた同じように中学三年生の秋口に忠の前から姿を消した。彼がいなければ一生を左右する初恋の相手とは巡り合っていない。

彼の名前は藤増広美《とうますひろみ》という。外国人か女性なのか一見名前だけだと分からない。格好は痩せ型で背は高く、野球が得意だった。歌うとフランク永井と同じ低音だった。効率よく勉強して成績も良く、忠は自然と勉強方法を真似ていた。週末には遊びに来て、時には泊まることもあった。忠は、友人が多くいたが泊まりで来たのは彼一人だけだった。他人が泊まれる家ではなかったが、藤増の家庭の事情が似ていて隣町から自転車で通学していた。忠が元いた町で、どことなく自分の環境とダブっていて話も弾んだ。

三年生に進級すると同じクラスで男女七、八人のグループで固まって遊んだ。時が過ぎて、成り行きで自然淘汰されて三人になった。忠と藤増と赤土恵子だけの三人になった。文化祭、体育大会が終わった頃は一段と一緒に過ごす時間が増えた。中で最も白熱したのが男女間での友情は成り立つのか、愛情に変わって終わるのかの問題で、喧々囂々とやり合った。図書館でも、教室の片隅でも、あるいは下校途中でやり合った。藤増と恵子二人は常に成績も良くて、二人は気が合っていた。男と女の友情は成立するのかの問題も二人が同じ意見で、二対一で忠は押し切られていた。そんな三人だったが、忠にとっては非常に刺激を受けて、参考になり、テストの前には恵子の家で揃って試験勉強をした。懐かしい思い出として今も思い出す。

藤増と赤土恵子は「友情が転じて愛情に変わり、結婚で幕を閉じる」という結論で意気投合した。忠は、別々の道に進んでも成立すると言い切った。このとき、赤土恵子はお茶目な目をして忠にささやいた。

「絶対無理、そんなことあり得ない。そうなったら私に責任を取って実証してくれる？」

と顔を覗き込んだ。

「そのときにはネ。楽しみにしてて」

尻すぼみの声で小さく返した。

藤増は晩秋の頃に宇美町に引っ越し、二人の前から姿を消した。それから藤増とは手紙のやり取りになった。そんなわけで藤増の名前はサイン帳には記載されていない。

そんな三人に大きな風が吹き荒れた。二十歳を過ぎてカローラスプリンターで帰省したときの出来事である。正月三日に久し振りに恵子の家で三人が揃った。藤増は西鉄バスで飯塚の中央停留所に着いた。朝一番のバスだったから、今日はゆっくりできると二人で恵子の家を訪れた。テスト勉強などで寄せてもらったこともあり、懐かしさも加わって時間だけが無情に過ぎていった。バスの終電を気にして腕時計を見た藤増に、

「帰りは俺が車で送っていくから」

往復二時間だから十時に出ようと伝えた。藤増も安心して話を続けた。ここから予期せぬことが起こった。予定の時間を三十分くらい過ぎて帰路に就こうとした。道路に駐車していた車に恵子も見送りに来て別れを惜しんでいると、

「ちょっと待ってて！」

と自宅へ戻った。何か渡したい物があるのかと待っているとオーバーを羽織って後部座席へ乗り込んだ。

「私も一緒に送っていくわ」

藤増の顔が一瞬ほころび、すぐに険しい顔になった。五十年前のことである。女性が深夜近くに外出するのはご法度の頃である。忠は、恵子の両親がよく許してくれたなと思った。後で分かったことだが、恵子が強引に頼んだようだった。帰りの時間が夜中の十二時を回るのにと忠は少し心配になった。

動きだして少しの間は、藤増は饒舌だったが途中から妙に静かになった。恵子に好意を抱いていた藤増は、自分が降りた後のことが無性に気になり不安に陥っていた。無神経な忠は何も感じていなかった。会話が途切れて嫌なムードの中で恵子は忠に、「新井田君はわがままで自分勝手なところがある」と注意した。忠は、「これは俺の性格だ」と気にも止めずに言い切った。もう少し藤増の気持ちを察する会話ができていれば、大きく人生も変わってなかったはず。

この日も仲良し三人組はそんな一日を送った。藤増の自宅に着き、藤増がつれない態度で車を降りていった。赤土恵子が忠の顔を見て、「藤増君、変ね。嫌なことを言ったのかな私？」と言うので、「男だから、俺には察しが付くけど……」と返した。

恵子はそれ以上は聞き返してこなかった。夜中の十二時に近い時間だった。道路も今と違って対向車もなくて恵子の自宅へと急いでいた。

国道二〇一号線を飯塚へとスピードを上げて走った。八木山峠に差し掛かる頃は雨から霙《みぞれ》に、そして雪へと変わった。二人とも無口になった。峠を上りきった平坦な道で、窓ガラスには粉雪が張り付き、忠はスピードを落としながら峠道を飯塚へと急いだ。少しでも早くと気持ちだけが焦っていた。飯塚市の夜景の見える下り坂に差し掛かると、

「ドライブインでコーヒーを飲んで行きましょう」と恵子が言った。

「夜中の十二時半を回っているよ。時間は大丈夫なの？」

忠は、藤増のことで大切な話でもあるのかなと思い、車を駐車場に入れた。昭和四十年代は深夜の交通量はほとんどなくて、深夜のドライブインは貸切状態だった。雪が降っていて街の夜景が澄んで美しく、窓ガラスを通して見る粉雪は独特の雰囲気を醸し出していた。恵子は話があるのと言っていたが、専門学校を出たら好きな所へ就職できて県外へ行くことも可能よと忠に告げた。そのことは手紙のやり取りで知っていたので、次の言葉を待った。これが、若さなのか、または忠の狡さなのか次の展開に進むことができずに取り止めのない会話で終わってしまった。

時間を気にしていた忠の方から車へと戻り、ドライブインを後にしたが、車の中でも真剣に話す恵子の言葉に、なぜか中途半端な態度で応えるしか忠にはできなかった。恵子を幸せにする自信がなかったのか、それとも今日一日の展開の速さに心が付いていけなかったのか、今もって分からない。家の前で白々と夜が明けるまで話し合った。自宅に帰ると義母が心配そうに声を掛けてきた。

「藤増を送って遅くなった」

冷たい布団に潜り込んだ。

中学三年生の秋に藤増が転校していっても、赤土恵子と忠は三人のときと同じように過ごしていた。テストのときには、放課後の学校か、または恵子の家で一緒に勉強をした。その都度藤増の話題になった。

この勉強は忠が定時制高校に入ってからも続いた。恵子の家庭環境に憧れて訪れていたことを微かに覚えている。町の診療所の看護婦さんだったお母さんの優しさが気に入っていた。母親の愛情に飢えていたのだろうか。

炭鉱で生活をしている家庭ではどこも大変だった。そのためによくアルバイトをした。特に体力を使うアルバイトは日給も良くて率先して働いた。ブドウの選別、豆腐売り、寿司屋の仕込みの手伝い。自分史を手掛けてすぐに、俺には何があるのかと問いながら書き始めた、すると苦しいとき、迷っているときに流行歌を口ずさんでいたのを思い出した。病院を退院して暇つぶしに一人カラオケに通い、カラオケに嵌まった。『智恵子抄』を歌うと、「私、智恵子の生き方に興味があるの」と言った恵子を思い、『夜が笑ってる』を歌うと、親父が小皿を叩きながら機嫌良く歌う姿を思う。舟木一夫の『仲間たち』はクラスメイトを思い出し、岡村孝子の『夢をあきらめないで』を歌うと、いつも励ましてくれている恵子を思う。橋幸夫の『江梨子』には郷愁の念が湧き上がってくる。親戚の家に預けられたとき、不安なときには常にラジオを聴いて癒されていた。学校の帰り道に歌いながら帰っていた。

同窓会で幼なじみに指摘されて、改めて歌が助けてくれていたんだと実感した。デイサービスで歌うカラオケで他人の心に多少でも響くのは、そのせいだと思っている。もう少しうまく歌いたくて、初めて習いごとを始めた。

宇宙も地球も自然も人間も分からないことだらけで、九五パーセントは未知の世界で生きている。地震が世界で頻繁に起きているが、地球を生き物に例えると、震えを我慢すればひび割れが酷くなり地球自身が割れる。生き物は死滅する。地震は致し方ない現象で、人間が中心ですべてではない。

控えめに生きていると、見えないものが見える。忠は、夜寝るときはラジオを聴きながら寝る。不思議な経験をするようになった。一瞬なのか数分間なのか懐かしい歌に導かれてタイムスリップする。一瞬だが、過去と今を生きていることを感じる。プラス未来の自分を意識している時間が増えた。それに加えて幸福感をいつも持てるようになり、今になって生きている価値が分かってきた。心と魂を一つに生きている大切さを知った。

サイン帳に後輩から「もう少し服装に気を付けて」と指摘があったときはショックだったのを覚えている。今頃になってその指摘が効いてきたのか、今は身だしなみに気を付けて上品な好々爺を目指している。

赤土恵子とは、すみれの一件から親しくなり、身近な存在になった。すべての始まりの切っ掛けは三年生になってすぐ、京都・奈良への修学旅行だった。寸前まで参加できるか不安だったが、何とか参加できた。当然小遣いは、不憫に思ってくれていた祖母から少し持たされて参加した。雀の涙ほどの小遣い銭だった。喜び勇んでとはいかず少し心はブルーだった。そんな中、嵐山の渡月橋をバックに桂川でクラス全員の記念撮影があった。七クラスを順番に撮っていくために空き時間が十分にあり、時間を持て余していた。自由時間にもなっていて少し離れた川縁に座り、水面に目を落として小石を

力なく投げていた。誰かが近づいて忠に、

「何、やってるの。一人で」

恵子だった。仲間から離れて一人になっていた。家のことを考えていたから寂しいオーラを漂わせていたのだろう。

「いや、何も」

恵子は、寂しそうにしているから来たのよと小石を川に向かって思いっ切り投げた。

「ゴメン、ちょっと考えごとをしていたんで」

すると恵子は、

「いろいろと母から新井田君のことを聞いているわ」

恵子の母親には仕事柄いろんな情報が入る。修学旅行の件は恩師も最後まで心配していた。恵子はせっかく修学旅行に来たんだから、思い切り楽しんで二日間過ごそうよと忠の顔を覗き込んだ。そして、真顔になって、

「卒業して大人になったら、今度は二人でこのコースを回りましょうよ」

と周りを気にしながら小声で言った。

「そうだねー、来てみたいな」

二人のこの約束は潜在意識の中で熟成されて、実現するには三十数年の時間を要した。

忠は、常に弟妹のことを優先していたので姉貴のように接してくれる恵子の優しさがうれしかった。頼もしく感じていた。

その後何度かこの地を訪れて嵐山から吹く風に吹かれながら、その都度小さな約束ごとを思い出した。忠は不思議な錯覚をたびたび感じることがある。修学旅行のとき、働き盛りの頃、自分史を作り始めた今現在、それらをベースに私小説を書いて孫たちに形として残すために単純に過去現在未来を見通していると、一場面一コマを見ているのではなく、未来の自分を感じている。潜在意識の成せる業なのか、俗にいう時空を超えて往来している。何かが。そこには確実にもう一人の自分が存在している。

父親の見舞いでふる里へ頻繁に帰省していたとき、空いた時間に独りで関の山に登った。こんなときには決まって草花や大嫌いだった蛇と交信しながら登っていた。

「久し振りだなー、元気か、変わりないか」

たまには遊びに来いよと言うかのように蛇が横切っていった。急な登りに差し掛かると、遠足で体調の悪かった赤土恵子の手を引いて登ったのを思い出した。その感覚を手がハッキリと覚えている。夏休みに藤増と恵子と三人で登ったときは、空模様が怪しくなり急いで下りていった。途中の木立に差し掛かると激しい俄雨になり、頭から靴の中まで水浸しになった。三人で忠の家に駆け込んで身体を拭いて乾かした。突然の訪問に義母が慌てふためき、乾いたバスタオルを恵子に渡していた。

夏休みが終わって二学期が始まったときに、恵子が忠に、

「よいお義母さんじゃない。それに新井田君に似ているわ。目元なんかそっくりよ」と言った。血の繋がってない義母に似ていると言われたのを心に刻み込んだ。

そしてとどめは、嫁さんと駆け落ちみたいに帰省したときだ。父親に叱られて落ち込んでいる忠の

腕を掴み、台所で義母が耳元にささやいた。

「忠、赤土恵子さんとはどうなっているの?」

「仲のよい友達……かな?」

「そうは、思えないけどね」

セピア色に染まった懐かしい光景である。

未来を語り合った日

藤増の人物像や家庭環境は分からない。学校で見る藤増と、自宅に遊びに来た藤増しか知らない。人生の風に吹かれて別々の道へ進んだが、大きな影響を与えてくれた。意識して忠と恵子、藤増の三人で誘い合い、時間を過ごした。教室での宿題の予習、図書館での友情と愛情の激論、校庭での将来の夢と少しの不安。時間の経つのも忘れ恩師から、

「こら!! 早く帰らんか!!」

何度かお叱りを喰らった。その都度恵子の家まで送り届けた。藤増は逆の方角だったが俺は自転車だから一緒に送っていくよと田舎道を並んで帰った。藤増は関の山の麓が紅葉に染まる頃に宇美町に転校していった。炭鉱が閉山してからは、仲良しだった級友が急にいなくなることは筑豊では珍しいことではなかった。小学校のときに転校を経験していた忠は、そのときの四人組のように皆の贈り物を集め、それを持って忠と恵子で藤増を送り出そうと恵子に相談した。

藤増はひと月ほど前に転校したが、改めて三人で送別会をするために、クリスマスの日に校庭で会おうという約束をした。当時は喫茶店などあまりなく、中学生の出入りは禁止されていた。校庭で部活の練習を見ながら三人で過ごそうと軽く考えていた。当日一人で校庭に行くつもりだった。が、その前の日の夕方、すみれが「これ、いつものお姉ちゃんから」と忠に紙切れを渡した。紙には約束の一時間前に恵子の家に来てとメモ書きがしてあった。恵子は忠の家の近くまで来て、遊んでいるすみれを見つけて手帳に書き込み、すみれに渡したのだった。都合が悪くなったのかな、それとも口煩い兄貴に止められたかなと心配して、最悪一人で行くつもりで恵子の家を訪ねた。玄関に現れた恵子を見てドキリと胸が熱くなった。セーラー服の格好しか知らない忠は、私服の恵子が全くの別人に見えて大人っぽく感じた。見とれていると、

「どうしたの？　私よ恵子よ、何ボーッとしてるの。どこ見てるの!!」

気を取り戻して、

「いつもの赤土君と違うから、つい見とれてしまったんだ。ゴメン、ゴメン」

私も一応女ですからとまず前置きしてから、「家で送別会をやってあげなさい」と母親が恵子に言って勧めたそうだ。恵子は朝早くから自分の部屋を片付けて、忠の来るのを待っていた。恵子の家には中間テスト、期末テストでたびたび訪れていたが部屋に入ると家族の者は部屋には顔を出さなかった。藤増を迎えに行こうと玄関を出ると、勝手口の方から母親が声を掛けてきた。

「恵子の部屋でゆっくりやりなさい」

「ハイ！　ありがとうございます」と丁寧に頭をペコリと下げた。

その足で学校へ急いだ。藤増はグラウンドのバックネットの裏に既に来ていた。忠一人だったので少し怪訝そうな顔をしたが、事情を説明して引き返した。藤増が何も持って来なかったぞと困っていたが、忠は何も気にならなかった。途中に店もなく、そのまま手ぶらでお邪魔した。

部屋に入ると炬燵の上にミカンと小さなケーキが三個載っていた。座るとすぐに恵子がインスタントコーヒーを持って現れた。藤増は朝早くバスを乗り継いで学校に来ていたから、座ると落ち着いて安心している様子だった。新しい学校に馴染めずにこのまま卒業しそうだと忠に打ち明けていた。忠も小学校のことを思い出して相槌を打っていた。恵子が横から「暗い話は駄目」と割って入り、その一言でいつもの三人に戻った。

間近に控えている高校受験の話になり、将来の夢へと話は弾んだ。恵子は、母親と同じ職業を目指し、県立高校から専門学校へ行くわと二人に力強く宣言した。藤増は工業高校を出て海外で働くと恵子に熱弁した。忠は二人ともしっかりしてすごいと感心して聞いていた。忠は家族に振り回されて漠然としか考えてなかった。

「新井田君、あなたの番よ」

忠は恵子の方に顔を向けて、ひと呼吸してゆっくりと話しだした。家のことがあるから俺は恵子と同じ高校の夜学へ進み、働きながら通うんだ。大学も同じと自分に言い聞かせるように言った。

「定時制高校なの？」

恵子は、少しビックリして間を置き、

「大学も……なの？」

「それまでに何をするか、見つけるよ」

「一緒に通学はできないんだー」

と恵子は溜め息交じりに尻すぼみに呟いた。障子戸が開き、母親が熱いお茶をお盆に載せて運んできた。

「忠君は偉いね。自分の力で学校に行くのネ」

恵子の方を見ながら炬燵の上にお盆を置いた。

忠は自分の将来について考え悩んでいたときに、封切から一年遅れで吉永小百合主演の映画『キューポラのある街』を見た。この映画の前に見た『赤い蕾と白い花』の映画で当然のことながらサユリストになり、『寒い朝』の歌も覚えて歌にも関心を持っていた。この頃から働きながら勉強をしようと心ひそかに決めていた。担任の恩師は、全日制高校でも行けるぞと他の高校を推薦してくれたが、自分が自由に使えるお金が欲しかったのと、恵子の近くにいたいという思いで定時制と決めていた。これが一番よい方法だと思っていた。何よりも恵子との接点をなくしたくなかった。

この日は時間の許す限り三人ともに大いに笑い、楽しんだ。

高校受験日まで今まで以上に勉強をした。藤増とは手紙でお互いに励まし合い、赤土恵子からも藤増との文通の話をよく聞いた。

すっかりセピア色に変わっていた当時の出来事が色鮮やかに甦ってきた。古稀を迎えて、当たり前だがつくづく人生は速い。先輩の話では今からは加速していくぞと念を押された。三人で送別会をやってから五十五年が過ぎた。三人それぞれが、影響を与え与えられた仲間だった。消息不明だが藤増は気になる人物の一人である。

二十歳の頃に三人で再会して忠と藤増はその後連絡が途絶えた。しかし、赤土恵子には忘れた頃に手紙が届き、突然職場に電話があったようだ。そのどちらも一方的でこちらからは連絡はできないようにしていた。藤増の希望通り若い頃に会社を設立してベトナムに電子部品の工場を造り、日本とベトナムを頻繁に往来していることを恵子から聞き、頑張っているのを知らされていたが、その後パタリと音信が途絶えた。

忠が通信制大学で勉強しているときだから、四十五、六歳の頃にスクーリングで福岡に行ったときに、宇美町の役場に行き、手紙の住所から隣町の住所を捜し当てた。躊躇しながら訪ねると、思っていた以上に荒んだ生活で、大型犬のシェパードが吠えていた。人が住んでいるのかと目を疑った。留守だった。

腹を決め、レンタカーの中で待った。隣の家の人の話だと夕方の五時には戻って来ますよと言葉少なく教えてくれた。隣の人との交流もないようだった。二時間近く待った。藤増は軽装な身なりで戻って来た。車から降りて近づくと、

「おお!! 新井田君、どうしたとー」

続けて、「ようここが分かったバイね」と筑豊弁で話し掛けてきた。人間だけは昔のままの藤増だった。家の中に入ると何もなかった。覚悟はしていたが、

「飲み物を買ってくるけん、お金を出してくれんね」

あまりの部屋の状態に気を取られて反応が悪く、ワンテンポ遅れてお金を渡した。想像以上の様子

に忠は動転していた。二十数年振りで話すことは山ほどあるのに聞けなかった。事業に失敗して離婚して身動きが取れないと嘆いていた。

別れ際に何も手土産を持って来なかったからとお金を渡した。新幹線のチケットは購入していたから昼飯代だけを残して。

飯塚の実家に帰り着くまで暗い夜道がつらくて無性に悲しかった。個人情報がまだ厳しくない頃で、そのときの住民票を今でも手元に保管している。いつの日か再会できることを願って……。

忠には、もう一人会いたい人物がいる。別れたままの三歳下の妹である。父親が他界したときに妹の住所が分かり、手紙を出したが返事がなく、二度三度出したが、なしのつぶてである。すみれの話では両親兄弟に対して快く思ってない。それ以上に怒っているようだと弁護士さんに言われたそうだ。忠はよく理解できるが、生きているうちに会いたいと思っている。実母は生きて会うことがかなわなかったからせめて妹だけは会いたいと切望している。居所も博多で、その公営住宅まで訪ねたがそのまま帰って来た。何か糸口か、切っ掛けが欲しいと常に考えている。自分史か私小説か……と思っている。

振り返ってみると納得のいくこと、思い当たることが今までの人生の節々にある。どんな仕事をしようかと思い悩んでいたとき、人生は一回しかないのだからいろんな仕事、経験を積みながら生きていきたいと思っていた。父親の手伝いで建設労働者をやり、体力を使った鋳物工場で働き、経営者になるためにいろんな営業をこなした。サラリーマン、セールスマン、オーナーを経験した。会社を興して潰しもした。いろんな経験をしたいと望んでいた人生を生きてきた。生き抜いてきた。

思うことと言葉は人生の水先案内人、この先の人生には十分に活用できると自信を深めた。人生、いかに生きるべきかと考え、このことを日常生活の中に落とし込んで習慣化すると、自分なりの信念ができ、自分の望む方向へと進んでいくことは確信できた。それは心をうまくコントロールして潜在意識の中に潜んでいる魂を使うことに尽きる。

自分だけが思い込んでいて他人には説明のしようがない。潜在意識の中でしか魂は働かないと勝手に決めつけている。その意識の中は、生まれたときは何もない。生きていく中でいろんなものが蓄積をする。汚いものを放り出して「真・善・美」の綺麗なものを取り入れる。潜在意識の中を綺麗な状態で満杯にすると、すべてよしの結果に終わる。

この世界は宇宙と同じ原理で働いている。偶然や奇跡は起こらず、必然である。因果、出会いと別れ、損得、生と死、すべてプラスとマイナス。同じレベルと考えると、切り離して考えることはできない。一生懸命生きることは一生懸命死ぬこと。好きな人との別れは楽しく別れる。これらの事柄をすべて前向きに捉えて生きると魂の働きが活発になり、よい人生へと導く。この生き方にチャレンジしているのが、健康長寿である。

自分史を書き終えたとき、忠は六十八歳だった。縁があって悠々会という二十名弱の男のグループに参加した。社会との繋がりと自分の前向きな生き方のために参加した。加入して二回目の忘年会が開催されたときに近況報告で自分史に沿った私小説を書いていることを発表し、自分にプレッシャーをかけた。プラス、今後八十、九十、百歳の節目に書くことを宣言し、認知症対策に備えようと伝えた。生き様を新たな大きな目標と課した。いかに若々しく上品な好々爺になるかである。最高齢になる四十五年後が楽しみで、地球の温暖化、アメリカ、中国の変化を確認して目を閉じたい。魂をうまくコントロールして生きれるものなのか確認してほしいものである。

病気になって、その先は心構えで決まる。落ち込んでいる人には死を手繰り寄せ、楽観的な人には死を遠ざける。心にはそんな力が存在する。優秀な医師は患者の悩み、苦しみをとことん聴いて薬を処方する。心の処方を優先している。

中学最後の冬休みも田川市の叔父の寿司屋で泊まり込みでアルバイトをした。年末年始の繁忙期である。学校が始まる一日前に庄内の自宅に帰って来た。始業式の前日だった。高校の費用の足しにと目いっぱい頑張ってバイトをした。この時代はどこの家でも同じような暮らしだったが、弟妹のためにと頑張ることができた。

忠は定時制高校に進むから、普通の学園生活はこの三学期で終わると考えていたので大切に過ごそうと新学期を迎えた。映画の『青い山脈』のような思い出にしようと。終わりよければすべてよしの精神で過ごそうと考えていた。

修学旅行を終えて、文化祭では生徒会が中心になって演劇を行った。劇名は『7人の愉快な泥棒たち』だったと記憶している。最高に盛り上がった。体育祭も無事終わり、極め付けは東京オリンピックの聖火リレーで国道二〇一号線を博多方面へ走ったことだった。日本での開催は生きている間では二度とないと言われていたが、その後、再びオリンピックが東京で開催された。

学校行事や全校集会は生徒会が主導して行った。『7人の愉快な泥棒たち』の主役を演じた級友とは、卒業してから一度も会っていない。この劇の名残なのか五年ごとに開催される同窓会には必ず寸劇が付いている。喜多村健が実行委員長を引き受けている。同窓会の締めは尾崎紀世彦の『また逢う日まで』と決まっている。全員で合唱して、それぞれの幸せを祈って別れるのである。

中学三年の三学期が始まって、別れが近いせいなのか、受験の不安なのか教室の中で数名が集まって話し込んでいた。忠と健も健の姉さんの家で温まって昼飯を食べた。午後の授業に間に合うように教室へ戻った。もちろん校則違反である。懐かしいセピア色が甦ってくる。

そんなときに自分だけのサイン帳を作ろうと閃いた。寿司屋のバイトで見せてもらったサイン帳を思い出した。三つ年上の職人見習いの先輩が仕事が終わり、雑魚寝しているときにいつも見ていたサイン帳である。これを見ると元気が出て頑張ろうと思うんだと忠に話していた。クラス全員が一言ずつ書いたものだった。人気者の健と行動を共にしていた忠は、そのおかげで下級生ともコミュニケーションが取れていた。早速、購買部でB5判のフィラーノートを購入して廊下を歩いていると、生徒会で一緒になる仲良しグループに出くわした。

「何を買われたのですか?」

と一人の女子生徒が声を掛けてきた。

「サイン帳にするノートだよ」

当時としては、少し色合いのよいノートを見せて、「今日から卒業記念にサイン帳として皆に一言書いてもらうのさ」と告げると、するると、「私たちが、一番に書いてもよいですか？」とノートに手を伸ばし了解を求めた。忠はクラスメイトにと思っていたが生徒会活動でいろいろ助けてもらったメンバーだからよいかとノートを渡した。書く内容を説明して別れた。一月も終わりに近かった。

サイン帳が手元に戻って来たのは卒業式の二日前だった。卒業間近の三学期は独特の雰囲気の中で時間だけが足早に過ぎていった。サイン帳に一番に記入すると張り切っていた健だったが、その目論見が見事に外れて、忠に対する態度が大きく変わり、二人の間にギクシャクしたものが漂った。

サイン帳が戻って来て原因が掴めた。健の後に記入したクラスメイトが二人とも仲直りしなさいと忠告文を載せていた。健も忠も、別れゆく寂しさと受験の不安で頭の中がいっぱいだった。健にはサイン帳を読んだことを伝えて謝った。言い訳をせずに素直に頭を下げた。セピア色がカラー色になり、当時の若さ青さ加減を思い出して恥ずかしくなってくる。

当時を思い起こすと、田舎町ながら「お別れの会」を開いて送り出してくれた。一つは、サイン帳に最初に記入してくれた仲良し四人組である。二年生の女子生徒たち。これはひとえに健の人柄と男らしさの賜物で、その傘の中に忠もいた。これ以来、忠は人に好かれるコツを真似して、今でもそのコツは生かされている。

もう一つは、文化祭の演劇の指導を担当された若い女の先生二人だった。二年生の女生徒のラーメン屋で送別会を開いてくれた。健に誘われて、これも二人で参加した。演劇の練習では一向にうまくまとまらず、二人の女の先生は困り果てていた。いざ当日になり、幕が上がると主役の青山君と健も周りの人たちも、皆が全力投球で演じた。途中アドリブが飛び交い、伸び伸びとそれぞれが演じきった。体育館の中は拍手喝采、上出来だった。

同窓会には一人の先生が参加され、もう一人の先生は鬼籍の人になられた。青山君も健も忠も同じ高校の夜学に進んだが、健は一年生の途中で退学し、忠は二年生に進級すると、愛知県の高校に替わった。二回目の転校生になった。青山君とはそれ以来一度も会ってない。このときも、関の山から吹く風で別々の風に乗り、それぞれ飛んでいった。興味のあった自分史に着手して、その面白さに嵌まり、そのとどめに赤土恵子似の人と知り合った。一気に自分史が広がり、私小説へと拡大をした。


赤土恵子にまつわるエピソードを思い出した。ある同窓会のときに、「覚えている？」と中学生の頃の表情で聞いてきた。聞き返すと数学の授業のときに恵子が黒板に問題を解き、悠々と席に戻ると忠がさっと手を挙げて間違いを直したことだった。いつも一緒に勉強し、恵子が教えることが多かった忠が手直しをしたことが忘れられないでいるという。「あのときのあなたの顔が忘れられない。得意気な顔だったわ」と。忠は覚えていないし、すっかり忘れていた。

そんなことがあってからも恵子の家で二人して勉強して、教えてもらった。定時制に通うようになってからも恵子の家に訪ねていった。同じ教科書だったのが幸いした。仕事を終えて学校に向かうときに、下校途中の恵子と言葉を交わした。当時は学生の男女が話すのは珍しく、少し浮いた感じもしていたが二人とも気にしなかった。

昭和四十年代は遥か遠い昔なのだが、青春時代はすぐそばに存在しているからなのか、古臭い感じはしない。人生のすべてを見通せば、どの時代も光り輝く時代なのだからこの赤秋時代にも同じ価値がある。どんなときでも光り輝くときとして捉えなくてはいけない。

思い起こすと恵子とは、結婚しなかったのが不思議で、タイミングが悪かったのか、もともとよく言われるように縁がなかったのか。ふる里を離れる夜行列車の中での見知らぬ人の言葉が頭に過《よぎ》る。

「あの人とは、長いお付き合いになるよ」

「結婚するってことですか?」

夜行列車に同席した五十代の雑誌の編集長との会話。

それから十年も経たないうちに恵子は結婚する。忠もその後すぐに結婚をした。

人生には不合理なことがたびたび起こる。忠と弟を残していった実母とはそれっきり会ってない。遺伝子の半分は間違いなく受け継いでいる。子供の頃の血の繋がりのない祖母からの影響は大きい。いろんな人との出会いも絶対に無駄はない。人生を振り返るこの年齢になって分かる。このことを糧にして生きることを誰かに伝えて残す。生きることへの疑問と迷いのヒントになればと思う。魂と繋がりは続いていくと考えたいが、どうせ何も解明されてないのが人の生涯である。

心の中の微風

卒業してからの一年間に大きな変化が起こった。外的要因ではなくて単なる心の変化だったのかと思う。悩んでいるうちに祖母にでも相談をしていれば当然ながら今と違った道を歩いていたはずである。素直さがないというか、若さのせいなのか、堤の土手で考え、関の山に登りながら自分なりの答えを出していた。後々尊敬する人に指摘されたことがあり、気付いた。

「その性格が、君の長所なんだが、使い方によっては短所になる」

間違いではないが、年長者の意見も大切なことを教わった。

中学を卒業した当時は、そんな余裕がなかった。翌年の昭和四十一年の三月までに進む道が決まった。自分ながら、この大胆な決断を下したなと今もって不思議で理解できない。今現在のようにもう一人の自分と会話していれば、きっと違った道を選んでいたと思う。振り返るからそう思えるだけで、瞬間瞬間、刹那に生きるときは無理のように思われる。自由に羽ばたいていくことができる年齢だったからかもしれない。あまり深く考えずに生まれ育った筑豊を離れることに漠然と希望を持っただけかも……。自分の生き方とダブって見える『青春の門』の信介のように九州を飛び出したかっただけかもしれない。忠が筑豊を離れて三年後に『青春の門』が発売された。信介と織江の関係のように、忠は常に恵子のことを思い、この頃からもう一人の自分と会話をしていた。

「大丈夫よ、あなたなら」と必ず声が聞こえていた。ふる里を離れて生きていくためには、子供ながらも心のエネルギー源として不可欠なことだった。忠の心の中は常に孤独で愛に飢えていた。

四月からの生活は、すべてに対して新しい経験の連続だった。通学の条件に合う仕事を見つけて夜学に通った。朝は七時過ぎに家を出てバスで新飯塚駅前の会社に出勤し、夕方の五時には高校へと登校し、授業を終え、短い時間だが部活で汗を流して十時前の最終バスに駆け込んだ。乗り遅れると徒歩で国道を歩いて帰る。こんなときは夜中の十二時を回っていた。昭和四十年代の暗い田舎道を黙々と歩いて帰った。すんなりと帰っても家に着くのは十時を過ぎていた。

バスに乗り遅れて歩いて帰るときには流行歌を大きな声で歌った。寂しさを紛らわせて自分に喝を入れながら、ひたすら歩いた。国道二〇一号は深夜貨物便が多く、親切なドライバーさんに家の前まで送ってもらったことがたびたびあった。乗り遅れて落ち込んで夜道を急いでいると声を掛けて送ってくれた。乗用車が声を掛けてきたことはなかった。それ以来、トラックの運転手さんのイメージが変わった。

仕事を終えて、学校へ向かう途中で下校してくる恵子に会えるのが忠にとって唯一の楽しみでもあった。立ち止まって話し込んでいると、横目で見ながら通り過ぎていくクラスメイトの視線も気になったが、忠は気にも止めなかった。

忠にはこだわりがあり、数学だけは常にトップにいたかった。夜学は年齢差があり、ずば抜けて優秀な人がいた。全日制も定時制も同じ教科書だったために恵子にアドバイスをもらい、立ち話で済まないときは、次の日に教室の机の中に解答を入れてくれた。そのときは必ず短い手紙が添えて入れてあった。

会社は、事務用品や文具用品を取り扱う地方の商社で、店舗も構えていた。取引先は、市役所などの官庁関係、学校、小売りの店舗への卸しが主であった。まだ運転免許のない忠は近場の取引先への配達が主な仕事だった。マツダミゼットの配達の助手や時には店番や倉庫の整理をやった。同時入社は男性四人だった。仕事に慣れ、取引先にも慣れてくると忠は自ら担当者に声を掛けて注文を取ってきた。アルバイトや家事の延長線ですぐに新しいことに挑戦し、先輩に重宝された。学校が休みのときは仕事に精を出し、早く戦力になろうと仕事に励んだ。

義母は残業代が付かない仕事は辞めて早く家へ帰ってこいと口煩く言っていたが、忠は早く独り立ちしたくて仕事に励んだ。定時制はひとクラス五十名を超えていた。同じ年齢の人は半分いて、三十歳を超えた人もいた。この彼がとても優秀で、いつも気になっていた。女生徒は非常に少なく、ほとんどが年上の看護婦さんだった。それぞれに働きながら学びたい人の集団だった。映画の『キューポラのある街』のようには甘くはないが前向きに若者らしく働こうと順調に毎日を送っていた。

家の方では弟が中心となり、幼い妹二人で家事を分担して忠の穴埋めをした。この時分は弟が大変だったと思う。この後、祖母が一緒に暮らすようになり、弟も負担が少なくなった。

あの日の朝は台風一過でカラリと晴れ渡る予報だったが、午前中はぐずついていた。朝一番に荷物を自転車に積んで雨に遭わないようにと急いで配達に出た。雨を気にしていたが近くだからと雨合羽を持たずに飛び出た。無事に配達を済ませて戻るときに一瞬だったが大粒の雨に出くわした。自転車のペダルを強く踏んで倉庫に帰ったときには上着とズボンは水が滴り落ちていた。大きな通りを挟んで対面が店だったから、備え付けのインターホンで配達の終えたのを伝えた。すぐに下着になり濡れた服をハンガーに吊るした。そのままの格好で仕事をしていると、

「新井田君、裸で何してるの？」

と大先輩のお姉さんが声を掛けてきた。お局的な存在の優しい社員で、忠もかわいがられていた。

事情を説明して服を乾かしていると伝えると、お姉さんは店に舞い戻り、予備の制服があるからと忠に代わりの制服を渡した。着替えていると、店に並べる商品を取り揃えながら、

「目元が小百合ちゃんに似た友達がいるの？　新井田君」

すぐに赤土恵子のことだと気付いたが、

「そんな人、いません」

「じゃー彼女は?」

「いません」

少し間を置いて答えた。

「恋文か、ラブレターかな?」

古臭い口調で話し掛けて封筒を忠に手渡した。

「封筒に入れたのは私よ」と付け加えた。昨日学校へ行った後に店に来た恵子がノートを買ったときに、メモ書きを残して帰っていったようだ。忠は、ここしばらく恵子には行き会ってないなと封筒を開いた。短い文章だったが「昼間働いて夜の勉強大変だけど、あなたなら大丈夫」といつもの恵子の励ましの文章だった。付け加えて、「今度の日曜日、期末テストの勉強を一緒にやらない?」と誘いがあった。忠は、勉強の誘いもうれしかったが、恵子と時間を気にせずに話せることの方がうれしかった。

日曜日は、義母が手ぶらは失礼だからと菓子を袋に詰めて持たせてくれた。途中でジュースを買いなさいとしつこく念を押された。私服で迎えてくれた恵子は、セーラー服の時とは雰囲気が異なり、年上の大人のにおいのする女性に見えた。頼もしく思えた。玄関先で恵子の母親が、

「新井田さん、少し見ない間に頼もしくなって一段と男らしくなったね」

と迎えてくれた。いつも三人で勉強をしていたが、二人だけだと妙に意識してぎこちなく、普段の

会話になるのに時間を要した。実力の差もあるが、ほとんどが教えてもらうパターンで過ぎた。テスト範囲を一通り終えると恵子が、

「高村光太郎の『智恵子抄』を読んだけど、智恵子の生き方に感動したわ」

と内容を話して個性豊かな愛情表現を得々と語った。他人事のように聞いていたが、思い起こすと恵子の気持ちが今は痛いほど分かる。

今、忠は毎週木曜日にデイサービスに通っている。カラオケタイムで女性の利用者さんが昔を思い出しながら歌う姿を見て、忠も懐かしくて胸が熱くなった。演奏中は時空を超えてタイムスリップしていた。その女性も智恵子の熱烈な愛情表現がよいなと瞳を潤ませた。その瞳は若い頃の瞳だった。女性の瞳の奥に恵子が映って見えた。

すぐに智恵子抄を借りて読破した。読み終えて改めて申し訳ないと詫びたくなった。自分史を書き進めていくうちに、細かいところで恥ずかしくなることが多々あった。当時は自分では気付いていないのだが、よく周りの人たち、特に恵子から「わがままで、無神経で、鈍感な奴！」と指摘された。だが忠は、都合のよいように、これが俺の性格だと開き直って受け入れなかった。しかし、この年齢になり、初めて認められるようになった。カラオケで歌うと、どこからか、「智恵子の生き方に憧れるなー」というささやきが微かに聞こえてくる。自分の大切な宝物として潜在意識の中に眠っている。

定時制のクラスの中では、高校在学中に病気になり、改めて入学し直して大学を目指している三十歳前の生徒が常にトップで、忠の闘志を燃やしてくれた。忠は同年代の中では文句なしのトップだったのだが。入学式には代表して挨拶をした。仕事と学業の両立は難しいと聞いていたが、常に全力投

球でやり抜こうと決めていた。体力と精神力には自信を持っていた。

この頑張りの源には赤土恵子の存在が大きかった。家族よりも近い存在だった。卒業文集に忠は「友達を一番大切にしたい」と書き残している。心の中では赤土恵子そのものだった。高校一年生の夏休みには、久し振りに志賀島に泳ぎに行く話がまとまり、参加した。恵子が、行こうよと誘いに来た。

浜辺でカレーライスを作り、皆で騒ぎながら食べた。箸を忘れたために忠が小枝でインスタントの箸を誂えた。山に入るときに小刀を持ち歩く癖が功を奏した。十四人分の箸を揃えるのは大変だった。

忠は本当の母親の温もりを知らない。知らないで育った。弟妹のご飯をよそったり、いつも面倒を見て母親代わりに生きてきた。母親の温もりのような優しさには、ついポロリと涙するときがある。カレーライスを作ったときも、危うく泣くところだった。恵子が盛り付けて、「こんな量で、よい？」と一言。

恵子は、忠の心の中を見透かしていたから、あえて感情を入れずに無表情で差し出した。これには伏線があって、忠の涙脆さを知っていた。恵子の家で勉強しているときに学生服のボタンが取れかかっていた。それを見つけた恵子は部屋を出て裁縫箱を持ってきた。

「学生服を脱いで。ボタン取れそうよ」

有無を言わさず付け直した。取れそうなボタンも付け直していると、恵子は静かになった忠が気になり、ゆっくりと顔を上げた。すると、そこには目を真っ赤にして涙が溢れている忠の顔があった。ビックリ仰天した恵子が、

「何か変なこと言った？」

と恐る恐る聞いた。

「分からないけど、おふくろさんを思い出したんだ」

つらいことや苦しいことでは泣かないが、優しさには弱いんだ。当時は気付かずにいたが、今思うと母親を慕う気持ちがあったのかと思う。別々の道を生きているのだが無性に会って話したい時がある。

海水浴に参加して楽しい時間が過ぎ、半分社会人の夏休みは仕事に励んで、精神的にも楽だった。ただ、義母には「早く帰って家の手伝いを」と小言を言われた。その都度祖母が守ってくれた。

徐々に生活に慣れて気持ちに余裕ができてきて、すべてが順調に進んでいた。そんなときにちょっとした出来事があった。初秋のまだ暑さの残っている天気のよい日に鼻歌まじりに最後の配達を買って出て、飯塚橋を渡っていた。すぐそばを一台の警察車両のジープが通り過ぎた。当時は幌付きで後ろはオープンだった。荷台には前屈みに親父が乗っていた。見た瞬間は軽く考えて、「どうしたんだろう」と頭に過った。仕事を終えて学校に行く道中、授業中にも頭から離れずに自宅にはどうして戻ったか記憶に残ってない。

当然ながら父親はいなくて、次の朝に祖母から詳しく聞いた。

春夏秋冬、起承転結、これらは巡り巡って繰り返す。生老病死も大きな物差しで見ると死から生へと巡っている？　渡り鳥は時期と方角を本能的に刷り込まれている。植物は春になると芽吹き、成長していく。人間にもそんな能力を授かっているとしたら潜在意識の中にある？　忠は、自分がそう思っているのか、そんな現象に巡り合うから思うのか、分からないときがある。過去の人生には、そんな奇妙な縁が赤土恵子との間には見える。忠本人が一方的に感じているだけかもしれない？

西暦二〇二一年の夏、再び東京オリンピックが開催された。忠は、前回は聖火リレーに参加している。あれから五十五年振りの開催である。

人類は地球規模で激変している。人間の賢さが出るのか、愚かさが出るのか見物である。人生一〇〇年時代と言われる昨今である。研究データで血液の老化現象が三段階で現れるようだ。成長しきった三十四歳の頃と、仕事の定年を迎える頃の六十歳、そして、喜寿を迎えた七十七歳の頃に訪れる。最後の年齢を少しでも後ろにずらすために、気を付けている。この年になって「最高の人生とは？」と尋ねられれば、幸福に生き抜くことだと思っている。幸福とは主観的なものであって人様から干渉されるものでもない。自分史を顧みると、どんな出来事も「すべてよし」で消化でき、これからの人生に上積みを目指す。

一、一隅を照らす。

一、清濁併せ呑む。

自分史を創りながら、振り返っていると、今さらながら、もっと大切に生きてきたかったと少し悔やむ気持ちになるときがある。人生の旬は青春ばかりと錯覚をし、他を疎かにしていたように思われる。自分史に取り掛かり、もう一度青春をと顧みる。

「そうだ、赤秋の時代を自分史の中に取り込んで、その延長線上にいつも人生の旬があり、一瞬一瞬、刹那、束の間の上に人生の歴史が積み重なっていく。思ったが吉日で、終わりよければすべてよしの精神で暮らしていこう」と考え、まずは孫との触れ合いに注意を払って全力投球している。その輪を広げて、かかわるすべての人にこの精神で接している。

旅立ち

忠は今まで、父親の生き方に納得せず、父親を反面教師として生きてきた。あまりにも強烈な破天荒な生き方に巻き込まれないように、仕事と学校を続けていた。巻き込まれる怖さを感じ、喜多村健や恩師にも打ち明けずに悶々と日々を送っていた。まして赤土恵子にも言えずにいた。このときの心境を誰かに打ち明けて相談をしていれば……。しかしなぜか言えなかった。自分をさらけ出せない小さなプライドが邪魔をした。今考えると悪いプライドほど始末の悪いものはない。

父親が飯塚署に連行されてから二カ月が過ぎていた。祖母も忠が悩んでいるのを分かっていたが遠くから見守っていた。

日曜日の朝、自転車に乗って家を出た。忠が向かっていったのは、恩師の自宅だった。中学校の校門の前を通り、橋を渡って恩師の家を目指した。先生は留守だった。久し振りの訪問で奥さんが学校へ連絡を取り、折り返して学校へ向かった。用務員さんから先生に伝えてもらい、職員室の前で先生を待った。

「どうしたとかー、新井田！」

と懐かしい図太い声が後ろから聞こえた。

「先生……」

と次の言葉に詰まっていると、異変を感じた先生は、

「大事な話でもあるんとか？」

と肩に手を載せながら忠の顔を見た。頷くと、先生は部活で学校に来ている女生徒に宿直室が空いているか見てくるように指示をして、

「何か困ったことがあったのか？　仕事か、学校か？」

と再び忠に聞いてきた。

「その両方のことで、相談があります」

女生徒が戻って来て、

「畳の部屋が空いてます」

放送部の後輩だった。生徒会の用事で放送室で一緒になった女生徒だった。その女生徒に先生は、お茶の用意と机の上から煙草と灰皿を持ってくるように頼み、宿直室へと向かった。畳敷きの宿直室は小さな部屋で、この狭い所で喜多村健と先生と三人で泊まったことを思い出した。夏休みの出来事だった。深夜まで話し込んで懐中電灯一つで校舎の見回りをした。今は警備会社が管理しているが、当時は先生たちで宿直当番をこなしていたのだ。

正座して待っていると、お茶の入ったやかんと湯呑みを持って女生徒が入って来た。

「先輩、久し振りです。元気ですか？」と挨拶をして、この夏休みに起きた講堂の火事の話を切り出

した。忠も燃え盛っているときに駆けつけて見ていた。在校生の煙草の不始末から起きた火事ではと聞いていたが、その噂話を始めだした。途中でトイレから先生が戻って来て、

「こら!! 余計な話をするもんじゃない」

と女生徒の頭を小突いた。後輩は忠の顔を見て舌をペロリと出し、

「先輩、また来てください」

と慌てて引き戸を閉めて出ていった。

先生は灰皿を引き寄せて煙草に火を点けて、いつものように顔を顰《しか》めた。今日は時間があまり取れないと言いながら、お茶を湯呑みに注いだ。忠は、少し躊躇したが腹を決めて飯塚橋での一件から今日までの流れを話した。そして自分なりの結論を、先生の目を見ながら伝えた。このままの状態だと自分が駄目になると、だから県外に出て自分一人でやってみたいと先生の目を見てハッキリと伝えた。定時制に通うことを条件にできるのなら、東京、名古屋、大阪のどこでもよいから就職先を探してほしいとお願いをした。二年生から編入できることも重ねて頼み込んだ。家庭の事情を十分に理解している先生は細かいことを根掘り葉掘り聞かずに、

「両親には、話したのか? 了解はしてるのか?」

「話していません」

忠は、両親に相談すると猛烈に反対され、実現できないことを十分に承知していた。中学卒業のときの二の舞になると分かっていた。県外に出ることを猛烈に反対された経緯があった。今回はすべて決めてから許可をもらうつもりで行動を起こしていた。祖母にも内緒で進めた。多少迷いも残ってい

たが、その迷いも消えていった。来年の集団就職はほぼ決まった後で、受け入れてくれる先があるのか不安だったが、無駄話をせずに学校を後にした。別れ際に不安顔の忠に、先生は「何も心配せんで、安心して待っていろ！」と、背中を軽くポンポンと叩いた。

忠にとっては兄貴のような存在の先生だった。物事を決めるときは常に心が揺れ動いている。百またはゼロの決定などない。先生に新しい職場を頼んだが、その後、日によって心は揺れ動いていた。そんな一週間が過ぎた。

次の日曜日に再び先生の自宅を尋ねた。前日に会社に電話があり、昼飯を食べに来いと誘いを受けた。当然仕事の話だから、表向きは昼飯の話をして電話を切った。新婚だったが先生は初めての卒業生の忠たちをよく家に招いて面倒を見てくれた。家に着くと昼食が用意してあり、食べながら待つように言われて、忠は席に着いた。先生は少し遅くなるらしく、素直に昼食をいただいた。食べ終わると奥さんが食器を片付けて心配そうにテーブルに着いた。忠の顔を見て、おもむろに「高校を卒業するまで、筑豊でやれないの？　級友の赤土さんには相談したの？　あなたたち二人のことを楽しみに見ているのよ」と矢継ぎ早に聞いてきた。男と女の違いはあるが、先生も心配しているのが奥さんの言動でよく分かった。忠は先生にだけしか話してないと言うと、「そう……」と気の抜けたように呟いた。自分のことながら周りが心配すれば心配するほど、他人事のように感じて、意外と落ち着いている自分が不思議だった。

「新井田君、いくつ？」

「誕生日が来ると十七歳です」

「親元を離れるのには……」と言いかけて、言葉を濁した。

「あっ、主人が帰って来たわ」

　勝手口の方へと席を立った。しばらくして応接間へと案内され、そこには先生が厳しい顔をして待っていた。学校へ通うことのできる条件の会社は今のところ一つしかない。しかも愛知県だ。東京、大阪は見当たらない。学校を優先すると、厳しい。東京、大阪は時間がかかるし難しいことを忠に告げた。愛知県の会社は鋳物工場で、勉強と両立させるのは大変だと先生の方が諦めていた。状況を聞くと、会社と寮と高校はそれぞれ歩いて十五分の所にあり条件は問題ないのだが、仕事の内容だけが引っかかって、渋い顔になっていた。忠は鋳物工場と聞いて、映画の『キューポラのある街』を思い出し、

「その会社でよいです!!　その会社に決めます」

「他の会社を探さなくてよいのか？」

　忠は、学校に行くことが第一で、生活ができて学校さえ通うことができれば、あとはそんなにこだわらなかった。忠の性格を知り尽くしている先生は、忠を信用して疑ってないが、簡単に決める忠にもっと深い訳があると察して切り込んできた。どこかの時点で正直に話すことを決めていたので、父親の生き方に対する考え方と、現状ではその生き方の渦に巻き込まれそうで怖いことを素直に伝えた。結論として、このままだと家族の中で誰かが犠牲になる。それならば俺しかいない。父親の生き方を変えないと弟妹に降りかかることを言った。先生は、忠の言葉を遮ることなく、ただ黙って聞いていた。忠の目には涙が溢れ、堪えながら話し続けた。奥さんも先生のすぐ後ろで正座して聞いていた。

飯塚橋で警察に連行される姿や、その後のどうしようもない複雑な気持ちと、それから徐々に今の考えになっていったことを話した。落ち着いてくるのを見定めながら、テーブルの上に古い新聞を載せて忠の目の前に差し出した。毎日新聞の三面記事で赤色鉛筆で囲っているところを指した。そこには「会社の事務所で大暴れ」とタイトルがあった。父親の名前とその経緯が書いてあった。誰が読んでも一方的に恐喝と傷害事件を起こした男の記事だった。読み終えると先生が静かに口を開いた。諭すようにゆっくりとした口調だった。

この記事は全部を正確に書いていない。一部のことしか載ってない。確かに父親が脅したことには違いはないが事実は全く違うと内容を忠に話した。在校生の家庭の出来事で、記事を見てすぐに家庭訪問をして事実を確認した。生徒の兄貴がその会社で働き、三カ月分の給料がもらえずに困っていた。そこで父親に相談して、あの事件になったと。「親父さんの性分だと放っておけない気質だからな。それに暴れたのは親父さんではなく、一緒に同行した若者だ。全面的に親父さんだけが悪いわけではない。世間でよく起こる」

そして、付け加えて「世の中には、本当のような嘘があるが、反対に、〝嘘のような本当のこともある〟かなー」と。

「事実をよく見ろよ。上っ面で判断するな。このこともそれの一つだ。例えは良くないが」

当時父親は三十五歳、男盛りである。まして怖いもの知らずで血気盛んな頃である。今思うと分かる気もする。奥さんは不安を口にして心配していたが、先生は自分で決断すればそれが一番の解決策だと言って忠を励ました。

忠は、それから何回か先生と連絡を取り合って、ふる里を離れることを決めた。街ではクリスマスのメロディーが消えて、慌ただしく年末年始を迎える準備に入っていた。年明けて父親にどう話を切り出すのか迷っていたが、心構えはできていた。下手をすれば取り返しのつかないことに陥る可能性があるだけに慎重に、策を考えた。赤土恵子にもどう切り出すか迷っていた。覚悟はできていると思っていたが、先生に相談するみたいには進まず、年明けて昭和四十一年を迎えた。正月の気分が抜けきらないうちに弟を飯塚に連れ出して自分の考えを打ち明けた。今のままでは家の中がおかしくなることを感じていた弟は、素直に聞いて、あまり驚かずに最後に名古屋はちょっと遠いなあと溜め息交じりに吐いた。喫茶店の中はざわついていたが、その方が忠は落ち着いて話すことができた。

「兄ちゃん、それでいこう。応援するから！」

誰にも話さないことを約束させて店を出た。弟と打ち合わせた通りにまず祖母に決心を打ち明けた。家の中で二人きりなるためにわざわざ忠は会社を休んだ。どんな状況でも休まないことを知っている祖母は、忠の心の中を見抜いていた。県外に出て、もう一度やり直したいと、そのための会社と学校を名古屋に決めたことを話した。祖母の柔和な顔が一瞬で険しくなり沈黙が続いた。そしておもむろに、

「忠さんは、それでよいの？」

「この方法しかない」と頷いた。

祖母のあとの言葉が怖くて身を屈めていた。祖母は、飯塚橋での一件から悩み続けているのは分かっていたから心配していたことを告げた。家出をするかもしれないと気にしていたことも伝えた。

「家を飛び出さないで、よく話してくれたね。私は誰が反対しても、忠さんを応援するから心配しないで。近いうちに娘（義母）たちには、私から話すから任せなさい」

安心した顔で肩を揺すった。そして、親子だね、似ているねと天井を仰ぎながら独り言を呟いた。大人のことは心配しないで、弟妹を頼むと付け加えた。今考えると自分勝手な兄貴で弟に一番苦労を掛けたと思う。

祖母がすぐに段取りを整えてくれた。名古屋に行って高校、大学を出たら戻ってくるから、自分一人の力でどこまでやれるか、試してみたいと両親の許しを請うた。返事は想像した通りだった。

「出ていったら、二度と帰ってくるな!!」

父は途中で席を立った。祖母と義母は、

「父さんは、あれが精いっぱいの返事なのよ」

あれで了解しているから心配はいらないと言った。不安は残ったが、義母は勤め先や学校のことを聞いていた。祖母が事前に義母に話を通していたから、父親が荒れずに事が治まった。忠は、祖母に頼んで良かったとつくづく思った。父親は名古屋のことは伊勢湾台風の復旧工事でいたことがあり、詳しかった。三河に労働者を派遣して西尾市の中畑に一時住んでいた。父親の強力な反対を押し切って決めたが、父親の気持ちを汲み取る余裕はなかった。

勤め先の会社に事情を説明して退社をした。何の問題もなく勤めていたので、社長が二度、三度確認に訪れた。名古屋に行くことを伝えて納得をしてもらった。三月に名古屋に向かうまでは父親の仕事を手伝った。ぎくしゃくしていたが、わがままを通した手前、黙々と働いた。心の整理はしていた

はずだったが、最後まで後ろ髪を引かれる思いがあった。約束はしてないのだが、何かを裏切ってい
る気持ちが残っていた。
自分史を残そうと調べていくと、大きな出来事は当たり前だが、小さな細かいところも無性に気に
なり考え込み、立ち止まる。よいこと、悪いこと、大事件、つまらない出来事、すべてが必要必然で
無駄がないことが見えてくる。もう少し考えて生きてくればと反省もする。嫌なところに反発するだ
けじゃなく、受け入れる器量も大切だと悟った。
年を重ねるほどに父親にそっくりになり、夫婦の会話も、親父夫婦の会話に似てきた。反面教師の
見方ではなくて、プラスに変換して生きる術を身に付けた。親父も義母も偉大さを感じる。義母のこ
とは「母さん」と呼んだことが一度もなく、葬式の時、棺の義母に「母さんありがとう」と心の中で
ハッキリと伝えた。喜多村健が言った。
「新井田、お前、おふくろさんに似ているな!!」
血の繋がってない忠はビックリしたことを覚えている。義母だと告げても、
「それでも、そっくりだぞ」
と首を傾げた。
社会人になって時間にゆとりができ、通信制大学で勉強を始めたとき、義母が、
「念願の大学へ入って良かったね。肩の荷がおりたわ」
と忠の顔を見てうれしそうに笑った顔が目に焼き付いている。五十歳になろうとしている息子に対
して。いつになっても息子は息子なんだと目頭が熱くなったのを昨日のことのように覚えている。

自分史に着手して、大きく変化したのは書き綴ることによって深く物事を見るようになったことだ。長く付き合う人も、すぐに別れた人も、付き合いの中身の濃い人も薄い人も、出会ったことに意義がある。そのタイミングに価値がある。

あと五年で亡くなった親を越える。人生は速い。答えを見いだせないうちに幕を閉じる。潜在意識の成せる業なのか？　離れ離れに生きている赤土恵子とは、切れない奇妙な縁が生きている。

筑豊で悪戦苦闘しながら生きているときも、仕事に没頭しながら生きているときも、なぜかしら晩年を楽しく過ごしている景色を浮かべていた。名古屋に行く日が決まり、父親の仕事を手伝った二カ月強の月日も速かった。一番先に報告したい赤土恵子には、なかなか行き会えず、三回目に訪ねたときに三月二十八日の夜行列車で名古屋に向かうことを伝えた。

出発当日は、朝から寒く、日本海気候の特徴なのか盆地の特徴なのかとにかく寒かったのを覚えている。夜行列車は八時に飯塚駅を出る。東京へ向かう集団就職列車である。遠出の経験のない忠は、独りで行くので乗り越しを気にしていたが同席の人に助けてもらえば大丈夫だと落ち着いていた。

弟妹には気を遣って、どこか旅行にでも行って帰ってくるような素振りで支度を整えた。頭の中では、恵子からの連絡もなくて、そのことだけが気になっていた。親父と義母は見送りには来ないと聞いていた。家を出る時間には用事を作って家にはいないことが忠には想像ができた。祖母と弟が見送りに来てくれることになっていた。晩飯を済ませて落ち着かない時間が過ぎていた。出掛ける五分前に用事を済ませた親父が戻って来てテレビの前に胡座をかいて、忠を呼んだ。背中から声を掛けると

振り向きもせず、

「元気で、しっかりやるんだぞ」

寂しそうな声だった。

義母は、

「何かあれば、すぐに連絡をするのよ」

と忠を抱き締めた。なかなか離れず、泣いているのが分かった。答えられずに黙って頷いた。妹が正月には土産を持って帰って来てと言うと親父が、

「そんなに早くには帰れんぞ」

とテレビを見ながら吐き捨てるように妹に言った。ペロリと舌を出した妹の様子が緊張をほぐしてくれた。祖母と弟は既に家を出て、坂の上で待っていた。忠は、玄関を出て振り返り深々と頭を下げ、心の中で行って来ますと呟いた。歩き始めた祖母の後を追った。孤独感が込み上げて寂しさが募り、バス停まで無言で歩いた。三人の足音だけが聞こえ、長い沈黙が続いた。バス停のぼんやりとした灯りが見えた。時間通りに西鉄バスが来て乗り込んだ。すっかり暮れた道をヘッドライトが生き物のように動きだした。その灯りを黙って追っていた。バスガイドが「次の停留所は、診療所前です」と言う声が、乗客が少ないため響き渡り、忠はバス停に目を凝らした。赤土恵子が使う停留所である。誰もいない。このまま会えずに行くのかと、心の中に漆黒の闇が広がり、寂しさが膨張した。そして、後悔の気持ちが湧き上がった。祖母が小声で言った。

「赤土恵子さん、見送りに来てないようだね」「うん」

手を握り締めた。そして、なぜかこれでよいんだと自分に言い聞かせた。バスは灯りのない夜道を駅へと急いでいた。忠の心を置いて。無言で真っ暗な窓の外を眺めていた。

飯塚駅は夜行列車を利用する人たちで待合室は賑わっていた。始発駅だから見送りの客も多くざわめいていた。

「兄ちゃん!!」

先に入っていった弟が走って戻って来た。その後ろに先生と赤土恵子の姿があった。恵子は、祖母に軽く会釈して忠の手を引っ張り、薄暗い駅舎の片隅へと無言で連れていった。掴んだ手を離さずに黙って見つめていた。泣きそうな顔で、

「どうして！　勝手に決めるの!!」

と掴んだ手に力を込めた。高校、大学は地元から通うと約束していたのにと目に涙を浮かべて問い詰めた。恵子は、先生から県外で働く経緯を聞いて、どうしようもない気持ちをぶつけた。忠は自分が出した答えのいい加減さに後悔したが、何も言えなかった。そのもどかしさに痺れを切らした恵子が、忠の目を見てハッキリと、

「私も必ず名古屋に行って働くから!!」

と言い切った。二人の様子を見ていた祖母が「先生に挨拶を」と割り込んできた。我に返った忠は、恵子の手を軽く叩きながら解き、賑わっている待合室へと入っていった。先生は弟と二人で待合室のベンチに座っていた。忠の顔を見て「少しの時間、離れ離れになるが必ず手紙を書くんだぞ」と二人の肩に手を載せた。少しの時間と強調した先生の言葉に忠は心なしか安心し、勇気をもらった。

夜行列車のアナウンスがあり、ホームへ入り、列車を待った。話すことが山ほどあるのに妙な沈黙の時間が流れていた。間を持て余した先生が、恵子と忠を抱き寄せて、

「うまく……仲良くやれよ！」

と言いながらさらに強く二人を抱き寄せた。忠は、当時学生が愛用していた白いレインコートを着ていた。親父と一緒に働いていた若者が、愛用していたレインコートをプレゼントしてくれていた。そのポケットに恵子が手を差し入れて、

「関門海峡を過ぎてから読んでね！」

と目を見た。いつもの恵子の顔だった。「その時間には自分の部屋にいるから……」と意味ありげに付け加えた。五十数年前の出来事だけど、このシーンはハッキリと記憶に残っている。

列車に乗り込んでからの出来事も一生忘れられない記憶として脳裏に焼き付いている。ここから不思議な縁が恵子との間に始まった。ブレーキ音を響かせて列車がホームに入ってきた。いつもの集団就職列車とは違って、少し余裕のある夜行列車だった。東京行きである。出発までに数十分の時間があったが、席の確保のために弟とすぐに乗り込んだ。荷物を上の網棚に載せて窓を開けた。弟は列車を降りて、忠は窓側に座った。慌てていたために座ってから対面の座席の荷物に気付いた。そこに五十過ぎの男性が戻って来た。

「ここ、空いていますか？」

「ああ、空いてますよ」と優しい声で返してくれた。長旅になるので、その雰囲気に忠は安心した。忠と同じような若者が大学やら仕事で上京する人たちとの別れを惜しんでいた。窓からは冷たい風が

吹き込んでいたが心地よかった。発車のベルが鳴り響き、ガタンと車輪が動きだした。後ろの方にいた祖母が目に入り、ハンカチで目を拭いながら手を振っていた。声は聞き取れなかった。隣で弟が、「兄ちゃん!!」と言ったのは口の動きで分かったが、あとは見送る人の声と列車の音に掻き消された。先生も頑張ってこいと言っているようだった。恵子は、胸元で小さく手を振っていた。そして安堵した顔になっていた。忠は身を乗り出して手を振っていたが、ホームの人影が列車の音とともにすぐに消えていった。

「もう窓を閉めてもらってもよいかな」

男性が遠慮がちに言った。

「どうもすみません。閉めます」

窓を閉めて暗闇の中をぼんやりと眺めていた。見ず知らずの名古屋に向かっている自分が偽物に思われて、本物は筑豊にいるのではないか、これが現実の世界かと疑った。不安や期待、夢、希望、家族、赤土恵子、そして俺は何を……。

車内のアナウンスは大阪、名古屋、東京の到着時間を告げていた。大部分の就職列車の終わった後の列車だったから車内は意外と空いていた。向かい合わせの四人掛けの席も、中年の男性と忠と二人だけだった。男性は丸くて大きめの帽子で顔を覆い、静かに窓にもたれていた。

思い返すと九州、筑豊を離れようと決心してからは、本当に速かった。高校、大学を終えてからでは、多分筑豊を出ずに筑豊で一生を終えていただろうと思う。若さが十分に作用している。若気の至りというものだろうか。名古屋で大学を卒業して戻ってくるという約束は今、現在では果たしてない。

これが人生の面白さなのか、これまでに何回か戻るチャンスはあったが実現していない。恵子の、「必ず帰って来てね！」が脳裏を駆け巡る。別々の道を生きているのに、約束は既に消滅しているのに。

弱冠、十七歳の若者の旅立ちだった。

車内は明るく灯がともり、窓の外は暗くて不気味だった。忠の心の内では夢や希望、男のロマン、人生の荒波、展開に胸躍っていたが、それ以上に窓の外に広がる漆黒の闇夜に潜んでいる不安も大きかった。もう一人の自分が耳元でささやいた。

「お前とんでもない決心をしたたな」

列車の音が変わった。いよいよ九州ともお別れだな。関門トンネルを列車が何かから逃げるように勢い良く通過しようと突っ走っていた。対面に帽子を深く被っていた男がそのままの状態で、

「もうそろそろ、ポケットに入っている手紙を読んだ方がよいのじゃないのかい？」

すっかり忘れていた。恵子がポケットに押し込んだものを取り出した。型崩れした封筒だった。なんでこの中年の男性が手紙のことを知っているのかと、不思議そうに帽子の男に目を向けると、帽子の隙間から、

「なあに、少しばかり読唇術の心得があってね。彼女がポケットに手を入れたときに呟いたのをつい覚えていたのさ」

そして、早く読んでくれと催促した。

「すみません。すぐに読みます」

男は中途半端な格好だから疲れると独り言を言った。手紙の内容はやや命令口調で、「ふる里に必ず帰ってくることと、手紙を書くことを絶対に約束して」と書いてあった。読み終えて少し躊躇したが「終わりました」と伝えた。

男は背伸びをしながら忠と向かい合った。思ったよりも中年の男は若く見えた。

「新井田と言います。名古屋まで行きます。よろしくお願いします」

「俺は、終点の東京まで」

その後、簡単に仕事のことを付け足した。小さな出版社で編集長をしていると話した。筑豊弁の訛りはなくて、仕事柄いろんな人たちとかかわり、その影響で多少人間を見る目が肥えて、困るときがあるとぼやいた。煙草に火を点け、

「あっ失敬、煙草吸って良かったかな？」

初対面の忠にラフに話し掛けてくる男に対して、違和感を抱かずに男の話に聞き入った。

「ところで、今からが本題なんだが」とひと呼吸置いてから、忠に目をやった。今から話すことは気にしちゃ駄目だが、少しは心の中に留めておいて聞いてほしいと前置きをした。プラットホームで列車を待っているときから忠と恵子の所作に釘付けになり、雑踏の中でも二人の会話が聞こえてきて、気になっていたと伝えた。

「手紙の相手の人は、君と生涯かかわり合う人だ」

「生涯かかわり合うってことは、結婚する人ってことですか？」

沈黙が続いて、すぐには返事は返って来なかった。線路の響きがリズムに乗って響いていた。

「そんな簡単なことではないな……」

忠は、単純に恋人か結婚相手としか思い浮かばなかった。あとは何があるのだろうか。漠然と窓の外の暗闇に目を向け続けた。会話は途絶えて列車の進む音だけが響いていた。男は独り言のように呟いた。それも自分自身に言い聞かせるように呟いた。

「結婚がゴールで得られるものと、ゴールじゃなくて得られるものとは雲泥の差がある」

十七歳の忠には理解し難い事柄だった。今夜の出来事は、今から起こり得る人生の荒波で忘れ去るだろうが、人生の節目節目に思い浮かぶときが訪れる。このときにどう考えるかだ。

この夜行列車の出来事は夜明けとともに忘れ去ったが、阿頼耶識の中にしっかりとインプットされていた。この日から三十数年後に奈良県の室生寺で同じシーンに出くわすことになる。


列車が名古屋駅に着いたのは昼近くになっていた。会社の秘書が迎えに来ていた。通信制大学に通っている背の高い青年だった。

その後会社の寮に入り、編入試験も無事終わり、落ち着いた。クラスは年齢差がほとんどなくて、全日制の雰囲気を漂わせたクラスだった。筑豊の学校とは全く違う明るいクラスだった。誰も知らない土地で、誰も知った人のいない会社で、編入試験を受けて通いだした新しい学校の生活が始まった。自分で選んだ道だった。

朝、晴れ渡った空を見て出勤し、勉強を終えてから星空を仰ぎながら寮に帰る一日は筑豊と同じだったが、登校するときに恵子に会えないことだけが違っていた。

第三章　壮年期に

緑の風の吹く頃

忠は、生きることとか人生を考えるときに、なぜかいつも不思議な光景、幼い頃の出来事を思い出す。昭和三十二、三年の頃だったと記憶しているが、まだ各家庭には水道が引かれてなくて、町内の数カ所に水道が設置してあった頃である。学校が終わり、夕方の数時間だけ水が出る時間帯があった。その時間に必ず風呂に使う水と飲料水などを水瓶に溜めるのである。

この仕事は当時としては、どこの家庭でも子供の仕事であった。その時間に少しでも遅れると途中で水道の水がストップして水瓶に水が満杯にならずに終わることになる。そのためには、時間内にこの仕事を終えるように気を使って遊んでいた。

少し気持ちの余裕のあるときには、水道の蛇口から金バケツに水が落ちるのを眺めていることがたびたびあった。水の勢いでバケツの水の表面に泡ができて、その泡がバケツの中心から外へ移動しながら、途中でパチンと泡が弾けて消える、残った泡も必ず金バケツにくっついて必ずパチンと弾けて消える。子供ながら怖く感じたことを覚えている。この泡の一生は瞬く間に終わる。これを見ている自分の一生も瞬く間に終わるのか？　そう感じている自分を誰か大きな存在の者が上から見ているのか？　泡を地球だとすると、人間を蟻だとすると、泡の消滅する時間と自分の一生の時間がもし同じだと考えたら、本当の時間とは？　自分にある時間を最大限有効に使うしかないと無理矢理納得させたのを子供ながら覚えている。

俺は少しおかしいのかと自分を疑った。泡のことは学校の授業で『方丈記』を習ったことに関連して覚えていたのかもしれないが、消滅する泡に死を重ね合わせていたと思われる。忠は、自分の子供に、

「お父さん、なぜ、人は死んじゃうの？」

とテレビの洋画を見ていたときに尋ねられて、動揺したのを昨日のことのように覚えている。子供が十歳の頃だったと思う。水汲みの家の手伝いをした数年後に叔母の小夜子が白血病で亡くなった。忠と同じ年齢だった。忠にとって最も身近な人の死は、その人生観に大きく影響を与えて潜在意識の中に深く沈んでいった。

今日は令和二年六月末日、世間ではコロナウイルスが流行して、七月に開催予定の東京オリンピック、パラリンピックが一年延期され、すべての祭事がキャンセルされ、政治経済に大きな打撃を与えている。世界的な地球規模の出来事が起きている。当然忠も初めての経験だが、落ち着いて世間の動向を見ていることができる。物事を見る目が広くなったせいなのか、それとも人間を中心に考えることを止めたせいなのか、もしくは少し肝っ玉が据わったせいなのか、ただ、単に年を重ねたせいなのか。分からないが、面白く世の中を見ている。コロナウイルスの防衛としては、自らの免疫力をアップす

ることだけに専念している。恐れずに注意している。正体の分からないものに対して自分にできることはこれしかないと、健康を維持して免疫力をアップすることに専念している。このコロナウイルスの流行のおかげで私小説が順調に進んでいる。必要以上に怖がってストレスを溜めこまないようにしている。自分流のストレッチ、ヨガ、瞑想、呼吸法を毎日行い、リラックスを蓄えている。

昭和四十年に中学校を卒業して、五十年に結婚して、六十年には新規事業の責任者に抜擢され、その九年後の平成六年六月には、新規事業を引き継ぎ、独立した。その間に上司に恵まれ、信頼の置ける友人や、取引先の先輩方にも大変かわいがってもらった。全力で邁進していた。

このように今思い返してみると我武者羅な姿だけが脳裏に甦る。自分史の作成で再び人生をなぞると、過去のふる里の場面にダブるときがたびたびある。生徒会の役員をしながら、長男としての家事をこなして、いつも時間に追われていた。そんな癖の抜けきらない忠がそこにいた。

この日もそんな一日の始まりだった。まるで朝の家事を終えて学校へ走って向かうような姿があった。百メートル競走のごとく全力疾走であった。涼しげな澄み渡った青空だった。そんな情景を思い起こしながら東海道新幹線に乗るために三河安城駅へ車を走らせていた。各店舗の日計表をチェックして、それぞれの店長に連絡を取り、指示を出して、東京の本社の会議に向かっていた。駐車場の青空を見上げて、一瞬その青さにふる里が脳裏に広がった。いつも通り、上りの階段を駆け上がった。ホームでは発車のベルが鳴り響いていた。「こだま」の車両だから各駅停車で乗客も少なく、ゆっくりできるのが性に合っていた。以前は名古屋まで出て「のぞみ」を利用していたが、今はもっぱら

「こだま」を利用している。東京に着くまでの時間を有効に使い、また貴重な時間にしている。翌日の会議の資料に目を通して、自己啓発の本をゆっくりと読むこともできるこの時間が忠にとって至福のひとときでもあった。立場上、何かと人前に立つ機会も多くなり、「こだま」で過ごす時間は大切なものとなっていった。翌日の本社での会議が早朝のために前泊での出張であった。泊まるホテルは千鳥ヶ淵に面した古い落ち着いたホテルで出張の常宿にしていた。午後からの出張は気乗りしないのだが、今日はいつもと違って忠は、ウキウキとしていた。昼過ぎの新幹線は空席ばかりで二人掛けのシートを気兼ねなく使うことができた。いつも時間ギリギリで行動する忠だが、今日は違っていた。

忠が生きる源にしているふる里の面影を秘めた同級生に会えるからだった。同じクラスには一度もならなかったが、卒業して同窓会で親しくなった。何よりも喜多村健が恋焦がれた女性だった。逸木《いっき》奈津子《なつこ》、朗らかで気さくな女性で、東京で会うときはより魅力的な印象のある人だった。奈津子は、五年に一度開催される同窓会には必ず参加する。奈津子は東京で働き、結婚して暮らしていた。熊本の阿蘇山の土や水を利用して肌に優しい化粧品を製造販売している小さな会社で働いている。目黒区に東京事務所を置き、忠もたびたび事務所に顔を出していた。

九州の熊本と福岡という繋がりだけで気安く出入りしていた。社長であるご主人が熊本で化粧品を製造して、社長夫人が東京で販売を担当していた。家族的な会社だった。東京は出張で行くものの、知り合いは少ない。忠にとっては、奈津子のいる事務所が東京のオアシスといえた。事務所の人たちと軽い食事をしたり、お茶を飲んで過ごす時間もできて東京での会議がプライベートでも充実して、前泊でも苦にならなくなった。筑豊を遠い昔に離れて生活している二人にとって郷愁を思い起こさせる間柄でもあった。前回の同窓会で東京への出張を伝えると、ぜひ電話をと言って事務所の電話番号を教えてくれた。それ以来気楽に電話をしている。奈津子は東京暮らしのせいなのか、性格なのかサッパリとした気性で忠も気楽に会うことができた。忠は会議を終えて目黒の事務所で時間を潰し、帰宅する奈津子と一緒に山手線に二人して乗った。

「こうして田舎を離れて山手線に二人で乗っていると、昔の恋人同士が会っているみたいだわ」

そして、すぐに忠の顔を見て、

「恵子ちゃんじゃなくて、申し訳ないけど」と電車の揺れに合わせて身体を寄せてきた。「そうだねぇ」

と忠が答えると奈津子は目を大きく見開いて、

「呆れた」

より一層身体をぶつけた。

東京駅で新幹線に乗り換える忠に、時には奈津子がプラットホームまで見送りに来ることもあった。

「奈っちゃん、ここで十分だから」と断ると、

「こんなときぐらい、恋人気分にさせて！」そして小声で「喜多村さんに、よろしくね」と言った。

四十代半ばの男女が交わす会話ではなかったが、これもふる里を遠く離れて生きている者同士の成せる業だった。

今回も電話をすると、いつもの会社のメンバーでホテルで待っているからと返事があり、「千鳥ヶ

淵の桜が満開で最高よ」と忠に重ねて伝えた。年中無休の走りっぱなしの生活を余儀なくしている忠ではあったが、さすがに桜の季節は気分も華やいだ。花見などにはほとんど関心はないが、昨年の千鳥ヶ淵の夜桜を思い出しながら新幹線の心地よい揺れに深い眠りに落ちていった。

十七歳で田舎を離れた新井田忠は、かれこれ三十年近くの時間が過ぎていた。人生に迷いながらも仕事に専念して公私ともに忙しい生活を送っていた。全力投球で止まることもなく回遊魚のごとく働いていた。当時の友人たちからは、もう少しゆっくりと人生を楽しんだらどうかと頻繁にアドバイスを受けた。逆に忙しく働いている方が生きている実感を覚えて、勝手に都合のよいように解釈していた。

二十六歳で結婚して息子と娘を授かったが、心の中では相変わらず人生の最終目標を探し求めていた。今のこの年齢になって振り返ってみると、四十代半ばはまだまだ若造だが当時は焦っていた。時間が残り少ないと勝手に自分の物差しで決めていた。それを打ち消すように我武者羅に働いた。そんなときに人生の原点のふる里のにおいのする逸木奈津子に会い、ほっとしたのを覚えている。奈っちゃんからの「ぜひ東京で会いましょうよ」が第一声だった。

その後二、三回は時間が取れずに連絡を入れずに終わったが、久し振りに電話すると社長が電話に出て、半ば強引に夕食に誘われたのが始まりだった。ふる里の庄内を離れる決意を決め兼ねていたときに、東京で働きたいと思っていた。いずれ東京で自分を試してみたいと考えていた。そんな思いに加え、大都会の一角で中学時代の同級生とふる里を語り合えることの偶然さが花を添えた。都会の雑踏の中でタイムスリップする面白さが心地よかった。

忠にとって最も大切なことは、逸木奈津子は喜多村健の一方的な初恋の相手であったこと。そして忠にとっては、ふる里を身近に感じさせてくれる女性でもあった。目黒の事務所に立ち寄るようになったある日のこと、社長が二人を前にして、

「君たちとそれぞれの初恋の相手の四人は、きっとソウルメイトだな。きっと多分そうだよ」と、自分自身を納得させるように語尾を弱めた。

「ソウルメイトって何？」

「真の魂の友達さ、生まれてくる前からの友達のことさ」

アメリカのエドガー・ケーシーの話を引き合いに出して社長は奈津子に詳しく説明を始めた。

「そんな世界があるの？」

ソウルメイトは、常には一緒にいないけれど魂と魂の繋がりだから一生を通した繋がりなんだと奈津子に話し、潜在意識の中での出来事だから、この関係を大切にと重ねて言った。忠は、すぐに納得することができた。宇宙も地球も人間の身体も九十五パーセントが未知の世界なのだから素直に受け入れることができた。

東京行きの新幹線が新横浜駅を出る頃にはいつものように目が覚めて、降りる支度をして心のスイッチをオンにした。東京駅から地下鉄に乗って時間通りに忠はホテルに着いた。このホテルは本社で会議があるときには必ず利用していた。古風な建物で都会を感じさせない静かな佇まいの落ち着いたホテルだった。一階のラウンジから眺めるお濠は仕事を忘れさせる雰囲気を持っていた。

忠がこのホテルを利用するもう一つの理由があった。あるときから、モーニングやディナーのとき

にいつもの席に当たり前のごとく白髪の上品な初老の紳士が座っている。見るからに会社の役員風で、ホテル住まいの感じがした。いつも見かける光景だからフロントで尋ねると、自宅代わりにホテルを常宿としているお客様だと聞いた。贅沢な人もいるものだと初めは思ったが、いずれ自分もそんな生活をと憧れ、感化されてきていた。

フロントでチェックインを済ませるとメッセージカードを渡された。奈津子からだった。少し遅れて七時には着きますと書いてあった。千鳥ヶ淵の桜は満開が過ぎて葉桜の状態で、華やかさが失せていた。フロントでは、もう一週間早いと人混みで大変でしたよと忠に話し掛けてきた。満開だとホテルのレストランも混み合って大変で、ゆっくりと過ごせないから、忠はこの方が良かったと思う。

簡単にシャワーで汗を流して葉桜状態の並木へ出ていった。七時までには一時間余りあった。東京に出張してくると会社からの連絡も途絶えて、心から休むことができるのがうれしかった。葉桜の歩道のベンチに腰掛けてゆったりとした。風のにおいとゆっくりとした時間の流れを楽しんでいた。辺り一面はすっかり暮れなずみ、賑わいの消えた浜辺のように静かだった。人恋しくなる魔の時間だった。忠にとっては束の間の至福の時間でもあった。ベンチに座って寛いでいると、後ろから突然羽交い締めにあった。

「だ〜れだ。分か〜る?」

桜祭りも終わり、歩道には淋しげに行燈がともり、人影のない歩道で悪戯声が聞こえた。逸木奈津子だとすぐに分かったが、咄嗟に、

「赤土恵子さん!」

と返事すると、羽交い締めをさらに強く締められた。そして背中を軽く肘で突つかれた。

「今夜は、とことん恵子ちゃんで付き合うわ。覚悟してね」

振り向くと逸木奈津子一人だけだった。

「社長は？　他の人たちは？」

「嫌だな、フロントで伝言を聞かなかったの。今日は一人だって」

「ごめん、すっかり忘れてた」

「私一人だと不服なの？　私は久し振りに中学時代に戻ってゆっくりと話ができると楽しみにして来たのよ」とすかさず忠の隣に腰を下ろした。いつものメンバーは急遽空港に大切なお客様の出迎えに行ったようだった。

「だから、今夜は私一人」とゆっくりと強調した。奈津子は同窓会と同じように気持ちが高揚していてハイテンションだった。忠は、同窓会のときに恵子が話していたことを思い出していた。

「奈っちゃん、元気で明るく振る舞っているけど、いろいろと大変なのよ。女の私には分かるわ。そして、遠く離れたこの筑豊ハイツで開かれる同窓会が唯一の息抜きなのよ。五年に一回開かれる同窓会が……」

「何か嫌なことでもあったの？」

忠が奈津子に恐る恐る聞くと、少し間を置いて静かに、

「新井田君は、仕事も家庭もすべてが順調だから、私の気持ちが分かってもらえるかな？」

忠が黙ったまま濠の水面を眺めていると、続けて、

「男性と女性の違いもあるし……」

忠は、すぐに食事でもと思っていたが、言葉を挟まずに黙って待っていた。東京って人が大勢いて賑やかな所だけど、なぜか常に寂しいのよね、孤独なのよねと独り言のように呟いた。人生の真っただ中にいると何も見えずに、ただ苦しくてしんどいときがある。ふと魔が差したように心の隙を突いてくるときがある。忠もそんなときを幾度か経験している。無性に人恋しくなるときがある。心許せる恋しさである。今思い起こすと奈津子は、そんな心境だったのだろう。そしてすぐに言い聞かせるみたいに、

「今日は庄内の中学生の頃に戻って懐かしい話をしたいわ。どうせ二人っきりだし」

と立ち上がって先に歩きだした。レストランに入りテーブルに着くと、忠は自然と一つの方向を見た。いつもの席でいつもの老紳士が食事をしていた。頭髪は白く痩せ型で背が高く、上品な雰囲気を醸し出していた。目が合い、軽く会釈をした。初めてだったが自然とそうなった。

「知り合いなの？」

「このホテルで生活しているご老人なんだ。たびたび会う人でね」

逸木奈津子は変に気遣い、他人行儀に振る舞っていたが、時間の経過とともにいつもの「奈っちゃん」に戻っていた。いつもは、会社の同僚と一緒なので帰ることなど気にも止めないのだが少し気にしていると、すかさず切り込んできた。

「何をそわそわしているの？」

「いや、時間がもう遅いからと思ってさ！」

「今夜はゆっくりできるのよ」

忠は、慌てて奈津子の顔を凝視した。

「泊まることも大丈夫よ。でも、同じ格好で会社には出勤できないわ」

と落ち着いた素振りで微笑んだ。忠も落ち着いてはいたが、動揺はピークに達していた。

「心配しないで大丈夫よ。少し遅くなるけど、私のボディーガードの息子が迎えに来るわ」

悪戯っぽい顔から大人の顔に戻っていた。

忠は今まで生きてきていつも思い出す洋画があった。幼なじみの男女四人が繰り広げる『風と共に去りぬ』である。ラストシーンが忘れられない。生まれた所に帰っていく。その憧れに共感している。

この夜、奈津子が真剣に忠に聞いてきた。

「定年を迎えたら、その後どうするの？」

まだまだ当分先の話だと思っていたが、奈津子は「時間というものは加速がついて過ぎていくわ。特に今からは過去の引力が強くなり、あっと言う間よ」と言う。

「庄内に帰るの？」

「戻れたら、最高だねー」

忠は、関の山の麓に古民家カフェでも開いて幼なじみが集まれる店でも持てたらと思っていた。誰にも迷惑を掛けずに実現したらと心ひそかに思っていた。奈津子に照れながら打ち明けると、

「それ、よいわ」

「実現不可能だけどね」

「もし実現したら、私手伝いに庄内に帰るわ」

夢物語の話に会話が弾んでいた。そのとき、ウエイターが赤ワインの入ったグラスを二つ運んできた。奈津子と忠の前に置きながら、

「お客様からの差し入れでございます」

「ワインじゃないの」

老紳士のテーブルを見ると、そこにはもう姿はなかった。

「もう部屋の方に戻られました。そのときにお二人様にと」

忠は、このホテルに泊まるたびに老紳士を見てはその都度、ホテル暮らしもおつなものだなと憧れていた。東京に来るたびに関心を寄せている一人でもあった。そうなりたいと心ひそかに思っていた人だった。

「気味が悪いけど、大丈夫なの？」

「大丈夫。おかしな人ではないから、明日の朝お礼を言っとくから」

奈津子との二人っきりの食事はめったにないことだし、いや最初で最後かもしれない。それに遠くふる里を離れて大都会の片隅で田舎の話で盛り上がるのはうれしい出来事だった。ワイン一杯でも十分に楽しめるものねと奈津子も満足していた。

あなたと喜多村君の間柄だから白状するけどと言い、「これも、ワインのせいなのね。きっと」と間を置いて、奈津子はワイングラスを置いた。一生誰にも話すまいと決めていたのと言う。

忠は、奈津子の心の奥底を覗き込んだようで固まって息を呑んだ。

町長選挙の祝勝会での出来事だった。同級生の応援に健と奈津子が駆けつけた。選挙も無事終わり、祝勝会も宴たけなわになり、店内に箱崎晋一郎の『抱擁』の曲が流れていた。久し振りの再会にどちらからともなく手を取って踊りの中に入った。

「短い時間だったけど、あのときの感触を思い出すの。今考えると最高のひとときだったわ。あなたにだけは本当の気持ちを白状しておくわ」と悪戯っぽく少女の顔をした。

「ね！　ソウルメイトさん」

漆黒の窓の外を眺めながら独り言のように呟いた。

そのときの台詞が脳裏に浮かんでくる。

「不思議ね。三十数年前に遠い九州の田舎で同じ時間を過ごした人と、今こうして東京のホテルで同じ時間をともに過ごしている。人生では必要なときに、必要な人に必ず出会う。不思議ね。距離も時間もすべてが合うのね。これが赤い糸の縁なのね」と納得していた。

あれから二回か、三回同窓会で顔を合わせた。

名古屋の街路樹の銀杏並木の葉が青々と芽吹いた清々しい日に、ふる里の仲間から携帯に連絡が入った。慌てて車を側道に寄せて止めた。

「奈っちゃんが急死したわよ！」

信じることができなかった。街路樹の青さだけが記憶に残っている。ただ茫然と涙が流れて止まらなかった。奈っちゃんのいない同窓会が開かれても陽気な姿が見られないのが淋しい。

健は舟木一夫の『高原のお嬢さん』を歌って偲んでいるらしい。特に『東京の秋は淋しい』のところで胸に詰まるそうだ。忠は、『抱擁』を歌うと思い出す。赤土恵子には最後になった同窓会で、家庭内の愚痴を零していたらしい。女性同士、赤裸々な突っ込んだ悩みを打ち明けていた。「ストレスが原因で同窓会では発散してたのよ」と後日忠は恵子から聞かされた。

朝夕の散歩を始めて随分になるが、郊外の田んぼ道を歩いている。ある日、ハスキー声が微かに聞こえた。奈っちゃんのハスキーな声だ。二人での食事のときに、

「私、ストレスの塊なの。多分四人の中では私が早く亡くなると思うわ。そのときは、必ず知らせるから周りを注意して私を感じてね。そのあとも、何かに姿を変えて会いにいくからね」

あなたは鈍感だから気がつくまで知らせるからと念を押された。季節感の少ない散歩道だけど、たくさん季節を味わっている。そんな中、蝶や蜻蛉、小鳥が日替わりでまとわり付いてくる。

「奈っちゃん、分かったよ」

この感覚が身に付いてからは、また一段と散歩が楽しくなった。


あの日、千鳥ヶ淵のホテルでの食事は、日付が替わって奈津子の息子が友達と二人で迎えに来た。別れ際に、「今夜は久し振りに楽しかったわ。またね」と姿を消した。逸木奈津子とは、東京での再会はこの日が最後となった。その後同窓会で「今度、ゆっくり東京で……ね」などと二言、三言言葉を交わしたことがあったが。

郵 便 は が き

料金受取人払郵便

新宿局承認

3971

差出有効期間
2022年7月
31日まで
(切手不要)

1 6 0-8 7 9 1

1 4 1

東京都新宿区新宿1－10－1

(株)文芸社

愛読者カード係 行

ふりがな お名前		明治　大正 昭和　平成　　年生　　歳	
ふりがな ご住所	□□□-□□□□	性別 男・女	
お電話 番　号	(書籍ご注文の際に必要です)	ご職業	
E-mail			
ご購読雑誌(複数可)		ご購読新聞 新聞	

最近読んでおもしろかった本や今後、とりあげてほしいテーマをお教えください。

ご自分の研究成果や経験、お考え等を出版してみたいというお気持ちはありますか。

ある　　ない　　内容・テーマ(　　　　　　　　　　)

現在完成した作品をお持ちですか。

ある　　ない　　ジャンル・原稿量(　　　　　　　　　　)

書　名			
お買上書　店	都道府県　　市区郡	書店名	書店
		ご購入日	年　月　日

本書をどこでお知りになりましたか?

1.書店店頭　2.知人にすすめられて　3.インターネット(サイト名　　)

4.DMハガキ　5.広告、記事を見て(新聞、雑誌名　　)

上の質問に関連して、ご購入の決め手となったのは?

1.タイトル　2.著者　3.内容　4.カバーデザイン　5.帯

その他ご自由にお書きください。

(　　)

本書についてのご意見、ご感想をお聞かせください。

①内容について

②カバー、タイトル、帯について

弊社Webサイトからもご意見、ご感想をお寄せいただけます。

ご協力ありがとうございました。

※お寄せいただいたご意見、ご感想は新聞広告等で匿名にて使わせていただくことがあります。

※お客様の個人情報は、小社からの連絡のみに使用します。社外に提供することは一切ありません。

次の朝はいつもよりも一時間早くレストランへ下りていった。フロントの前を通り過ぎようとすると、

「いつもの席にお見えになります」

とフロントマンから声を掛けられた。昨夜のお礼をと真っすぐに老紳士の元へ急ぎ、お礼の挨拶を済ませて立ち去ろうとした。すると、

「こちらのテーブルで一緒にいかがですか？」

と相席を勧められた。時間にゆとりがあったのと老紳士に興味を持っていたために喜んで相席を受けた。お互いの簡単な自己紹介で、老紳士の名前が加来耕造で昭和元年生まれの上品な紳士だった。このホテルの関連会社の役員をしていて自宅が練馬区にあるが、今は独り暮らしのためにホテルで生活をしていることを打ち明けた。忠も名古屋に住んでいて新宿の神楽坂にある本社の会議のために前泊していることを伝えた。それに、慌てて福岡の飯塚出身と付け足した。昨夜の逸木奈津子も同郷だと告げようとすると、

「ふる里の同級生か？　幼なじみの女性でしょ！」と得意気に加来老紳士が話した。

「どうして、分かりました？」

「私にも似たような経験がありましてな」

昔を思い起こすように続けた。

「あなたの年頃の私は家庭を顧みずに仕事一筋に生きていました。気付けば離婚され、すべてを失い

途方に暮れていたときに、同郷の女性にこのホテルで偶然再会し、あなたたちが昨夜座っていたテーブルでよく食事をしました。彼女とはすぐに意気投合をして一緒に暮らそうとプロポーズをしたが、よい返事がもらえずに少し時間が過ぎました。痺れを切らして強引に理由を聞き出すと末期の胃癌でしてな。そして、すぐに症状が重くなり、一年足らずの関係でした。昨夜のあなた方二人を見てますと、つい思い出しましてな。それでついあんな出過ぎた行為になったわけですよ。仕事も大切だが、それを目的とすると私のように急にむなしくなり、何のために誰のために一生懸命仕事をしているか分からなくなりますからな。あなたとは今日初めて言葉を交わしますが、私とダブりましてな。つい余計なお節介をしてしまいました」

忠が同郷の女性のその後を尋ねると、亡くなった女性の孫娘が祖母似でいろいろと相談に乗っていたが、今では結婚相手も決まり、「このへんで区切りをと考えています」と。

女性の孫娘と聞いて忠は、数カ月前のある光景を思い浮かべた。本社の社員と打ち合わせを兼ねて食事をしていると、この老紳士が年の離れた女性といつものテーブルにいた。親戚でもなく、まったくの赤の他人の様子でもなく、微妙な距離感で忠は強く印象に残った。多分そのときの娘が孫娘だったのだろうと心の棘が取れた。アンバランスな光景は心に残るものである。気弱そうなイメージの娘だった。

加来氏との会話に没頭するあまり会議の時間にギリギリだった。

朝食はコーヒーだけになった。その影響なのか、今では心の中でも外面でも上品な好々爺を目指して頑張っている。

週末には嫁さんと二人してモーニングに通って楽しんでいる。落ち着いた雰囲気のカフェである。次の年に通信制大学に入り、もう一度学び直そうと再スタートを切った。社会人として学ぶのは、すべてが新鮮で価値があった。

人生の中で数少ない出会いほど、出会うべくして出会う意義の深いものがある。この台詞は、そのときの加来老紳士の台詞である。自分がその年齢に近づくと心の中にインプットされた情報が潜在意識の中で長年にわたり熟成されて現実に現れる。時間を要しても分かり合えずにいることもあれば、一瞬の出会いでも大切な出会いもある。そんな一日だった。

旅の連れに選ばれたわけ

福岡の片田舎から車産業の愛知県に就職して碧南弁の洗礼を受け、筑豊弁との狭間で仕事と夜学の両立は、非常に難儀した。会社の中では同じ出身の仲間もいたので、まだましな方だったが、夜学では馴染めずに級友と会話をするのに、たっぷりと一年間を要した。初めの頃は話の輪の中にいても理解できずに、周りが笑うと笑い、聞くことに徹していた。この経験には先々で知らず知らずのうちに助けてもらった。余裕を持って部下を指導するのに役立った。ストレスを溜めずに聞くことに専念できた。

高校三年生に進級してからは、転入生とは思われずに一年生からいるものと勘違いされた。中学生のときとは一味も二味も違う定時制高校の青春を謳歌していた。

忠は、家庭環境に問題を抱えていたために友人関係を大切にしていた。その上に祖母の教えもあったが、人の悪口や陰口は一切言わなかった。なおかつ、そんな人の陰口を言う友人がいたらその場で諫めた。

学友たちとコミュニケーションを取り始めてからは、地元の祭りで友人の自宅によく招かれた。特に秋祭りは毎週必ずどこかで開催され、誘われて楽しみの一つだった。友人の家族の温かさが感じられるのが最高だった。

忠の成績は優秀で、卒業式には代表して答辞も読んだ。当時は学生運動が盛んで思想的にのめり込むと、とことん突っ走る性格なためにあっさりと大学への進学は諦めた。学生運動が収まってからと漠然と三十歳をめどに大学へ進もうと決めた。実際は四十六歳で入学して五十歳で卒業した。会社を経営しながらの勉強であった。

義母が「忠、大学に入れて良かったね」と目頭を押さえたのは、貧しい家庭環境で大学に行かせることができなかったことを申し訳ないと思ってのことだったろう。このとき初めて義母の気持ちを知らされた。この日を境に母親としての存在が大きくなった。

忠がすぐに大学に行かなかったわけがもう一つあった。それは父親の血筋で、学生運動に率先して参加する自分の姿が見えていたからだった。だから定時制を卒業する前の三学期は単位を早く取得して、その分よく遊び、すべての教科の単位を取得していたために、その空いた時間をバイトにも充てて働いた。こんな生活は当分の間続いていた。仕事、バイト、睡眠の繰り返しだった。

久し振りに学校に顔を出すと、級友の女性二人が声を掛けてきた。

「新井田君、ちょっと相談があるんだけど、よいかな。帰りながらの方がありがたいの」

仲良し二人の工藤真弓と瀬戸啓子だった。

「何の話だい？」

この二人とは学校の行事やら修学旅行や夏休みの富士登山に参加していて、特に親しくしていた。二年生で編入してきて三年生になって、地元の秋祭りにはいつも誘われていた。下校する準備を整えて三人で校門を出た。左へ折れて市民会館の方へ歩いていった。街路樹の枯れ葉が北風に押されて歩道をカサカサと音を立てて走っていた。

「もうすぐ卒業でお別れね。寂しくなるね。名残惜しいね」

二人はなかなか本題に入らずに間近に迫った卒業のことを繰り返していた。家路が分かれる市民会館の角まで来た。今にも消えそうな街路灯がぼんやりと点っていた。工藤真弓が口火を切った。

「面倒くさいから、単刀直入に言うわ。来週の土曜日と日曜日に奈良に旅行に行かない？」

昭和四十四年の二月のことである。今なら卒業旅行である。若い娘二人だと親の許可が出ないのと言う。横からすかさず、瀬戸啓子が、

「二人で決めたの。あなたに頼もうって」

と口を挟んだ。今から五十年前の話である。忠は、即答できずに友人を誘うことを条件にしてその日は別れた。旅行のスケジュールは既に二人が決めていたので、カメラ好きな級友を誘い、当時としては珍しい卒業旅行を決行した。

関西本線の夜行列車を使うために土曜日の夜、名鉄の最終便で名古屋に出て、瀬戸啓子の姉さんのマンションで時間を潰した。姉さんは留守で気兼ねなく寛ぐことができた。トランプやガイドブックで奈良市内の観光を確認した。すぐに時間は過ぎた。名古屋駅を夜中の二時頃の夜行列車で奈良に向かった。

忠は、夏休みに独りで十日かけて北海道の東半分を無計画に旅行した。富士登山に参加したときは工藤真弓も一緒だった。このときは軽い高山病にかかった女子生徒を引率して頂上まで登ったことを工藤真弓は覚えていた。

瀬戸啓子は秋吉台、小豆島の修学旅行の記憶があった。人数の少ない定時制高校は夜行列車が一般の乗客と同じだった。深夜に少し酔っぱらった客が瀬戸啓子に話し掛けて卑猥なことを言っていた。通路側に座っていた啓子は困り果てていた。忠は、すぐに気付いて、先生を探したが見当たらず、少し躊躇したが「筑豊の喜多村健ならすぐに行動するな」と思い、啓子の隣に座っている女子生徒を呼んで席を代わった。啓子を窓側に座らせて、啓子の席に忠が座った。酔っぱらいはすぐに大人しくなった。

なぜか席を代わるときに直接啓子と代われば済むのに変な代わり方をしたなと疑問に思っていた。酔っぱらいが啓子にちょっかいを出して卑猥な言葉を掛けていた。忠が席を代わろうと啓子の名前を呼んだけど、隣の女生徒が立ったのだった。「きっと私以上に怖かったのよ」と啓子は話した。このとき二人で肩寄せ合って寝ている写真がアルバムに残っている。瀬戸啓子が工藤真弓に、誘うなら新井田君しかいないと力説したようだった。

奈良駅に着いたのは早朝で観光客は誰もいなかった。奈良公園を中心に春日大社、若草山、東大寺、興福寺、薬師寺とお寺巡りをした。そしてよく歩いた。特に東大寺の大仏殿は、四年前の庄内中学校の修学旅行とダブっていた。

「いつの日かまた来てみたいね」という恵子の声が聴こえた。少し離れた正倉院では、太古の昔にタイムスリップしたようで身が引き締まった。これ以来なぜか京都、奈良はよく来た。特に奈良は本当によく来た。ストレス解消に独りで古民家の喫茶店に来た。定時制を卒業して同級生の女友達の姉さんと親しくなり、二人して皆には内緒で奈良に来た。二十歳のときに、カローラスプリンターを購入していた。四歳年上の女性だった。帰省した際に義母に、「結婚したい女性がいる」と打ち明けると、「年上の人か」とよい返事が返ってこなかった。

すべてに悩み、迷っていた若かりし頃の苦い思い出である。幼い頃から家族愛、特に母親の愛情に飢えていた忠は、家に帰って誰もいない真っ暗な家が嫌だった。そのくせ三十歳までには大学を出て、その後に結婚をと漠然と考えていた。義母の根拠のない返事に恋心も薄れていった。

その年上の女性とは、お互いがそれぞれに結婚して数年後に偶然街中で出くわした。お互い小さい子供の手を引いていた。声を掛けることもできずに後ろ姿を見送った。男のだらしなさ、自分のだらしなさを痛感した。

自分史に取り掛かってすぐに若い頃の青春に対して、シニア時代の青春を赤秋と勝手に名付けた。そして、若い頃の迷い、悩みの答えらしきものがこのシニア時代に見えてくるのではと勝手に思って期待している。忠は、特に心から潜在意識の中に入り、人間精髄の魂、宇宙にと思いをはせている。赤秋とは、そんな時間を与えられている大切な時間なんだとつくづく納得して思っている。

今からの人生は、心、潜在意識、魂に重点を置いて生きてみようと固く決めた。六十数年間の変な垢を落とすために、早い話が純真無垢の赤ちゃんの心に近づけるために、七年の間に生活習慣を見直し、七十歳から行動に移している。プラス毎日の習慣を精度アップして生活している。

名もない一市民の自分物語を綴っている。そう思うと、人生まだまだこれからだと発奮している。仏教の話ではないが、人間誰もが生老病死を経験しながら生きて死んでいく。脇役も主役もなく必然的に生まれ、年を取り、病にかかり、必ず死ぬ。これが人間の一生ならばすべて楽しもうと決めた。死んでいくのも、病気になるのも、年を取るのも楽しむ。長寿の人はこんな生き方をしている。

右足切断でその気のスイッチがオンになった。そうなる前に気付くと良かったのにと嫁さんは言うが、気付かなければ、多分人生を終えていた。右足をなくしてから生きていることの重大さに気付いた。生きているのは、ほんのひとときであって一瞬で、ほんの束の間を生きている。過去が生まれ、未来が広がるのもこの一瞬、束の間で決まる。行動するのも、できるのもこの一瞬のわずかな時間に他ならない。その気になるスイッチを見つける代償は大きかったが、生きていることの方がもっと大事なことである。

人の一生で最も重要なことは誰に出会い、どんな経験を積むかで決まってくる。環境がよい悪いではなくて、どう心の中の潜在意識で処理をするかで決まる。忠は、幼い頃から今日現在まで多くの人に出会い、経験を積み重ねてきた。すべてが必然だった。そのときの受け取り方次第だけだった。生老病死ではないが明るく元気で、素直に物事を処理すれば、よい人生が送れるはずだ。心の中まで見通す人はほとんどいないから、嘘で済ませることができる。自分との戦いである。

自灯明の精神なのだが、周りの人たちにも勇気と希望を与えることになる。この精神で生き抜いた証を自分史に残せたら、きっと子孫の中にこのことを要求する人物が現れると信じている。

人を恋焦がれていると、ウキウキした気分だけが見えてくるが、実はバランス良く、マイナスと言うか反対の部分も抱いている。恋＝孤悲と言うらしい。ウキウキした心に秋月を見ながら独り悲しむ心が同居している。生も死も、出会いも別れもセットで考えるならば心が安定してくる。別れるときも「哀しい」ではなく、「また、どこかで会える」と捉える。この精神で生きることに決めた。このことを書き残すために長生きをして実証しようと決めた。

仕事の転換期

昭和五十年に結婚して、五十四年に二人目の子供ができた。このときまでアルバイトで生活をしていた。家族を守るためと将来を見越して小さな商社機能を兼ねた会社に入社した。三十歳になっていた。家族を養うためにと仕事を覚える貪欲さと、それに加えて一生懸命に働いた。仕事に打ち込んでいると余分な迷いや不安は浮かばずに、ただ働いて仕事に没頭した。何事にもチャレンジして、常に全力投球をしていた。

五年ほど過ぎた頃に、若さなのか潔癖症なのか、組織の中の矛盾に嫌気を感じ、直属の上司を飛び越えて事実上トップの副社長に辞表を提出した。父親に似て忠の悪い癖なのだが後先のことは何も考えずに提出した。副社長のデスクに辞表を置き、営業に出た。出る前に、秘書から帰社する時間を聞かれたが、答えずに秘書室を出た。十七歳で鋳物工場で働き、重労働に耐え、家庭訪問のセールスを経験して、今働いているこの会社で業務用のルートセールスをこなしていた。

次のステップにという思惑もあったのだが、人間の狡さに目がいくと許せない気持ちになった。父親そっくりだった。一度決めるとすぐに行動するタイプで、腹は決まっていた。だから帰社する時間も伝えなかった。他人から見れば、かわいげのない男だった。

夜七時過ぎに事務所に戻ると、机の上に連絡事項のメモが数枚あった。その中に副社長のメモがあり、遅くても連絡をと添え書きがあった。辞表のことが気になっていたが、駄目元で連絡を入れると、すぐに部屋に来るようにと呼び出された。いつもなら直帰なのだが、運命の悪戯なのか？　このとき予測不能な道、扉が大きく開きかけた。

副社長とは同い年で、長い時間話すことは今までに一度もなかった。忠の行動を予測したかのごとく見透かされていた。軽く建設土木業界の話を済ませて本題に入った。話し込むうちに、さすがに経営者らしく魅力のある人物だった。どこから情報を取っていたのか、的を射た質問を忠にしてきた。

鋳物工場を退社するときに嫌な辞め方をさせられ、世間のつらさを味わった。しかし、副社長は違っていた。部屋の書棚には忠の興味のある本が詰まっていた。青年会議所の理事長の肩書を持ちながら会社運営をしている。肩書の上に胡座をかいている人ではないなと感じた。一方的な話になるかもしれないが、とことん聞いてみようと思った。

この話し合いは、生きるヒントを得たような大事な時間になった。飯塚を飛び出したときも、鋳物工場を辞めるときも、自分の思いと若さの勢いだけで生きてきた。今回も多分そうなる予定だった。ところが話し込んでいくうちに、この人とならば面白い仕事、人生ができるなと思い始めていた。しかしその反面、卒業以来、人を信用することができなかった。学校や祖母の教えでは正直に生きなさいと諭されてきた。しかし、世の中は調子のよい者があまりにも多い。そんな世の中だからこそ、その気持ちが大切なのだと言い切った。

忠は、この決断をする一年ほど前に、会社の方針で二級建築士の国家試験に挑戦することになった。学科と図面の両方に合格しないと駄目でハードルの高い国家試験だった。費用は会社負担で、総勢十名が参加した。普通科高校出の忠は、実技の図面が難関だったが、お盆休みも返上して何とか合格した。忠一人だけだった。金一封を会社からいただいた。近い将来は建築、営繕増改築部門を立ち上げる予定だった。その最中に辞表提出である。

後で聞いた話だと、副社長は相当驚いた様子だった。しかし、ある程度の予測はしていたようで余裕を持って忠と向き合った。入社するときの面接を覚えているかと尋ねられた。六、七年前のことである。面接は覚えているが内容までは忘れていた。

副社長は自信を持って忠の言葉を伝えた。

「三十五歳までには独立して仕事をしたい」と。

すっかり忘れていたが、人に使われるのが嫌でそんな希望を持っていたのを微かに思い出した。続

けて副社長は、

「退社して次の仕事は決まっているのかね」

　君なら新しい部署をと考えているのだが、と控えめに尋ねてきた。今までの仕事に対する姿勢と二級建築士を取得したチャレンジ精神を高く評価してくれていた。今までは住宅関連の分野を拡大してきたが、会社の方針として全く違う分野に進出したいと考えていることを忠に伝えた。

　新しいことに対する抵抗も不安もなかった。辞表を提出した行動が、そのまま次の新しいステップに踏み出すことになるとは思ってもみなかった。会社を辞めると生活の面で嫁さんに苦労を掛ける。会社員でありながら新しい事業を立ち上げる経験ができる。忠にとっては願ってもないことだった。瓢箪から駒だ。

　二週間後に会う約束をして副社長室を出た。今度の誕生日で忠は三十六歳になる。今思えばまだまだ青二才だが、織田信長の人生五十年に影響されていたのか焦っていた。それに併せて時間の過ぎる速さにも焦りを感じていた。生活に追われる日々が疎ましかった。

　人生の生きる目的は誰も教えてはくれない。しかし、不安や焦りを持つよりも前向きに取り組んでいく、考えていく大切さを、この副社長と一緒に立ち上げる事業で教わった気がしてならない。

　早い話が何も考えずに生きてきた。肝心な一歩が踏み出せないこともあった。他人任せの生き方だった。気付くのに早い遅いは関係なく、その欲求が低いだけ、弱いだけだった。右足の手術後に一度だけ仕事の都合で会ったときも、周りはいろいろ心配して騒いでいたが、副社長は、「必ず復活してくるから心配などしてない」と言い切った。この一言で忠は、生き返った。

副社長に辞表を提出したのを嫁さんに伝え、少し落ち着かない数日が続いていた。会話も今まで以上に少なく、嫁さんは諦めていたのか、いつも通り落ち着いて家事と育児をこなしていた。自分の好き勝手なことをしている忠の方が後悔していた。嫁さんには、「あなたは最後は自分の思った通りにする人だから、家のことは気にしないで」と逆に励まされた。自分を正当化して物事を進めていたので、家族や職場の人たちには相当迷惑を掛けたと思って反省している。

二週間が過ぎた月曜日の朝、秘書から夕方の六時に副社長室へ来るようにと連絡があった。お得意様の訪問をしながら心を整理し、落ち着かせて仕事を終えて、予定の五分前に副社長室へ入った。このとき祖母がよく言っていた言葉を思い出していた。

「生きていると、自分の意志に反して違う方向へ転がるときがあるから」

祖母は、「忠君、そのときどうする？」と聞いた。

「やめとく」

「普通はそれが当たり前の答えね。しかし、運の強い人や運を切り拓く人は違う判断をするのよ」

忠は祖母の次の言葉を待った。

「心に余裕があれば、そのまま転がりなさい」

祖母が言っていたことをフラッシュバックのように思い出した。

辞表を提出してからの気持ちの変化を確認され、忠は変わらないことを伝えた。後戻りするつもりのないことを伝えて、副社長の次の言葉を待った。同年代の上司が会社の存続を賭けて取り組もうとしていることを打ち明けてきた。

四十数億円近い売上の大半は住宅関連であった。住宅着工件数が減少し、ハウスメーカーが充実してくる中で、どうやって生き残るのかと模索していた。その一環として、建築士や販売士などの資格取得に社員が取り組み、スキルアップを目指した。

副社長の話を聞いているうちに忠は立場の違いを感じ、自分の悩みの小ささなことが恥ずかしくなった。自分が独立して事業を興すと必ず通る道でもあった。忠は、前のめりになって聞き入った。そこへドアをノックして秘書が夜食を運んできた。おいしそうなハンバーガーのにおいが部屋中に漂った。あまり縁のない食べ物だった。用意されていたのは、テリヤキバーガーとコーヒーとフライドポテトだった。忠はファストフードに全く関心もなく、秘書に「どうやって、食べるのですか?」と聞いた。すると、副社長がこうして食べるんだよと袋を開いてかぶりついた。真似してかぶりついた。アメリカの食べ物だったが、違和感のない味だった。副社長の家族はアメリカのロスに住んでいて、ロスと名古屋を行き来していた。夫婦ともに日本人である。単身赴任のような別居生活を普通にしていた。理解し難い生活をしていた。だからある意味、忠の友人知人とは別格だった。おやつ代わりのハンバーガーが食事になるとはと、妙に納得をした。

秘書が後片付けをして部屋を出ていくと、今から仕切り直しだと向かい合った。辞表を受け取ってから新しい事業を決め、下調べでいけると判断したと副社長は言い、「一方的に話をするからまず聞いてくれ」と前置きをした。

開口一番、今食べたハンバーガーのチェーン展開に参加する。外食産業に新しい活路を見いだしていきたい。その中心人物でやってもらいたいという。

外食産業は喜多村健が喜びそうな業界である。「食に関してはずぶの素人で経験がないし、今まで関心も全くなかった」と言うと、副社長は余裕を持って「素人の方がうまくいく」と自信ありげに背中を押した。それにプラス、設計士や販売士の資格取得のときのファイトがあれば十分と諭した。忠が腹を決めたのは、事業は合う合わないよりも人間性の方がはるかに大切なことだからだ。

「常に勉強する姿勢が大切で、君にはそれがある。だから飲食業でも大丈夫。二人三脚で行こう」副社長は促した。考えてみると、独立をして未知の世界に飛び込むなら経営者の下で同じ道を行く方がはるかにリスクが少ない。

当時、ファストフード店へ行くことは全くなく、また、参入しようとしたチェーンはまだまだ二流、三流で名前も知らない人が大半だった。そんな中で、小学校低学年の息子を連れて店舗巡りを重ねた。初めは店に入るのにもすごく抵抗があり、少し離れた所からウオッチングして店に入るのに時間を要した。そんな折に友人の結婚式に招待されて、打ち合わせに行った。自己紹介のときに、店の宣伝をすると相手方の若い大卒の娘さんたちが喜び、楽しみに待ってますとはしゃいでいた。このときに初めて、このビジネスの面白さと将来性を垣間見た。

昭和六十年一月五日、一カ月余りの研修に東京の神楽坂に行った。家を出るときに、娘が後追いをして泣きだして困った。嫌な予感がして、社員と二人で神楽坂の寮に入った。地獄の特訓の始まりだった。今までの建築、土木関係からいきなり、おもてなしの心のファストフードである。一日、二日目で気が狂いそうになり、三日目で本気モードがマックスになった。出店のために神楽坂に通っているときは経営の帝王学を学び、心地よい時間を過ごしていたが、いざ実践の現場には通用しなかった。十六名でスタートしたのだが、期限内で卒業したのは半分の八名だった。忠たちは二日延長、三日延長が三名、いつ卒業できるか分からない無期延期が二名、残る一人は脱走で失格だった。

この事業を立ち上げたときの約束で、忠には大きな変化があった。「経営者の目線で動け」だった。悩ましい事案や苦しいことの連続だった。

外食産業に少し慣れてほっとしていたときに、右腕の男性社員が突然蒸発して消えた。ショックだった。相手の悩みに対する配慮が欠けていた。素晴らしい人材を探していたが、育てることに切り替え、専念することにした。そのためには自分自身が魅力ある人間になることしか方法はない、まずは自分から変えようと腹を括った。自分を変える。これが一番の近道だ。すると、周りの景色が変わり、面白くなり充実していった。

時々不思議に思うときがある。生きてきた時間の長さはみな同じなのに古稀を迎えて感じることは、過ぎた時間にもハッキリと濃淡が付いていることだ。薄い過去が消えて十年、二十年ばかり若く感じることがある。年齢を間違ってないかと勘定するときがある。

新規事業を任されて東京の神楽坂と名古屋を忙しく動き回り、店舗運営に精を出していた。人生をゆっくりと考える時間もなかった。いや、そうではなくて、心のゆとりがなかった。忙しさに追われ身体を酷使して、いつも楽しみにしていた同窓会も時々欠席をした。その都度報告を兼ねて健や恵子から電話をもらった。

「忙しいのは結構だけど、無理無茶はするなよ」

「糖尿病を甘く考えないで」

右足をなくしたときに、「人の忠告を聞かないから」と恵子の声が聞こえた気がした。

恩師の病室で

東京の本部や副社長の適切な指導を受けながら経営の面白さを身に付けて、現場の人間と一緒に事業を推し進めていった。と同時に身近な人たちにも薫陶を受けていった。忠は常に人生いかに生きるべきかと考えていたために、人間性の向上には関心を抱いていた。過去を振り返ると人生の大小の波が七年から十年のスパンで変化して生きてきたようだ。三十五歳の誕生日を迎えて、誰に遠慮することもなく全力投球できるポジションで事業に取り組んだ。自分を磨き、人材を育て、店舗開発にもかかわり、何かに押されるように忙しい毎日を送っていた。この充実した報告を田舎の先生にと思っていた矢先に義母から一報が入った。

「忠、お前の大好きな先生が脳出血で倒れたぞ」

緊急搬送で北九州の大きな病院へ入院したと知らされた。健と恵子にも確認の連絡を取った。健たちは、先生が面会謝絶で身動きの取れないことを忠に伝えた。先生の奥さんも意識のない先生の姿を見せたくないと頑なに見舞いを断っていた。卒業生の中では忠だけが頻繁に顔を見せていたので、先生の自宅に電話を入れた。同じように断られた。先生に変化があれば連絡をもらえるように頼んで待つことにした。

忠たちの年代はいろんな方面から様々な出来事が折り重なって起きてくる。振り返ると絶妙なバランスの上に生きている。自分だけの生きる上に、それぞれの人生が絡み合い、時には自分の無能さに落ち込むこともあった。自分自身の生きる力に任せて、前だけを見つめて生きていたように思われる。全力投球なのか鮫みたいに止まることをしなかった。先生が倒れてから、何かを感じ、偉大な力を不気味なほど感じていた。

一年が過ぎる頃だったろうか、恵子の仕事の繋がりで先生の入院している病院が分かり、連絡があった。すぐ健に相談して再び奥さんに連絡を入れた。予想した通りに見舞いに行くことを断られたが、半ば強引に頼み、許可を得た。当然、奥さんの同席はかなわず、三人で行くことに決めた。植物状態の先生を見るのはつらいものがあるが、健と恵子二人に会える懐かしさもあり、複雑な気持ちだった。小倉駅に着いてからの段取りは健が引き受けてくれた。最終打ち合わせで恵子に電話したときに「よく見舞いの許可をもらえたね」と忠に言った。先生が倒れてから奥さんは博多に引っ越し、一切の連絡を絶ったそうだ。それほど見せたくなかったのか、奥さんが電話を切るときに言った言葉が甦ってきた。

「覚悟をして見舞いに行ってください」

新幹線が小倉駅に着き、改札口を出ると不安そうな顔をした恵子が出迎えてくれた。健の顔が見当たらずに探していると、

「喜多村さんは、下の駅前のロータリーで待っていると電話があったわ」

駐車禁止だから車に乗って待っていると忠に伝えた。二人して歩きながら先生の状態を聞いた。恵子の顔が曇った。そして静かに今の医学ではどうしようもなく、確実に分かっているのは、この先に死があるだけだと言葉を濁した。階段を下りると、健が二人に手を挙げた。健は相変わらず着るものに気を使い、決めていた。

「どうだ、束の間デートは」

と肩で忠の胸を軽く押しながら耳元でささやいた。

「余計な者が一人いるからな」と忠。

「いや、俺は余計な者ではなく、二人のキューピッドだからな」

「喜多村さん元気そうね。同じ県内にいても同窓会以外では会えないからね」

「こんなときしか揃って会えないのだよなぁ」

運転席に乗り込みながら呟き、先生が入院している病院へと車を走らせた。健は中学時代は悪餓鬼連中からは一目置かれる怖い存在だった。しかし、目配り気配りのできる男でもあった。だから今でも仲間内では頼れる人物でもあった。社会人になってますます頼もしい男になった。大雑把な忠にとっては頼れて安心できる相棒でもあった。

「時間の調整をしながらコーヒーでも飲んで行こう」と大きな池に面した洒落た喫茶店に車を止めた。忠は、恵子と目を合わせた。以前二人がともに独身の頃によく利用した店だった。

「懐かしいなぁ」

「俗に言う甘酸っぱい思い出の場所なんだろう」と健。

「喜多村さん、どうしてここを？」

「新井田君にいつも聞かされていたんで、今日は特別に、久し振りに寄ってみようと決めていたんだ」

そして、小声で、

「お前がいつも話していたじゃないか、俺は忘れてないぞ。現場仕事でこの店の前を通るたびに二人のことを思い出していたんだ。だから俺の青春の一ページでもあるのさ。今はバラバラだけど俺にとっては紛れもなく青春の遺物なのさ」

テーブルに座り、恵子に改めて先生の病気の一般的な説明を聞いた。仕事柄知り尽くしている恵子は口が非常に重かった。たまらずに健が口を挟んだ。

「先生に会っても、俺たちが誰だか分からないのか？」

「それどころか植物状態と同じなんだろう。反応がないってことさ」

恵子は小さく頷きながら、

「会うのがつらいわ」

忠は、それでも先生には三人で見舞いに来ていることは先生の魂には届くと信じていた。必ず届いていると確信していた。人間は見えるもの、感じるものしか信じないが、そんな浅いものではないことは十分に理解していた。奥さんが電話口で「付き添うのがつらくて駄目な女房です」と自分を責めていたのが浮かんできた。

コーヒーと軽く食事を取り、店を出た。病院に着くと恵子が受付カウンターに行き、面会の手続きを行った。時間がかかっていた。判断が難しい病状なので面会ができないと説明を受けていたら、奥から婦長が出てきて許可が下りた。時間は十五分だった。看護師の後に付いていきながら、恵子に説明を続けていた。先生の見舞いは受け付けてなくて、特別らしい。名古屋からわざわざ来てくれたのと、奥さんから特別な教え子だからと電話が入っていた。病室は殺風景で生活のにおいが全くなく、先生が横たわっているベッドと医療器具だけだった。忠は、恵子を呼ぼうと目をやると廊下の長椅子に力なく座り込んで、

「私は無理、ここで待っているわ」

仕事ではテキパキとこなす恵子だが、さすがにこたえたらしい。

健と二人で先生の枕元に立った。先生と目が合い、ほっとしたが、それ以上の何の変化も動きもない。健が顔を覗き込んで、

「先生、喜多村だけど分かる？　先生！」

続けて、

「新井田君も一緒だよ」

健は反対側の枕元に回っていった。すると、健の後を先生の目が追った。

「分かっているのかな、後を追っているぞ」

「分かっているかもしれないぞ。話し掛けてみろ」

「本人は何も分かっていません。ただ追っているだけです。理解できません」と看護師から冷たい言葉が返ってきた。

「しかし、間違いなく目で追ってくる」

「本人は何も理解していません」と重ねて冷淡な言葉が返ってきた。

健は話し続けていたが、目だけが動いて反応していた。あとは何の反応もなかった。話し掛ける健の声だけが響いてむなしくなった。忠は、絶対に魂には届いていると信じて、顔を近づけてゆっくりと語りかけた。眼球だけが応えて忠の顔を見詰めていた。健が必要以上に言葉を掛け続けていた。忠は、廊下に出て、恵子に先生の顔を見なくてよいかと誘ったが、少し考えて首を横に振った。話し掛け続けていた健は、

「これできっと先生には俺の声が届いている」

と自分を慰めるように言った。

「もうそろそろ時間ですが、よろしいですか？」

感情のない事務的な声が小さく響いた。二人は顔を見て頷いた。

「先生、また来ます」と心の中で根拠のない言葉を吐いた。

「三人で見舞いに来てくれてありがとう。しっかりやれよ」

廊下に出るとき、背中越しに微かに、しかしハッキリと先生の声を聞いた。先生には三人の思いが届いていると感じて振り向き、ベッドを見た。何も変化はなかったが、心なしか先生の表情が緩んだ気がした。しかし殺風景な病室だった。三人は無言で車に乗り込み、病院を後にした。少しの時間沈黙が続いた。痺れを切らして健が口を開いた。

「反応のない見舞いは疲れるな」

「疲れるし、寂しいし、つらいな」

そして、独り言のように続けて呟いた。

「帰り際に、『三人で来てくれてありがとう』って確かに『三人』と言ったんだ。不思議だな。二人しか病室には入らなかったのに」

健が失笑しながら、

「先生は喋れないのだぞ。変なことを言うな。しっかりしろよ。新井田！」

「俺の空耳なのか」

忠は、否定もしなかった。心の中で勝手に思ったのかもしれない。小さい頃からたびたび経験していたので、俺だけに聴こえたことなのだと納得した。すると、今まで黙って聴いていた恵子が落ち着いた声で、

「病院の中では、いろいろと不思議な現象が起きることが時々あるわ。きっと新井田君には聞こえたんだわ」

「気色悪いな！」

煙草に火を点けながら健は身震いをした。

忠は身近な人を見舞った後に気になる夢をよく見た。そのせいか先生の声も自然と受け入れることができた。忠はとんぼ返りのために余韻を引きずりながら小倉駅で別れ、それぞれ帰路に就いた。同窓会で会う約束をして、空模様が怪しくなりかけた小倉駅を後にした。

新幹線の中で呆気なく終わった面会の様子が頭から離れずに、これで良かったのかと自問自答しな

がら、流れる外の景色を見ていた。頭の片隅では今日が最後だったのかもしれないと目頭が熱くなった。

次の日から現実に振り回される日々が待っていた。昨日の一日は遠い過去のものに収まって、一つのセピア色へと変わっていた。つらいが感傷に浸っている間などなかった。前を向いて歩いていくのみだった。

男盛りの輝く年代に入っていた。自分の無能さを感じ、生きている間は仕事と勉強を両立する覚悟を決めた。そして実践して人間性をアップさせ、上品な人生を勝ち取ろうと決めた。関心のある勉強会に参加し、興味のある本は購入して必ず読破した。年間二百冊を目標にして十年間続けた。好きな言葉、文章を抜粋してノートに書き綴った。

世の中の矛盾や弊害も多く経験して、その都度悩んだ。致命傷にならなくても数々の失敗をした。新聞とかテレビのニュースでしか目にしない出来事が身近で起こった。この事業を立ち上げたときからの男性社員が突然失踪し、いがみ合っていた年が離れた二人がなぜか突然駆け落ちをした。離婚が成立したパート社員が、別れた夫の焼身自殺の巻き添えで亡くなる大変な経験もした。改めて思ったのは、人生に起こることは常にぶっつけ本番で予習も復習もないことだ。こんなときに、ふと原因があるんだよなと思ったこともあったが、止まらずに人生を駆け抜けていった。そのときに心の片隅で、「よい種、よい原因を蒔けば、よい花が咲くのに」と漠然と思った。

娘の「人はなぜ死んでいくの？　どうせ死ぬのに、なぜ頑張るの？」という質問。

心の琴線に触れるとノートに綴ってある言葉に、

「心臓はなぜ動くのか、電子信号で動く。その信号は脳から指示されている。その脳は誰の指示?」

人間もサッパリ分からない動物なのだ。しかし、間違いなく、この人生は自分が原因を作り、結果の花を咲かせている。人生が終わるという頃に気付く。子や孫に伝えて終わりたい。

真に生きる意味が理解できると、どんな逆境でも生きる力を発揮できる。そんな心構えの前触れが見えてきた。人間はつらく苦しいことから得るものが多い。チャンス到来とスイッチを切り換える。この余裕が人生の物語を作り上げる。

人生を見極めて生きているとどうしても忘れられない不思議な縁が時々起こることに気付いた。人生の節目節目に必ず縁が結ばれる。必然的に起こっているとしか考えられない。一時期、二人の人生がクロスオーバーする。順縁なのか、逆縁なのか。逆縁の本来の意味は、年長者が年少者の死を弔うことであるが、忠にはそのときだけに現れて自然消滅する縁がある。その出現に間違いなく助けられている。一生添えない逆縁なのかと勝手に名付けている。ここまで生きてこれたのも、この縁に助けられたからだ。

第四章　ふる里の薫風

七菜と小夜子

男盛りの四十代には時間が足りず、仕事に振り回されて余裕のないときがある。人を育て、仕事を任せて、ゆとりを持てば済むのに、ついつい抱え込んでしまう。

毎月、東京の神楽坂に通い詰めていた頃のことだった。用事が済めば本社を後にするのだが、その日は違っていた。玄関を出て声を掛けられた。微かに見覚えがあったが思い出せずに焦っていると、

「笠原七菜です。研修で一緒だった。笠原です」

研修から十年の時間が過ぎていた。笠原七菜の笑顔に、

「あのときの、笠原さん！」

十年ほど前に地獄の特訓と言われた研修に参加していた女性だった。講義では一緒だったが、店舗研修では別々だった。優秀で予定通り卒業していった。忠は、二日居残りだった。

「お久し振りです。本社で時々お顔は拝見しました」

「懐かしいですね。お元気でしたか？」

あの厳しい特訓が脳裏を一瞬駆け回った。何も知らない外食産業で地位もプライドもズタズタになり、素の状態で励んだ研修だった。若い先生に中年の生徒、よく耐えたと思う。笠原七菜はそつなくこなしていた。

「時間があれば、コーヒーでも飲みませんか」

会議が終わると立ち寄る喫茶店が本社の近くにある。入ると珍しく本社の人は誰もいなかった。笠原七菜も今日は泊まりで、明日は大学の友達と会う約束で時間は十分にあった。忠も最終の新幹線まではゆっくりと話すことができた。

研修を終えてから笠原七菜はすぐに店をオープンした。父親の所有するビルの一階で松山市の駅前の最高の立地だった。店が軌道に乗り、落ち着いた頃に結婚した。順調なスタートを切り、同期として喜んでいた。担当のスーパーバイザーから近況を聞き、忘れかけていた頃に不幸な知らせが飛び込んできた。子供が産まれて間もないときに、ご主人が交通事故で急死したと。子供のかわいらしさが増してくる頃で三歳の誕生日を迎えてすぐだった。

向かい合って座ると研修を受けた頃の少し苦い思いが込み上げてきた。と同時に一昔前の懐かしさもあった。一回り年の離れた女性だった。

「研修以来ですね。いつも新井田さんの話は本部のスタッフや担当のスーパーバイザーから聞いています」

笠原七菜は一通り挨拶を終えると、単刀直入に忠に話を振ってきた。先月の会議の休憩時間の話を

詳しく聞きたいと言ってきた。思い出せずにいると、

「長崎の田舎町の話なんですけど……」

休憩時間には七菜は少し離れた所にいた。忠は、本部の部長に田舎町の喫茶店を訪れたときの話をした。七菜は何気なく聞いていたのだが引き込まれて、会議終了後に詳しく聞こうと忠を探したが見当たらず、今日の経緯になった。七菜は有名な経営コンサルタントの書籍に載っていた田舎町のことが気になっていた。その田舎町の話を忠が熱っぽく語っていたわけだ。

忠は、超能力とか予知能力とか一切信じることができずに生きてきた。その反面、少し興味があったのも事実だった。今思い起こすと、気にしないと言い張ったのは、逆に気にしていたのだろう。

日常の生活の中で合点のいかないことがたびたび起こり、考えることがあった。その根本原因が何かあるのかと、冷やかし半分で長崎の田舎町への小旅行を決行したのだった。心のどこかで常に引っかかっていたので、咄嗟の行動でもあった。土曜日の深夜零時に博多駅前でレンタカーを借り、長崎県のハウステンボスの近くの田舎町へと向かい、駅前の駐車場に車を止めた。久し振りの九州で心が開放され、深夜のドライブだったが十分に安らぎを満喫できた。若い頃から深夜のドライブは魅力があって生きている実感がしていた。そんな開放感が好きだった。

車の中で仮眠を取り、早朝の五時には喫茶店の店先に並んだ。その店は朝、昼、晩と一日三回で合計九十名の人が入ることができた。そのための順番であった。並ぶと五番目だった。一時間で五十名近くの人が並び、八時の整理券を配る頃には百名を超える人が並んでいた。十時のオープンまで車の中で、再び仮眠をして待った。並んでいる人たちは遠くは東京から来ていた。地元の人たちはいな

かった。遠方の人たちばかりであった。実演を楽しみにしている反面、名古屋からわざわざ見に来る調子者のもう一人の自分がいた。十時に店に入り、客を数えると三十二名だった。夫婦二人で切り盛りしていた。ランチを注文して、あとはただ待つのみである。持ち込んだ単行本を読んで時間を潰した。全員が食事を済ませて片付けて、いよいよ実演開始。L字型のカウンターに集まる。忠は五番目だったので前列のカウンターの横に座った。三列、四列と扇型に並ぶので、ちょうどマスターの真横の位置に座った。マスターは三田村邦彦似の忠よりも若い男だった。真横の位置だからマスターの手元を十分に見ることができた。午後の一時から実演が始まり、十分も経たないうちに冷や汗をかき、目が釘付けになった。邪《よこしま》な考えで見ている気配を察してか忠の方を見ながら、

「種や仕掛けがあると見学にみえるお客様が毎日います」

と忠の目前でゆっくりと実演をした。午後の三時近くまで続いた。一つの実演が終わると、その都度誰かが質問をした。そして詳しく説明をしてくれて進んだ。疑い深い忠も質問をした。疑い深い人相になっていたのだろう。説明をした後に付け足した。皆の前で。忠が「名古屋駅で最終便の新幹線に飛び乗り、博多からレンタカーで田舎町の駅前に車を駐車して並んだ」という、彼が知り得ない内容を告げた。他の人たちは忠の方を見たが、忠は大きな衝撃を受けた。ショックのあまり呆然としていると、マスターが続いて、

「今、私がやっていることは手品やマジックショーでも見掛けますが、世の中にはショーではなく本当にできる人がいます。このことを心に刻んで帰ってください。世の中の見方が変わります」

実演が終わり、あまりの衝撃にすぐに席を立てずにいると、若い三人連れの女性の一人が、マス

ターに、「私、結婚できますか?」と聞く。

「あまりこのような質問には、答えたくないのですが」と言葉を濁しながらマスターは、「大丈夫ですよ」と答える。

真剣なまなざしの女性が、

「三十歳までにはできますか?」

「もうこれ以上は勘弁してください」

女性たちは未練を残しながら騒がしく階段を下りていった。気付けば一人だった。マスターは、ひと呼吸置いて諭すように、

「先ほどは大変失礼をいたしました。余分なことを言いまして」

と軽く会釈をした。そしてその後、忠のこれからの人生を左右する言葉をさりげなく遺した。

「あなたが今日この店に来ることは私には分かっていました。人生には無駄なことは一切起こりません。すべてが必然に起きています。また、そう思った方がうまく生きていけます」

今思うと、偶然起こったことは、それ以上には深掘りはしない。しかし必然と考えるとその後先を真剣に考える。単純明快に前向きになれる。冷静さを取り戻していた忠は、マスターに聞いた。良からぬ仲だと分かっていても出会う男女にとっては必然なのかと。忠の周りや店のお客様の中にそんなカップルを目にしていた。少し意地悪な質問をして尋ねた。

「結果がよいとか悪いとかが問題ではなくて、二人にとっては出会うべくして出会うのです。必然的に出会っているのです」

店を出て、大きく深呼吸をした。次の客が階段から並び、道路まで続いていた。博多駅へ向かうために高速道路へ入り、余韻を楽しんでいた。時間を確認してから途中のパーキングエリアに車を入れてレストランで休憩し、少し頭の整理をして落ち着こうと窓際の席へ座った。コーヒーを注文してぼんやり車の流れを見ていた。

「相席をさせてもらっても、よろしいですか？」

空席があったのだが、よく見ると実演をした喫茶店にいた二人連れだった。どうやら二人は夫婦らしい。山口県の下関に住んで、年は五十代の半ばで田舎町の喫茶店に来たのは三回目らしく、それでも興奮していた。早速、マスターとのやり取りの確認をしてきた。事実だと伝え、何も打ち合わせのないことを言うと、さらにビックリしてのけぞった。忠は、実演そのものに興味もあったが、その合間に話すトークに勇気をもらった。一つの実演に相当気力を使い、パワーを使うらしく、トークも同じように気が入っていた。マジックや手品は仕掛けがあるが、人間の能力だけでできるとは信じられなかった。こんな人間がいると思うと、確かに世の中の見方が変わる。

マスターが言っていたことが甦ってきた。

「宇宙も地球も自然も人間の身体も、九十五パーセントはまだ解明されていない。人間の能力もうまく使えば、とんでもないパワーが発揮できる。私のやっていることはその気になれば誰でもできます。これはまだまだ入り口でしかありません」

夢と現実の狭間に落ち込んでいる忠であった。新幹線に乗って時間とともに九州が遠くなるにつれて現実に戻る姿があった。

会議での休憩時間に本部のスタッフに田舎町の喫茶店での出来事を熱弁しているのを、笠原七菜が少し離れた所で聞いていたのだった。今度は田舎町へいつ行くのかと尋ねられた。スタッフとの会話の中で再訪するのを聞いていたのだった。

「近いうちに行かれるのですか?」

「次の金曜日の最終便で行こうと」

今度は実家にも顔を出す予定でいた。すると笠原七菜がとんでもないことを口にした。

「そのときに、私も一緒に連れていってもらえませんか?」

あまりにも突然な言葉に一瞬たじろいだが、落ち着いて説明をした。確実に実演を見るためには深夜に移動して早朝に店に並ぶことを伝えると、

「よく分かっています」

と何の抵抗もなく答えた。子供の面倒のことや家での両親の許可は大丈夫なのかと確認すると、

「大丈夫です」

と女友達とでも遊びに行くように答えた。忠は、こんなことが実現するはずはないとたかを括っていたが、約束を交わして店を出た。しかし、その日から、

「二人の出会いは、必要なときに必要な人と必然的に出会います」

マスターの声が頻繁に聴こえてきた。その都度心の中で打ち消していた。別れてから笠原七菜からは何の連絡も入らず、当日を迎えた。だからなおさら先日の約束が嘘のようで、あえて考えずに前回と同様に独りで行くようにしていた。博多駅に着いて周りを確認しながら改札口を出て、一応待ち合

わせの場所へ行った。新幹線の最終便のせいなのか人の動きが早く、タクシーも忙しく動いていた。笠原七菜らしき人影も見当たらずほっとして諦めていた。

時計は深夜の十二時十分を差していた。博多駅に来ると時々利用するハンバーガーショップの店先からショートカットのジーンズ姿の女性が大きく手を振って近づいてきた。女性に心当たりなどなく、素知らぬ振りをしていると、目の前で立ち止まった。笠原七菜だった。驚いた顔で全身を見つめていると、

「ビックリしました? 私、こんな格好初めてなんです。ショートカットもジーンズも」

東京で会った面影など全くなく、話し掛けてこないと笠原七菜とは分からずに通り過ぎていただろう。あまりの変化に戸惑っていると、笠原七菜の方からレンタカーの営業所へ行きましょうとせかされた。手続きで待っている間にも七菜は忠に話し続けていた。こうして二人だけで話すのは今日で二回目なのだが、七菜は古くからの知り合いのように違和感なく話していた。忠も七菜と話すのは懐かしい人と話しているようで、とても不思議な感じを抱いていた。その答えらしきものが、あることで気付くのである。

田舎町の喫茶店に早く着きたいと急いでいた。七菜はそれに反して、余裕があるからと次のサービスエリアで休憩しませんかと誘ってきた。間が持てない忠は頭を切り替えて、二十四時間営業の店の前に車を駐車した。

「あと一時間弱で田舎町に着きますので、トイレ休憩しますか?」

七菜が自販機で飲み物を買ってきて、紙袋からハンバーガーを取り出した。途中で食べようと博多

駅の二階にあるショップで買ってきたのだった。二階から忠を見つけて、慌てて飛び出して、つい馴れ馴れしく、大きく手を振って走り寄ってきたのだった。食べ終えてからコーヒーに誘い、店に入った。笠原七菜のことを何も知らない忠は、今回の本当の理由が他に何かあるのか確認をしたかった。子供や両親にはどう話してきたのか。すると七菜は涼しい顔で、何も悪びれずに忠の顔を見てハッキリと言った。

「子供じゃありませんし、正直に知り合いの人と二人で行ってくると言いました」

確かにファストフードの店は研修とか行事で泊まり込みの勉強会などが多い。両親も何も疑わずに納得したと思われる。

「知人と言ったの？」

「ハイ！　知人とだけ」

その後は何も聞かれなかったので、多分女性の方だと思っているかもしれませんねと舌を出した。一人の女性オーナーとして認めてくれていますからと付け足した。忠は、田舎町行きに忠を選んだ理由を聞こうとしたが、触れずに超能力の不思議さを淡々と七菜に話し、車を運転していった。目が冴えて、車の中は不思議な世界に包まれていた。

忠は、人物を観察する変な習慣があった。だから笠原七菜と会話をしていると誰かに似ていると思って、誰なのかと思い出そうとしているが、一向に出てこない。東京で会ったときもそうであった。

駅前の駐車場に無事着いた。この駐車場は八時までは無人で、その後管理人が出勤してくる。予定通り並び、整理券の十番と十一番が取れた。十時までは車の中で仮眠することにして、少しでも睡眠を取ることにした。帰りは七菜を博多駅か空港へ送り、そのまま飯塚の実家に帰る予定でいた。

三十三名の客がそれぞれに注文して食事を終えて一時過ぎに実演が始まった。催し物はすべてが客の参加形式で進んでいく。お客さんの持っているお金とか、過去などを見抜いていく。本人が一番度肝を抜かれて驚くのである。この日の忠は、小さなメモ用紙を渡されて丸く大きく描かれた円の中に両親の名前と自分の名前を書き、その他に初恋の人の名前や生年月日、などなどあった。

「初恋か……どれが初恋なんだ?」

と独り言を呟くと周りから笑い声が漏れた。

「メモ用紙に書いた名前を当てますので、差し障りがあれば別の人でも結構ですよ」

とマスターが忠に言った。忠は、トイレの中に入り、隠しカメラがないことを一応確認して書き込んだ。席に戻り、言われる通りに紙を細かく折りたたんだ。十円玉よりももう少し大きくなった。マスターが畳んだ紙をステンレスの串刺しの棒で突き通した。透視能力なのかマスターは握り拳を額に当て、「書いたことを思い出してください」と。

忠は、わざと思い出さずに次の言葉を待った。

「棒が微妙な所を突き刺しているので読みづらいのですが、名前は『忠』と書いてただしさんでよろしいですか?」

「皆はちゅうと呼んでます」

姓は読みづらいな……と言いながら「新しいの新と、井戸の井と、ここに棒が通って井に見えるんですけどね。それに田んぼの田ですね。新・井・田さんで新井田忠さんで正解ですか?」と忠の方を見て確認をした。そして次の言葉に度肝を抜かれた。言葉を慎重に選びながら両親の名前を言い当て、お母さんはと言いながら忠の顔を見た。忠は、すかさず、

「大丈夫です。続けてください」

マスターは少し小声で、

「実母ではなく育ての親になりますね」

生まれた時間は早朝です、と付け足した。その後父親に確認をしたが、「そうだったな……」と曖昧な返事しか返ってこなかった。義母に気を使った返事だったと思われる。両親にとっては昔話はタブーだったのだろう。だから余計に忠は自分史にこだわっているのかもしれない。

実演が終わり、各自グッズを購入して店の外に出た。七菜が思い出したように、「土産に、もう一つ欲しいから」と階段を駆け上がっていった。入り口で待っていたが七菜はなかなか下りてこなかった。

次の回の人たちが騒がしく店の中に入っていた。忠は、前回と今回来て、ますますマスターのトークに魅了されていた。会話そのものが前向きなのだ。嫌味のないトークと心地よい空間に心が癒された。待ちながら余韻に浸っていた。七菜は能力を磨くカードと曲がりくねったスプーンとフォークを購入し、七菜の一番知りたかったことをマスターに尋ねた。「前世とか、来世とか魂の存在をどう思うか?」と。マスターはあくまで個人的な考えと前置きして話した。

「この世界で分かっているのは微々たるもので、見えない所に大切なことがたくさんあります。前世、来世、魂は皆見えないものです。この世界があると考えるとすべてが繋がります。そう考えないと今

の世界の説明がつかない」と言い切った。次の回の客が座り、注文をしていた。七菜は諦めて急いで店を出た。

「ごめんなさい」

忠は、少し遅いなと思っていたが気にしなかった。すぐ行動に移して田舎町に来るくらいだから聞きたいこともたくさんあるだろうと気にしなかった。レンタカーを走らせながら沈黙の時間が過ぎた。二人ともにそれぞれの思いを、実演の余韻を残して異次元の体験を噛みしめていた。ただ、面白いだけでなく妙に考えさせられる体験だった。目に見えない世の中の仕組みがもし絡んでいるとすればと、そんな不思議さを考えさせられた。高速に乗り、しばらくそのまま走った。そしてパーキングエリアに入り、

「博多の駅か空港か、松山までどちらで帰るのかな?」と聞いた。

突然帰りの話で面食らった七菜は、少し間を置いて逆に聞き返した。

「新井田さんは、今からどうされるのですか?」

七菜は、忠がレンタカーの予約をするときに二日間の予約をしていたのを見ていた。忠は、別れてから大刀洗町の祖母の墓参りをしてから飯塚の実家に帰ることを伝えた。すると七菜は笑みを浮かべて、

「少し、時間をください」と車を降りた。携帯を取り出し、自販機の方へ歩きだした。電話の相手は友達のようだった。忠も車から出て背伸びをして軽くストレッチをしながら待った。七菜は自販機の前から動こうとはせずに話し込んでいた。

忠は、帰省すると必ず祖母の墓参りを欠かさなかった。そこには叔母の小夜子も眠っていた。同い年の小夜子は白血病で高校一年のときに亡くなり、祖母は平成元年に天寿を全うした。今回は独りで墓参りをすることを両親に伝えていた。義母からお供えの花を忘れるなと釘をさされていた。無頓着な忠に必要以上に義母は念を押していた。

七菜が電話を終え、忠にペットボトルのお茶を渡しながら聞いた。

「由布院温泉って分かります？」

「大分へ向かう高速道路の途中にあるけど」

「学生のときの友達が由布院にいるので、そこまで送ってもらえますか？」

「時間は？」

七菜は少し離れて再び電話をかけた。その間に忠はトイレに向かった。忠は昨夜七菜と合流してから不思議な気持ちで過ごしていた。いや、その前の東京での喫茶店からそう感じていた。初めてなのに違和感もなく親しく話すことが不思議だった。過去にもこんな共有した時間を過ごしたような錯覚を持つ気持ちだった。

高速を走りながら墓参りを済ませてから由布院に行くことを伝え、甘木インターに向かった。七菜の友達は由布院で民宿をしているという。少し不安だったのは、両親と行く墓参りは義母が道に詳しくて心配なく行けるのだが、今日はナビも使えず記憶だけが頼りだった。田んぼの中にある墓所なので余計に心細さを感じていた。甘木インターを出て古い田舎道を走り、頼りない記憶を呼び起こしながら運転をしていた。何とかいつも立ち寄る花屋で仏花を買い、ここまで来れば、あとは大丈夫と

ほっとした。この店は義母の遠い親戚筋に当たる。車を少し離れた場所に止めて、七菜を残していた。戻ると七菜が、

「懐かしい風景！」

と忠の方を見ながら言った。

「懐かしい？」

怪訝そうに七菜を見た。曖昧な記憶と周りの景色に注意を払いながらゆっくり走っていると、突然七菜が、

「この先の左の坂道を上ると堤防に出るわ。そのまま走って右手の橋を渡り、そのまま道なりに下りていくと左手に墓所が見えてくるわ」

言われた通り、半信半疑そのまま行くと、

「ここだ。どうして分かったの？」

「こんな場所に来たことはないのだけど、頭に浮かんできたの」

忠の頭の中に小夜子のことがハッキリと甦った。斜め後ろを向きながら頷く七菜の仕草が小夜子に似ている。

三十数年も前の頃、白血病で入院していた小夜子を見舞いに行った。病院の看護師さんから彼氏が見舞いに来たわよと冷やかされた。一時祖母の家で暮らし、兄妹のように育った仲だった。血は全く繋がってない身内である。年頃の男女であるから、事情の知らない看護師には不思議な間柄に映ったと思われる。亡くなる寸前、忠が独りで病室にいたときに小夜子が弱々しい声で話し掛けてきた。苦

しい表情から和らいだ顔をしていた。祖母と義母は忠と入れ替わりに自宅へと戻っていた。容態が急変したらどうしようと気をもんでいたから忠は当時の状況をハッキリと覚えていた。

「忠さん、私死んでもすぐに生まれ変わって来るよ。そのときは気付いてよね」

「縁起の悪いことを言うなよ」

掠れた聞き取り難い声だったが、ベッドのそばで小夜子の口からはっきりと聞いたからよく覚えている。忠は怖くて誰にも話していない。二人だけの最後の秘密の会話だった。すぐに昏睡状態に陥り、明け方に息を引き取った。

墓地には駐車場がなく、少し離れた農道に車を止め、墓地へと歩いた。墓地の敷地内に入ると決まって鳥肌が立ち、涙が出てきて困るのだった。が、今日は七菜が先に立ち、教えもしないのに墓碑の前に立った。何事もなく振る舞い、花を生ける水を汲みに行った。お墓の周りの雑草を取り、掃除して七菜を待った。花屋でペットボトルを調達して農業用水を汲んできた。この墓地は町内会が管理していた。古い墓地で墓碑が七つしかなく、小さいけどゆったりとした墓地だった。花を生け、線香を立てお参りをした。七菜もそれに合わせて従った。

「お墓参りまで付き合わせて申し訳ないね」

「私も落ち着いてお参りできました」

七菜に小夜子の話をと思ったが、あえて止めた。

「どうか、されました?」

見つめている忠に尋ねた。慌てて、

「いや、ちょっと気になったことがあってね」

どう考えても七菜には関係のないことだと割り切った。墓の周りをもう一度確認をして車に戻るとき、寒気を感じた。帰るときに変だなと思ったが、車を運転しだすとそれに気だるさが加わってきた。風邪など引いたこともなく、まして熱を出したことなどなかった。とにかく七菜を早く由布院の民宿まで送り届けようと焦っていた。甘木インターから再び高速に乗り、由布院に向かった。すぐに身体が重たくなり運転するのがつらくなった。七菜に運転を交代して助手席に横たわった。顔が火照っているのに気付いた七菜が額に手を当てた。

「すごい！　熱だわ！」

「風邪を引いたかもしれないな」

そう答えながら、なぜか冷静に小夜子のことを思い出していた。

小夜子は入院生活が長くていろんな本を読破していた。長い入院生活のために友達も少なく、忠には何でも話すようになっていた。ある日見舞いに行ったら、手招きをして忠の耳元でささやいた。

「男と女の仲は、何時間話しているよりも、二人だけで食事をする方がより親しくなれて、まして一夜をともに過ごせばもっと深い間柄になるって」と耳打ちをした。忠がもっと詳しく聞こうとしたら看護師が入ってきて、それで終わった。

二人で墓参りに来たのを小夜子が怒っているのかと忠は思った。七菜は由布院の友達に事情を説明して薬の手配を頼んでいた。助手席に倒れ込んだまま夢心地に聞いていた。高熱と睡眠不足で寝入ってしまった。気がついたのは、民宿の駐車場だった。七菜の姿はなかった。民宿の案内所と受付を兼ねた建物の前に止まっていた。一時間ほど寝ていたようだった。身体がだるくて、動きたくなかった。畳の上で早く横になりたかった。ドアが開き、

「解熱剤の薬と体温計よ」

と忠に渡し、部屋で休みましょうと促した。三十八度を超えていた。風邪などめったに引かない忠は、ふらついていた。まして発熱で気が動転していた。服を脱いで用意していた布団に潜り込んだ。すぐに深い眠りに落ちた。氷枕が気持ち良く、額にも冷たいタオルを載せてくれた。頻繁に取り替えてくれているのをぼんやりと覚えていた。

気がついたのは夜中の十二時前だった。全身汗びっしょりだった。暗がりの中を起きようとすると、掛布団が動かず布団の縁に誰かが寝ていた。布団の反対側を跳ねのけて起こさないようにゆっくりと起きた。浴槽に行き、シャワーを浴びて汗を流し、再び時間を確認した。実家に電話をかけるのを躊躇したが、心配していると思い、電話を入れた。すぐに義母が出て、

「どこにおるとね？　心配しよっとばい」

と少し怒り気味に忠に聞き返した。急に熱が出たことを説明して昼過ぎに家に帰ることを伝えた。二言三言やり取りをして電話を切ろうとすると、義母が、

「花屋の伯母さんから電話があったとよ。忠が墓参りに来て、助手席に大きな人形が乗っとったよ、と」

説明を仕掛けたが、家に帰ってから説明すると言って電話を切った。目が覚めた七菜が濡れた布団を部屋の隅に押しやり残った布団に入っていた。部屋に戻り、様子を察した忠はソファーか車で寝ようと毛布を掴んだ。

「どこに行かれるんですか？」

「車か、フロントのソファーか……布団が足らないし……」

「すぐに夜が明けますから、私は大丈夫ですから」

と布団を捲って誘った。忠は、ちょっとたじろいだが横に滑り込んだ。七菜は黙り込んでいた。忠も天井を見つめていた。怪しい時間が流れてた。

「小夜子さんって誰なのですか？」

七菜が口火を切った。続けて「熱にうかされて何回も呼んでいました」と横を向いて忠に聞いてきた。忠は、今日一日の不思議な思いを話し、叔母の小夜子のことを細かく話して聞かせた。七菜も大刀洗の郷に入ってから墓地への道が勝手に浮かんできたの、自分でも不思議な経験で変な気持ちなのですと困惑した表情を浮かべていた。

七菜は四国の松山市で生まれ育ち、忠の親戚筋とは縁もゆかりもないのである。研修で会っただけで、それから十数年の時が流れ、七菜の生活は大きく変化していた。店をオープンさせ結婚をして子供が生まれ幸せ絶頂のときに、伴侶を見送っている。人生の中で女性が経験する結婚、出産、伴侶の葬式を済ませている。今は両親と同居して小さな子供の面倒を見てもらいながら、生活している母子家庭である。忠は仕事柄、勉強を兼ねて出張で松山にも時々来ていた。そのときに顔を合わせていたのだが、記憶に残ってなかった。それなのに田舎町の喫茶店で実演を見てから急に古い昔の友人に出会ったようで親近感を抱いていた。

「何度も繰り返し小夜ちゃんって呼んで、うなされていましたよ」

忠は、小夜子の長い入院生活のことや家庭の事情で一緒に住んでいたことなどを当時を振り返りながら、思い出すように話して聞かせた。特に長い入院生活で友達が少なくなり、忠が必要以上に見舞いに行ったことを伝えた。薄明かりの中を小夜子の魂が微かに感じ取れていた。横向きに話を聞いていた七菜の腕が忠の首筋に巻きついてきた。何も言わなかったが巻きついた状態のままで七菜はすすり泣きをしていた。気付いた忠が黙り込むと、

「続けて」

と小さな声で催促した。話の途中で七菜は、

「かわいそう」とか、

「小夜子さんの気持ちがよく分かる」と相槌を打ちながら聞き入っていた。

横に寝ている七菜を眺めながら、忠は小夜子と過ごした病室を思い出していた。遠い遠いセピア色の世界だった。子守唄のように聞こえていたのか、七菜は静かに寝息を立てていた。七菜の腕を解き、忠は不思議な一日を思い返していた。そしてなぜか小夜子が亡くなる前に話していたことは、七菜には話せなかった。自分の人生の短さに悔やみ、人相が和らいできた頃に「今なら、今なら素直に忠君に話せるから」とベッドで独り言みたいに呟いていた。

「もう、私分かっているの。必ず忠君の前に戻って来るから気付いて」

掠れ声で聞き取りにくかったが七菜との今日の出来事で、この言葉が鮮明に甦ってきた。七菜の目頭には涙の跡が残っていた。

時空を超えた話をしたせいか、眠りについてから怪しい変な夢を見た。夢の中には成熟した小夜子が出てきた。あまりの変わりように逃げ惑う忠を追い回している変な夢だった。寝汗をかき、目を覚ますと夜が明けていた。部屋付きの立派な露天風呂が目に入った。一瞬露天風呂に入りかけたが止めて、浴室で汗を拭き取った。

「熱は下がりました？」

声とともに寝惚け眼で忠の額に手を当てた。

「大丈夫そうですね」

「二度も寝汗をかいたから！」

「七菜の添い寝が利いたのかも……ね」

七菜は着替えて身なりを整え、フロントに朝食の用意を頼んできた。朝食を取りながら、軽い乗りで、忠は聞いた。

「寝ているときに変なことをしなかったかな？」

「何も、起こらなかったわよ」とさらりとかわして、

「私の胸の辺りを触られていた気がしたわ。夢の中だったかもしれないけど」

俺が夢の中で触っていたのかもと、箸が止まった。若女将である七菜の友達がドアをノックして、

「笠原さん！　ちょっと」

七菜も予測していたのか、すぐに立ち上がりドアの方へと行った。

「昨日、待っていたのに、どうして来なかったの？」

「ごめん。行くタイミングをなくしちゃって、ごめん、ごめん」

とドアの外で平謝りを繰り返していた。もう一泊するからと拝み倒していた。どうやら七菜は友達の家で泊まる約束のようだった。若女将が気遣ってのことだった。

「それで一緒に寝たの？」

「添い寝して看病していたわ」

「子供じゃないし、それ以上は聞かないわ」

「後で詳しく話すわ」

小声で話していたが、聞き取れる会話だった。会話が気になってはいたが、それよりも夢の中で小夜子が額や胸の汗を拭き取っていたことが気になっていた。しかし、これ以上は聞かなかった。

朝食を取って忠は、実家に帰る準備をして民宿を後にした。七菜は明日の新幹線の広島経由で帰りたいからと再び民宿で待ち合わせた。七菜は今晩友達とゆっくりと過ごす様子だった。積もる話もあるからと茶目っ気たっぷりに忠の方を見て言った。強引な行動だが嫌味を感じさせない七菜だった。

高速のすぐそばにある高塚地蔵に寄り、お参りして再び高速に乗り実家に急いだ。昼過ぎに着いた。両親はいなくて妹のすみれが留守番をしていた。家の前に着くとすみれが飛び出してきた。待ち構えていた様子だった。

すみれが車のドアを開けながら開口一番、

「兄ちゃん、助手席に乗っていた大きなぬいぐるみは一体誰なのよ。お母さんが怒っていたわよ」

荷物を運びながら間髪を入れずにすみれは、「大刀洗の花屋の伯母さんが、綺麗な女性が乗っとったぞという電話をかけてきた」と言う。忠は面倒なことになったなと考えていた。

すみれが忠の額を見て、「何よ、それ」。

「熱冷ましのシートだよ」

「お母さんはそんなことでは騙されないと思うから、怖いよ」

今、いきなり説明してもうまく話せないからと時間稼ぎに関の山に登ってくるとすみれに伝え、着替えて飛び出した。夕方には帰ってきてねとすみれに言われ、実家を後にした。車で五分も走れば登山口のキャンプ場に着き、誰もいない駐車場に車を止めて登り始めた。

若い頃はいつも誰かと一緒に登っていたが、最近ではいつも独りで登る。黙々と登り、山道の木立のこの空間と独りで登るこの時間が最高で、至福のひとときでもあった。忠のすべての拠りどころの関の山は、晴れた日であろうが、曇った日、もしくは少々の俄雨でも最高の拠りどころだった。季節ごとに咲き乱れる小さな草花や、行く手を遮る蛇さえも今は仲間だった。ましてや名古屋に出るまでは気の合った仲間と登り、恵子と二人だけで登り、大切な時間を費やした関の山である。原点と言うのか素になれる空間と場所だった。

急ぎ足で登れば一時間強で登って下りてこれる。ここ、最近はいろいろなことを噛みしめながらゆっくりと楽しんで、味わって時間を費やしている。今日も木立の木漏れ日を浴びると心がスーッと落ち着いた。頼もしい関の山である。たかが三百メートルの小さな山なのである。

忠は、ひそかに決めていることがある、長寿を全うした暁には遺灰の一部を山頂から庄内町に向かって空高く撒いてもらい、できればキャンプ場の隅に桜の木を植えて自然に帰りたいと思っている。この日は時間をかけて山頂に登り、ゆっくりりと下山した。

実家に戻って軽くシャワーを済ませて、居間に座ると妹二人がお勝手で夕飯の手伝いをしていた。どうやら妹二人は、大きな人形の話が目当てらしい。弟も後から来るらしい。変に隠すより正直に言った方が無難だなと腹を括った。忠は、七菜との仕事の関係と喫茶店に行った経緯を話し、大刀洗のお墓参りの様子を詳しく話していたら、さくらが、

「お墓の近くは何の目印もなく一、二回行ったぐらいでは分からない所なんだよ。七菜さんって初めてなんでしょう。そりゃあおかしいよ」

「あの辺はお母さんしか道案内できない所だもの。不気味な人ね、七菜さんって」

とすみれも不思議がっていた。最後に義母が、

「伯母さんが妙なことを言っていた……な。小夜子かなと」

一瞬、箸が止まり沈黙に包まれた。

「そんなことないわよ。目の悪い伯母さんの勘違いよ」

と声を弱めてすみれが呟いた。

「いや、忠が乗せていたのは小夜子だったのかもしれないぞ」

と、そして付け加えて、

「小夜子と忠はいつも一緒にいて仲が良かったからな」

確信を持ってハッキリと義母が言った。そして、炭鉱で起きた事故の不思議な出来事を話しだした。忠は、なぜか七菜と新幹線で帰ることを言わなかった。妹たちが帰ったのと入れ違いに弟が来た。仕事で遅くなったらしくて、久し振りに二人で夜中まで語り合った。

次の日は朝食を取らず実家を出た。博多で人に会ってから新幹線に乗るからと両親には伝えて出てきた。なぜか早く由布院に行きたかった。由布院の民宿に着くと、七菜はすぐに車に乗り込んできた。高塚地蔵を右手に見ながら高速自動車道を博多駅に向かった。

「熱冷ましのシートの効果はありましたか？」

「妹から笑われたけど……」

七菜も忠と別れてから友達にすごい顰蹙を買ったと忠に打ち明けた。理由を聞くと深い間柄でもないのに一晩同じ布団で、それも添い寝をしながら看病するなんて、あなたらしくもないと説教三昧だったと嘆いた。それに対して七菜は素直に反省して頭を下げたと言った。

そして、七菜は田舎町の喫茶店を出る間際のマスターとのやり取りを忠に語りだした。結婚して子供を産み、その後夫を亡くして、子育ての不安と、漠然とした将来の不安に襲われ、自分らしさを忘れていた。実の両親と同居していたが、ただ生活に明け暮れていた。そんなときに会議室で、生き生きとした忠の話に吸い込まれたのだった。

一緒に喫茶店に行く約束を交わしたときから、七菜は心がウキウキとして忘れていた気持ちが甦ってきた。髪も短くカットして、心の中で「新井田さん、うまく見つけてくれるかな」と期待し、デート気分で松山を出発したのだった。博多の駅の待ち合わせは恋人気分だった。女性のヘアスタイルなど細かいところを気付かない忠は、案の定見過ごして、七菜が目の前に来て気付いた。

マスターとのやり取りは、七菜がそんな忠との関係を尋ねたのだった。マスターの返事は「あなたが良ければすべてオッケーですよ」だったという。

「縁もゆかりもない人生のクロスオーバーはよく起こります。あなたにとっては必然な出来事なのですね。あなたがもうその答えを出していますｌだった。

七菜は昨日と違って小夜子のにおい、雰囲気は一切なかった。昨晩の妹たちの話を七菜に聞かせると、

「私、似ているの？」

「いや、全くの別人だよ」

短い髪を触りながら、

「親には不評だったの。男みたいだって」

忠は、一時的に小夜子の魂が七菜の身体に乗り移り、添い寝して看病してくれたのだと実感していた。後部座席の方から声がした。

「やっと、気付いた」

首筋から背中にかけて鳥肌が立った。

レンタカーを返却して駅中の飲食店で昼食を取り、時間を潰した。

七菜か小夜子かどちらか分からないが、忠が人生の最大のピンチのときに、助けてもらうことにな

るのだった。年代が離れ、ジェネレーションギャップがあったが、忠は七菜のうれしそうな表情を見つめながら話の聞き役に徹していた。安らぐ空間でもあった。新幹線に乗り、広島駅までこの時間が続いた。別れ際に七菜は、

「また、どこかでこんなときが来るとよいですね。楽しみにしております」

と言って降りていった。爽やかな風のように。熱冷ましのシートを忠の額に貼って、置き土産を残していった。

「自宅に着くまで貼っていてね。約束よ」

普段はこんな格好はしないのだが抵抗なく従い、帰宅した。


そんな熱冷ましのシートの効果が出たのが、季節が一巡した頃だった。業界の全国大会の一環で、有名テーマパークを時間帯で貸し切った行事があった。夜の部なので暗くなっていた。いきなり見覚えのない小さな女の子が近寄り、忠の方を見ながら、

「親分、元気?」

小さな声だが確かにそう聞こえた。

「おじさんのこと?」

忠は、自分を指差し聞いた。

「うん、そうだよ!」

飛び跳ねながら返事をした。周りを見渡すと若い女性が首を傾げながら、近寄ってきた。

「お久し振りです」

懐かしい響きだった。

「笠原七菜さん。久し振りだね」

忠の脳裏に由布院の民宿での出来事が甦ってきた。

「親分って?」

「会社では、大将って呼ばれているから有紀と話す時にはそう呼んでいるのです。あっ娘の有紀です」

忠の会社では社長と呼ばずに、なぜか社員は皆、忠のことを大将と呼んでいた。有紀とは初めて会ったのだが人見知りしない。すぐに打ち解けていた。親子の間では忠のことが普通に話題に上っていたのだろう。

「おじさんのヒップラインが格好いいって、ママが言っていたよ」

七菜が慌てて有紀の口を手で塞いだが、飛び跳ねて逃げていった。いつもは背広姿なのだが、今日は古いジーンズを穿いていた。忠は二十歳前からジーンズを愛用していた。

七菜は有紀の後を追いながら忠のホテルを確認して去っていった。田舎町の喫茶店の実演を見た帰り、新幹線の車中で七菜は驚くような胸中を打ち明けていた。有紀が成人して独り歩きをするまで再婚はしない。ここまでは世間一般によく聞く話である。そして仕事や子育てのことを時々相談に乗ってほしいと打ち明けていた。

どんな間柄であれ、人生で必要なときには必要な人に出会う。これが必然なのである。出会いから十数年後に人生のどん底のときに七菜から助けられるのである。それもスマートに。牧真一のときと同じように人生の役割を終えると目の前から突然姿を消していく。七菜もお互いの大切なときにかかわり、クロスオーバーした。

今、七菜は二人目の子供を授かり、松山で幸せに暮らしているという噂だ。以前は、東京での会議で会った折に、由布院の宿で寝汗を拭いてもらったり身体を触れ合ったり（?）した夜の確認をしたことがあった。

「そんなこともあったか〜な〜。私も夢の中の出来事だったのかな」

とうまくかわされた。

広島で別れるときに額に熱冷ましのシートを貼って降りていった。必然の出会いはどんなにうまく説明しても、他人には絶対に理解してもらえない。常識の域を越えた現象なのだから。

「他言無用。慎重にね」

と広島で別れるときに額に熱冷ましのシートを貼った七菜。家に帰ったときには完全に平熱に下がっていた。

自分の人生を振り返りながら、その上、他人の自分史に触れて、人生の綾とか生きる奥深さを実感している。田舎町のマスターに「新井田さんがここに来るのも私に会うのも必然的に決まっているのです」と言われた。七菜も「必然に出会うようになっていたのよ」と忠に伝えた。この繋がりは、友人知人、恋人かではなくてその奥のもっと奥の魂の繋がりであると思っている。偶然は偶然でその域を出ないが、必然は「なぜ」と深掘りをする。

有名テーマパークが閉園してホテルの部屋に戻り、シャワーを浴びて寛いでいるとドアをノックする音がした。出ると七菜だった。素早く部屋に入ってきた。三十分だけ時間が取れたのと入ってきた。同じホテルに宿泊していた。短い時間だったが、久し振りの会話だった。次の日のモーニングを二人で取ることを約束して別れた。

自分史を手掛けて人生を深く考えるようになった。時には自分の身に覚えのないことが起きる。そんなときは運が悪かったと済ませて生きてきた。今現在起きていることは過去に間違いなく種、原因を蒔いた結果が現れている。日常の現象一瞬一瞬が結果であり、その対処がまた、原因を作っていく。だから間違いを犯しながら生きているわけだ。自分なりの理屈を考えて解決方法を見いだすには、心と魂の領域まで踏み込まないと駄目だと結論付けた。難しく思っていたが、意外と簡単なのに驚いている。今、それを日常の生活習慣に落として生活している。心をコントロールして、その奥の潜在意識をうまくコントロールし、魂で生きるコツを身に付ける。簡単に言えば、今までの生活に心と魂を中心にして生きることである。目標は好々爺で、自灯明の生活で、百十五歳の長寿である。これが理想的な今からの人生。

故郷を出て名古屋に行くときの夜行列車の中で言われた。
「何も結婚するだけが幸福とは限らんぞ。別れていても、それ以上の何かがそこにある」
赤土恵子は、中学生の頃から今日までいろいろと教えられる存在だ。男と女の友情は成り立つと言い切ってから、二人の間の物語は始まった。お互いが独身の頃に、恵子に結婚願望を聞いた。

「私の理想は、この男の人となら苦労して生きていける。そんな男性と一緒になりたい」いろいろな行き違いがあったのだが、「今なら一緒になれる」と忠がプロポーズすると、「私の今までの苦しみを、あなたの彼女には負わせたくないの」とあっさりと振られた。これで終わる。この行き違い。なぜか忠は次の行動に出なかった。暗い青春だが……それ以上のものを手に入れた。それから数十年が過ぎた同窓会の席上で恵子が、「相変わらず、わがままな生き方をしているのね。結婚していたら、私だったら、とっくの昔に離婚していたわ。奥さんに感謝しなさい」と鋭く心の中を見透かされた。いつもの恵子だった。「あなたらしい結論ね」と微笑んで応援していることを思いながら生きてきた。

私小説を書こうと決めた理由の一つには、孫や子孫に自分に似た考えを持った人物が必ず出てくると信じているから、生きることにもがき苦しむときの参考になればと思っている。自己満足の世界でもある。

相性の良かった祖母には、亡くなった今でも教えを乞うている。生きることとは、肉体生命と精神生命が同時に生きていることだ。死とは、肉体生命が滅び、精神生命は生き残っている。忠は今まで出会った人たちのすべての精神生命を受け継いで生きていこうと考えた。すると、嫌な人も相性の良くない人もすべてが教えを乞うた人生の先生に変わった。心の置きどころ次第でガラリと変化する。亡くなってから影響を与え続けることを、ある人が死後生《しごせい》と言っている。精神生命を受け継いで生きていることを指している。視野を広げてみると、今生きている人も亡くなった人も出会ったすべての人が自分を創り出してくれたことに思い当たった。精神生命の本領発揮である。

精神生命を考えると、やはり心と魂にたどり着く。奥が深い。祖母や両親が亡くなり、火葬場の煙突から大気、大空へと自然に帰った。その瞬間から忠の身近にいて、心の中で生きている。そして、もう一人の自分と会話をしている。

人間の不思議さを例えて、小宇宙と言われている。人間と宇宙を繋ぐのにビッグバンに始まった宇宙のリズムと人の心臓のリズムの関係、心から潜在意識に入り宇宙との繋がり、宇宙から生まれた人間。見えないものを大切にして生きたい。

余談だが、一度も会えずに、実母は亡くなり、三歳年下の妹は博多で暮らしている。事情があって会えずじまい。

忠と息子は十一月生まれで、孫の娘も十一月生まれである。娘の子供も女の子で忠の孫の年齢差は三つである。息子と娘の年齢差は三つ。娘一家は北海道で生活している。忠の出身地の逆方向に嫁いでいる。実母も両親も祖母もなぜか同じお寺に眠っている。不思議な絡みがあって、理解し難い。

名古屋に来て夜学に通い、卒業して鋳物工場で働いたのは、七年間だった。会社を辞める一年前から結婚する二十六歳までの三年間が一番危ない生き方をしていた。今で言うフリーターである。田舎に戻り、親父の仕事を手伝い、住まいも定まらずにふらついていた。ただ、自分で起業するときのためにと、黙々と取り組んでいた。世間に知られていない麦飯石《ばくはんせき》を売り歩いていたのもその一つだった。

必ず営業力が必要になると見込んで、近畿や四国へのキャラバン隊の一員になり、その日暮らしをしていた。

人生の大きな賭けに出た恵子と、自分の将来にもがいていた忠のすれ違い。誰にも相談しない苦しいときに時間だけは刻々と流れていた。若さなのか青二才なのか、問題には手を付けずに最悪の結果を招いた。しかし、思い返すと、人生は良いも悪いも皆繋がって物語を創っていく。大切なのは今を真剣に考えて生きること。

もがきから救ってくれた人

行き詰まって、もがき苦しんでいる姿を見て、声を掛けてきた人がいた。相手は、「偶然ね」と隣の席に座った、鎌田優子である。以前鋳物工場で働いていた先輩の奥さんの妹で、一つ年上の成熟した女性だった。先輩の自宅が寮の隣だったために時々顔を合わせていた。名古屋の医療器具を扱う会社の事務員で、人手が足らないときには現場にも出掛けて仕事をこなす活発な女性だった。洗練された魅力的な人だった。鋳物工場の会社を去って初めての偶然の再会だった。

「会社を辞めてどうしているの？」

「社長の運転手で来たのさ」

酒を飲まない忠は、時々頼まれてバイトで運転手をしていた。特に夜の歓楽街の接待にはよく駆り出されていた。名古屋の有名な歓楽街である。社長の行き付けの店だった。

「黙っていなくなったから、少し心配していたのよ」

忠はクラブの片隅で烏龍茶を飲んでいた。鎌田優子も所長に連れられてお得意さんの接待に来ていた。夜の街での偶然の再会。忠は心安らぐものがあった。名古屋の堀川に事務所があるからと名刺を渡され、一度来なさいと手帳を見ながら半ば強引に約束をさせられた。

深夜、帰り道に社長に優子のことを聞かれ、ただの知り合いですと軽く受け流すと、

「いや、あの雰囲気は、ただの知り合いではないな」

接待中によくこちらを見ていたなと感心した。さすがにトップに立つ人は観察力が鋭いと感服した。後部座席が静かになり、運転を気遣いながら社長宅へと急いだ。社長宅に着いて、車を乗り換え、出ようとすると、忠に五千円札を渡しながら、

「これで彼女と昼飯でも喰ってこい」

忠は受け取りながら、社長の地獄耳に驚いた。話の内容まで聞かれていた。ただし、彼女の会社の内容を報告し、釣り銭と領収書を持ってこいと言われた。抜け目のない社長である。オーダーメイドの紳士服を販売していて、そのための売り込み先、見込み先の確保でもあった。店舗を持たない会社で社員が八名いた。社長の運転のバイトのためにも鎌田優子に会いに行くことを決めた。社長との会話がなければ、多分そこで終わっていた、鎌田優子とは。

事務所の所在地を探しながら訪ねた。堀川沿いにあった。恐る恐る事務所に入ると甲高い声で、

「そこのソファーに座って待っていて」

優子は職人との打ち合わせの最中だった。事務所の中を見渡しながら待っていた。二人の職人が工

具を持って騒がしく出ていった。静寂の中を優子が電話をかけ終え、いつもの顔に戻って、

「ごめんね。いつもは静かなのだけど、トラブルが発生してね。さあ行きましょう」

と手招きをしてドアを開け、先に出た。

「久し振りだから、ランチをご馳走するわ」

ゆっくり話せる静かな店にしましょうと車に乗って少し離れた所に行った。店に入るなり、

「一人になりたいときに、時々来るのよ。新井田君は何でも食べるよね」

と忠が返事を返す前に、ウエイトレスに、

「いつもの二つ、お願い！」

と頼んでいた。テキパキとした女性だった。座るなり、

「煙草を吸うわよ」

吸わない忠に断りを入れて、煙草を口元に持っていった。仕草や口調が姐御肌で、成熟した女のにおいがいつも漂っていた。「事務所にいない所長の代わりに職人に指示を出すから甘いことを言っておれない」と言っていた。

鋳物工場に勤務の時代、なぜか優子とは男友達のような関係だった。優子は姉夫婦の子供の面倒を見ていた。時には姪っ子甥っ子を連れて公園に遊びに行った。忠はそれに付き合わされた。二十歳を過ぎたばかりの男女が小学生と幼稚園児を連れているので、年配の夫婦から、

「子供さん？」

と聞かれた。それを喜ぶ女性だった。そんな女だから会話も単刀直入だった。

「今、どうやって生活しているの？」

「プー太郎しているよ。時々バイトしてね。何とか生きているよ」

「それで、満足しているの？　辞めたと聞いて私は心配していたのよ。変なことをするあなたではないことを信じていたけど……ね」

忠は、頼りになる優子だから連絡をと思っていたが、時間だけが過ぎて偶然の再会だった。優子は私の会社の仕事をしなさいと勧めたが、忠は「もう少し今のままで」と断った。

「分かった。もうこれ以上は言わないわ」

その代わり一カ月に一度、電話するか事務所に顔を出しなさいと約束させられた。別れ際に少し多めの金額の入った領収書を渡され、

「社長に食事代として渡しなさい」

義母と似ている性格が忠を安心させていた。

社長の運転手をしながら取引先の会社の役員に接する態度やマナーを教え込まれた。人生をやり直せるなら、裸一貫で社会と取り組むなら、大企業の社長、会長のお抱え運転手で勉強するのがよいと思っていた。広く浅く勉強して、次に狭く深く知識を得ることがよいと思った。

そんな中で優子とたびたび会うようになった。

キャリアウーマンらしくテキパキと仕事をこなしていた優子が、あるとき落ち込んだ姿で喫茶店に顔を出した。いつもの優子ではなかった。どうやら好きな人とうまくいってないらしい。屋台に連れ

回され、酔い潰れてアパートまで送り届けた。前後不覚に陥った優子は始末が悪かった。若い女性だからと手加減していたら階段から転げ落ちて、二人とも大怪我してしまう。そう思った忠は、意を決して優子を抱き締め、担ぎ上げてアパートのベッドまで運んだ。柔らかい成熟した肉体だった。寝かしつけて帰ろうとすると、

「一人にしないで、帰らないで。お願い」

と忠の首に両手を回してきた。忠をからかっているのか、絡んだ手を解き、ベッドに腰掛けた。

愚痴を聞いているうちに、付き合っているのは上司で、妻も子供もいるらしいと分かった。俗に言う不倫の関係だった。そんなことやめろとさんざん言ったが「やめられないのよ」と泣き崩れた。かわいそうな優子を残して帰ることができずにソファーで毛布を被って寝た。朝一番で、寝ている優子に声を掛けてアパートを出た。そのまま事務所に向かった。

一人暮らしの寂しさからか、忠は、二十六歳の誕生日を迎えてすぐに結婚した。式には優子も参列した。女友達はどうかなと迷ったが、優子は「何の関係もない間柄だから問題ないわ」と変な理屈で参列した。披露宴のときには親父と話し込み、職人の一人が筑豊出身という話で盛り上がっていた。筑豊弁がよいと意気投合していた。両親には馴染みのない参列者ばかりだったため、父親に話し掛けている優子に忠は感謝した。一方、義母からは「女の友人を呼ぶとは」と不評をかった。

結婚式の後、お礼の報告で優子を訪ねるとアパートから姿を消していた。慌てて優子の姉である先輩の奥さんを訪ねると、忠宛の封筒を渡された。姉さんが言うのには「優子にとっては一番よい解決

方法なのよ。新井田君、いろいろ相談に乗ってくれてありがとう」と。姉さんも交際相手のことを心配して助言をしていたらしい。「落ち着いたら連絡するから」と言って出ていき、居所は分からないらしい。

渡された封筒には手紙と五万円が入っていた。手紙には定職につきなさいとだけ書いてあり、その隣に「私の愚痴をいつも聞いてくれてありがとう。このお金はその代金」と箇条書きに書いてあった。これで優子もいつもの優子に戻れると安心した。

数日の間は何となくモヤモヤした気持ちで過ごしたが、忠も気持ちを切り替えて安定した収入を得るために就職した。優子の置き手紙が心に残っていた。

就職先は、地方の商社機能を兼ね備えた中堅企業だった。営業のスキルをアップさせることを考えての入社だった。忠は三十歳の手前だった。新人のつもりで基本にのっとり、一途《いちず》に精を出した。その成果も表れて順調に存在感を増し、充実した毎日を送っていた。

家計のことを考えて昼飯はいつも手弁当だったが、その日は取引先の事情で早く出社したために外食だった。行き付けの店に入り、定食を注文して備え付けのテレビを見ていた。誰かが肩を触った気がした。無視していると今度は間違いなく肩を揺すった。

「新井田忠さん?」

と自信なさそうな小さな声で確認してきた。誰だろうと振り向くと、

「やっぱり！　忠君でしょう」

少し痩せていたが、優子だった。二人が同時に声を上げた。

「どうしてこんな所に！」

仕事の打ち合わせなのと名刺を出した。内装工事会社の経営者の肩書だった。

「だんなの名刺なのよ」

結婚して社長夫人に納まっていた。対面に座り、簡単に近況を話し、忠のことも聞いてきた。どうやら岡崎の国道二四八号線沿いに自宅と事務所を構えているようだった。お互い音信不通になって八年が過ぎていた。席を離れるときに、

「だんなの前では昔のことはタブーよ」

そして近くに来たら寄りなさいと付け加えて席を立った。以前の優子の姿だった。あれから三十数年が過ぎた。時々噂は流れてきたが、今はその噂も全くない。


自分の半生を振り返ることは非常に意義がある。ここ最近は「人生百年」と言われ、ますますその意義は増している。人間はほとんど惰性で生きている。自分もその筆頭だった。間違いなく言えることは、右足をなくす前までは変な悟りを持って生きていた。ある意味、自信を持って生きていた。右足をなくして本当の生き方をしていないのに気付いたのだ。

ただ我武者羅に動いていた、働いていただけだった。心がむなしくなった。本を読破していた頃にヒントがあった。上っ面の人生を我武者羅に生きていた。錯覚をしていた。確かに美味しい物を食べて、立派な服装で街を闊歩して、大きな門構えの家に住んで何の苦労もなく、のんびりと暮らして生

きようと、そのために我武者羅に働いてきた。右足を失くし、終わったと落ち込んだ。何もできない。一人では生きられない。しかし、今までと同じように生きたい、いやそれ以上に生きたいと心が動きだした。

目が悪い人は眼鏡を掛け、耳が悪い人は補聴器を使い、普通に生きている。ならば義足を着けて普通に生きようと決めた。周りのすべての環境は同じで、右足をなくしただけ。このとき、心が終わったと決めるか、いやこれからと決めるのか、この差だけである。この差は今までに生きてきた経験に答えがある。だから今後こんな答えが出るような生き方をしようと閃いた。大発見である。上っ面の人生から真の人生への転換である。

目に見えないところに注意を払って生きる。これをうまく利用して生きる大切さを実感した。見えないもの、それに気付かない心、愛、空気、宇宙の果て、まだまだたくさんある。このことを生き様の中心に取り込む。そして、周りの人たちに幸福を感じてもらえる生き方をしたい。根本は自分のため、周りは副産物。

具体的には心を磨き、潜在意識をうまく使い、魂をコントロールして、生を全うすることに決めた。六十三歳で身体障害者三級になり、第二の人生のスタートを切った。いろいろな考えが思い浮かんだが、シンプルに己を変えようと決め、寿命を勝手に百十五歳と決め、白髪の少年で若々しく生きることとした。

残り四十五年で答えを出す。自分が生きる見本となり、その灯りで周りを明るく照らす。自灯明である。あとは、十年ごとにチェックして書き記し、その本を子孫に残していきたい。シニア世代に入ると、今まで以上に目標をしっかり定めなければ、人生百年は長い。時の長さではなくて、中身、その行程で人生は決まる。どう生き抜いたかで決まる。もう一人の自分がささやいた。

「人生、すべての人が主役で、脇役でもある。両方とも必要なキャストで、人生の場面でいつも入れ替わる」

今では日課の散歩コースに、一部ではあるが枯れ尾花が群生している場所がある。朝夕は銀色に光り輝いている。この景色を見ていると、関の山の麓を流れる庄内川の景色にタイムスリップするときがある。

第五章　青春の約束

室生寺へ

忠の心に強く残っているエピソードを最後に綴ろうと思う。

忠は四十代半ば、石楠花《しゃくなげ》の咲く季節のことだ。名古屋市内で会議に出席していた。会議中に携帯電話が鳴り、席を外して電話に出ると、

「もしもし、社長ですか？　急用以外は駄目なことは承知しているのですが」

と前置きをしてから、若い女子社員が東京の女性の方から電話があったことを告げた。四時までに連絡が欲しいと。その苗字と電話番号を確認しても忠には心当たりがなかった。会議に戻りかけたが、なぜか気になった。いつもは会議を優先するのだが、その場で電話をかけた。すぐに繋がった。相手の名前を恐る恐る確認しようとして、

「もしもし、新井田と申しますが……」と慎重に話し掛けた。

「新井田君、庄内中学校の新井田君？」

落ち着いた穏やかな声だった。そして、すぐに懐かしい筑豊弁の訛りで、

「私よ、わたし。まだ分からないの。嫌だなあ〜、一番大切な人の声を忘れるなんて」

悪戯っぽい、弾んだ声になった。

「赤土恵子さん！」

つい大声を出した。東京の人というので赤土恵子には結びつかなかった。先生の見舞いに行った時の別れ際のことがよみがえってきた。彼女は「今度、私から連絡するわ」と言っていたが、その時から十数年経っていた。

恵子は長期の出張で東京に来ていた。北九州市に帰る前に会いたいと電話をくれたのだった。週末に名古屋に行くからと言って電話を切った。恵子の話だと昼前に電話を入れたそうで、返事が遅いので諦めかけていたようだった。お互いが独身の時に、恵子が最後の賭けで忠に会いに名古屋に来たことがあり、会えずに戻ったことがあった。恵子は、今回も嫌な予感がしていたところだったという。

会議も終わり、反省会で居酒屋に繰り出した後も、忠は恵子のことしか頭にはなかった。うわの空の様子を見かねて同僚から「何か困ったことでも？」と聞かれ、なまくらな返事をすると、「これか？」と小指を立てた。返事を渋っているとオイオイと肩を叩いてきた。立場上、いつも難しい顔をしていたのが次元の違う心躍る出来事の到来だった。

中学三年生で同じクラスになり、田舎での最高の学園生活を送った。クラス全員が仲良くまとまっていた。卒業後も正月の三日には、必ず先生の自宅に集まり、クラス会を開き、親交を温めた。それから五年ごとの同窓会へと移行した。特に恵子は生きていく上で大切な存在になっていた。年月と共に関係が薄れていくのだが、逆に忠の心の中にいつも存在していた。夜行列車で乗り合わせた雑誌の編集長の「何も結婚だけが一生の付き合いではない」という言葉通りになっていた。

それぞれが結婚してからは、プライベートで会うことはなかった。どちらかが遠慮していたのか、いつも擦れ違いだった。そんな経緯だから恵子が電話を入れたのは、勇気のいる行動だった。心の奥底で今回も駄目と弱気になっていた。

この年齢になってこそ思うことだが、生きていく上で太陽も月も両方とも必要だということが分かった。少なくとも忠にとっては。これが必然の出会いなのだろう。

不思議と何気なく交わした約束が潜在意識の力で実現してくる。今回は多分、彼女の潜在意識が強く作用したと思われる。いつもなら会議が終わってからしか電話を入れないのだが、すぐに入れて繋がった。恵子は出掛ける寸前だった。忠は、土曜日と日曜日のスケジュールを空けて、その日を待った。名古屋駅に九時頃に着くように自宅を車で出た。今回は恵子の好きなように付き合おうとそれだけ決めていた。新幹線に乗ったら電話が入るように決めていた。不安な気持ちと嬉しい気持ちが交錯していた。恵子から九時三十二分に着くと連絡が入り、忠は、安心して電話を切った。

忠の時間の流れでは、昨夜別れた恋人に会う感覚だった。空は晴れ渡り、雲一つなかった。新幹線が止まり、ドアが開いて恵子は五、六番目に出てきた。忠を見るなりいつものように胸元で軽く手を振った。心落ち着く仕草だった。一瞬で時空を超えて、懐かしい世界に入っていった。

「本当に来ているのか、顔を見るまで不安だったわ」

そして、ありがとうと微笑んだ。改札口を出て駅前の駐車場まで歩きながら、

「いつ、北九州市に戻るの？」

「来週の火曜日に帰る予定なのよ」

「そして、今からの予定は？」

「明日の夜の九時までに戻ればいいの。名古屋の親戚の家に泊まることになっているの」

堂々とした態度だった。昭和四十九年の十月に恵子は結婚し、忠も翌年の一月に結婚した。あれからゆうに二十年の歳月が流れていた。忠が、今の仕事の独立の話があった時に、契約の保証人の件で田舎に戻り、小倉駅で恵子に会った。実家に帰る前に会った。その時喫茶店での会話の中で、「いつになるか分からないけど、連絡をしたら会ってね」と言われて名刺を渡して別れた。

「あなたには、大切な借りがあるの」

と含みのある言葉を残していた。当時は独立かゼロからのスタートをするのかを決める瀬戸際だったために、余裕などなく、すっかりと忘れていた。今となれば、何の借りがあったのか思い当たる節など見当たらなかった。恵子の人生を振り回した忠の方こそ、申し訳ない気持ちが思い出されるのだった。自分の思いを素直に言わず、変に強気な態度で接したことを悔いていた。だから今日は素直に恵子に接していこうと、二人だけのことを考えた。ホームで会った瞬間に時空を超えた。

十七歳で、夜行列車で名古屋に上る時、飯塚駅のプラットホームに恩師と恵子と祖母と弟が見送りに来ていた。今日は名古屋で恵子を迎えた。

駅前の駐車場で車を出す前に恵子が忠に、「約束をしてから、考えていたの。修学旅行の約束を実行してみない？」と言った。

中学三年生の修学旅行である。嵐山の桂川での記念写真を撮った時、小遣いを十分に持っていない忠は落ち込んで、皆から離れていた。恵子が近寄ってきて呟いた「大人になって、二人だけでもう一度来てみたいね」という声がよみがえった。

「奈良から京都へと回ろう」

忠は、恵子を女人高野山と呼ばれている室生寺に連れて行きたかった。何回か訪れているうちにいつかは恵子を連れてきたいと思っていたお寺だった。「今日、明日のコースは全てあなたに任せるわ」と恵子。不思議なもので、会えば昔の二人に戻ることが簡単にできた。二人の間の距離も時間もすぐに超えて中学時代の二人に戻ることができた。

「ごめんね。急に連絡して、仕事の都合、大丈夫だった」

「大丈夫だよ。それよりも電話をくれてありがとう。嬉しかったよ」

「あなたの都合も聞かないで……明日もいいの?」

「大阪への出張になっているよ」

車は東名阪自動車道から名阪国道へと走らせた。恵子は二人だけの空間で話したいと忠に告げて、落ち着いて話しだした。庄内でもなく、北九州市でもなく、まして名古屋でもなく、二人にとって新しい所で話したかったのと言った。

それは二十代の半ば、北九州市にいた恵子が友人の結婚式で京都に来て、その足で名古屋の忠に会いに来た時の話だった。時間も場所も気持ちの擦れ違いの多かった二人の、答えを出そうと恵子が賭けをして会いに来た。結局、会えずに北九州市に戻り、恵子は一年後に結婚した。その頃に名古屋に住んでいた喜多村健から恵子が来たことを知らされた。携帯電話のない頃だった。

その話を車の中で聞きながら、忠は何も応えることができなかった。すると急に恵子が、

「ごめんなさい。随分と昔の話をして」とその場を和まそうと繕った。

「ただ、本当の自分の気持ちを伝えておきたかったの」

いつもの恵子に戻っていた。高速から名阪国道に乗り、すぐのサービスエリアに入った。と同時に忠の携帯が鳴った。泊まるつもりでいた旅館からの電話だった。宿泊の予約の難しい旅館で、恵子が来ることが決まって何回かやり取りを繰り返し、キャンセル待ちだったのだ。室生寺に行ったら必ず昼飯をとる由緒ある旅館だった。割高の部屋だが、すぐに予約をした。恵子にその旨を伝えると、

「国宝級の仏様の、年一回の拝観時期に当たっているはずよ。ラッキーだわ」

恵子は仏様の顔を飽きもせずに一日中見ていることができると言った。

室生寺に向かう道中は、もっぱら飯塚のふる里の話で盛り上がり、行き着く話は身近なクラスメイトの近況報告だった。植物状態で北九州市に入院中の先生の情報は皆無だった。恵子は「先生に変わったことがあれば、あなただけには連絡がくると思うわ」と言う。庄内に住んでいる母によると、奥さんは親戚関係、学校関係者全てと連絡を断っていると言った。

仲の良かった藤増も連絡が絶えている。卒業してから三十数年が過ぎたのだから変化があって当然よね、と恵子は自らに言い聞かせていた。

突然にこんな修学旅行の再現なんて起こり得ない。心の奥底の潜在意識の中で気が付かないやり取

りが行われていたとしか考えられない。夢か現《うつつ》か不思議な二人旅の始まりだった。二人でいることに違和感などなく、いや、むしろ落ち着いて心地良い空間にいた。全てが理想の環境に思われた。この関係は魂と魂の関係でしかあり得ない。

四十代半ば過ぎの男女が、三十数年前の修学旅行の再現に心躍らされて目的地の室生寺へと急いでいた。お互いが独り身の時に成し得なかったことを取り戻すかのごとく。恵子がふと漏らした一言、

「本当は一緒になれるはずだったのに……」

忠は黙って聞いていた。そして、

「俺も当然そうなると思っていた」

恵子が、高速で走行している車の窓を全開にした。強く吹き付ける風を受けながら、窓の外に向かって叫んだ。

「今日の旅は、萩、津和野を旅した続きよ」

「何、もう一回言って」

恵子は同じことを忠に向かって、さらに大きな声で言った。

「もう、一回!」

「もう、聞こえているのでしょ!　意地悪ね」

恵子は、来週早々に北九州市に帰る予定になっていた。だからこの土日は最後のチャンスで、迷いに迷って電話をかけた。これまで、恵子が忠と会うために起こした行動は、ことごとく裏目に出ていた。今回も、忠が電話をかけ直すのを数時間後にすれば、今日があったかどうかは分からない。必然

とは、「会える時は会える」のが当然ということだ。こうして二人だけの修学旅行の再現にたどり着いた。忠は、夜行列車で同席した編集長の言葉が思い出され、恵子に話した。

「ソウルメイトの関係じゃないの」とポツンと呟いた後、恵子は、

「人生には表の世界があって、仮に裏の世界があるとすると辻褄が合うことがあるのよ。仕事柄、そんな現象を感じることがあるわ。喜多村君とあなたと三人で先生の見舞いに行った時のことを覚えている？　反応することができない先生が、『三人で見舞いに来てくれてありがとう』と囁いたのも、あなただけにしか聴こえなかったはずよ。目に見えない現象で、表か裏かは分からないけど必ず反対側に何かあるのよ」

忠は宇宙の原理がそうなっていると常に考えているので、宇宙の中の人間もその能力を持っていると思っている。運命の繋がりを感じている二人の話はさらに弾んだ。

「あなたと離れて生活していても、なぜかふっと思うのよね。後悔だとか嫉妬だとか、そんなことを超えた次元、そんな感情が働いていることを感じるの。そんな想いにふけっていると、決まってそばにいる主人が言うの。『男の影がチラついている』と。平静な顔を装っているけど、一瞬ドキリとする時があるわ」

恵子は続けて興味深い話を忠に言った。

「人間が死んでも魂は死なずに残ると仮定すれば、来世は前世と同じ魂でよみがえり、前世で完結できなかった物語、関係を続ける。例えば恋愛を完結して成就すれば、今世では、その上の関係へと発展する。反対に成就せずに中途半端な関係で終わると、今世では完成させようと走る。不倫もその一

環なのかもしれない」

　先生も喜多村君も、あなたも私もきっとそんな仲間でソウルメイトなんだわ。先生が卒業してからも必要以上に心配して気にかけてくれていたのも、そのせいよ、と。

　忠も、離れていてもいつも恵子に励まされている自分に心当たりがあった。今まで、必要な時に励まされ、心の中に現れた。現象面での良い悪いの、結果ではなくて、心の支えだった。節目には必ず現れた。当時は無意識の行動で、あえていえば潜在意識のなせる業なのかと考えている。魂と潜在意識と宇宙が繋がっているのならコントロールできる術も見えてくる。このことが今からの人生の大きな課題で、生き甲斐でもある。


　名阪国道を慣れた様子で走っている忠を見て恵子が、

「この国道、いつも走っているの？」

「仕事や遊びでも来るけど、なぜか仕事で疲れた時や、一人になりたい時に奈良公園のそばにある古民家の喫茶店に時々コーヒーを飲みに行くんだ」

「結構、優雅な生活を送っているのね」

「俺にとって癒される所なんだ。奈良は」

「うまい、言い訳ね」

　忠は、まじめな表情で恵子に言い聞かせるように、

「この日のために、下調べをしていたのかもしれないいな」

恵子は今の言葉が本当か、偽りのことなのか分からないまま、その穴場に連れて行ってと催促した。この時の表情は女学生の初々しい顔になっていた。二人にとって会わなかった空白の時間など問題ではなくて、会えばすぐにその頃に戻ることができた。

この二人旅の最中に恵子はたびたび、母親のように言った。

「社長さんなのだから、健康には十分気を付けて、特に糖尿病、癌などの生活習慣病には」

四十代の忠は働き盛りで、このまま健康で暮らしていけると思い、そこに疑う余地などなかった。

恵子は続けて、

「もし患い、入院して、面倒を見てくれる人が誰もいなければ、最後は私が看病してあげるから安心して」と。

「それは、助かる。北九州市の病院に転院するよ」

「厳しいわよ。私は鬼の看護師だから」

話は途切れることなく続いた。山間を走る名阪国道は心地良い風が吹いて、車内も爽やかな雰囲気だった。

忠は、京都、奈良の修学旅行に来て以来、奈良の街並みや風情に魅かれていた。夜学を終えて、当時としては珍しい卒業旅行をしないかと級友に誘われて奈良公園に来た時にますます嵌まり込んだ。そんな時にも、いずれ恵子との約束が実現するのだろうかと心ひそかに期待していた。名古屋から高速を使えば三時間足らずで奈良公園に着く。今、向かっている室生寺も、長谷寺もぶらりと、よく訪れている。計画して動くのが好きでない忠は、ほとんどが一人で来ていた。その都度、恵子と来ることを考えていた。その心の作用が伝わったのかもしれない。

室生寺の宿の予約をした食事処でも寛ぐことができた。旅館の窓の外を流れる細流の音を聞くと古《いにしえ》の世界に引き戻される、そんな気持ちになる。こんな旅館に泊まってみたいと思っていた。山奥に位置する室生寺の日暮れは早い。せめて三時までには入山したかった。室生寺に向かう一本道に入り、薄暗い木立の中を抜けた。

「もう少しで着くよ」

室生寺の駐車場もガラ空きだった。ほとんどの観光客は既に帰っていた。エンジンを切ると、恵子が大切なことを言い忘れていたようで、降りる忠を引き止め、先生の入院状況を話しだした。今の医療ではどうしようもないことや庄内中学校からは連絡が取れないことを忠に伝え、あなたにしか連絡は入らないからと恵子は言い、もし何か分かったら、喜多村君か私に連絡してちょうだいと念を押した。

「先生の奥様は、あなたには絶対に連絡するわ。女の勘よ」

「そうかなぁ～」

「忘れないでね！」

それだけ言うと先に車を降りた。恵子の勘が一年くらい過ぎた頃に訪れるのだった。それは一枚の葉書だった。

夕暮れの室生寺に歩いて向かった。恵子が忠の腕に持たれかかるように身体を預け、寄り添って歩いた。

境内に入っていった。人影も疎らで、陽も傾き、古の趣を醸し出していた。入場券を購入する時に、時間があまりありませんよと注意を受けた。国宝の仏像が拝観できればとお堂に直行した。木の階段を上り、正面から合掌し、ゆっくりと時間をかけて観賞し、二人して時代の流れを感じ取っていた。隣にいる恵子は仏様に釘付けになり、動きが止まり、懐かしい人にでも出会ったように、潤んだ瞳になっていた。声を掛けるのを躊躇し、先へ進んで少し離れたベンチで待った。階段を下りる時に後ろから、

「もう少し、観ていていいかしら?」

「大丈夫、気の済むまで観ていて」

忠は、もう盛りが過ぎた石楠花の花をぼんやりと眺めていた。何回かは来ているのだが、お堂の中の仏像が拝観できたのは初めてだった。恵子は東京を発つ時に調べて決めていた様子だった。後で室生寺はぜひとも行ってみたかったたと忠に嬉しそうに話した。時の悪戯なのか、北九州市と名古屋に住んでいる幼馴染みの二人が古の室生寺にいる。違和感などなくて、むしろ落ち着いていられる。この不思議さに忠は、目に見えない力が働いているとしか思えなかった。

今思い出しても不思議な感覚を感じる。計画を立ててできるものでもない。しかし、必然なんだろう。その種、原因は、二人がそれぞれに蒔いて温めてきたのだろうか? 座っている時にふと考えた。見えないものとは、心か? 魂か? 空を見上げて思いにふけっていた。そこへ社務所から出てきた僧侶らしき人が、

「隣に座ってもよろしいか？」

「どうぞ」

「どちらから？」

「私は名古屋から……で」と後の言葉を濁していると、僧侶は落ち着いて尋ねた。

「久し振りの再会ですか」

見透かされている言葉だった。年配の僧侶だったが、どこにでもいる普通の僧侶だった。

「今日、彼女は東京からですが、住まいは北九州です」

素直に話した。僧侶は二人がチケットを買う時から見ていたらしく、恵子が窓口でお金を払い、その仕草で二人の関係を見抜いたのかもしれないと忠は思った。恵子は仏様の顔を覗き込むように、飽きもせず観ていた。恵子を見て僧侶が、

「久し振りの再会で離れられないのですね」

「彼女は室生寺に来たのは初めてなのです」

僧侶は独り言のように話しだした。

「今日は、室生寺に縁のある人が見えると楽しみにしていました。そこにあなた方二人が現れた。案の定、女性の方は仏様に魅了され、飽きもせず見入っておられる」

忠は、田舎町の店のマスターを思い出して、物事は偶然ではなく必然に起こる。僧侶も同じことを忠に話した。

「お二人は恋仲で、古のいずれかの時代にこの室生寺に関わり、暮らしていた方々であろう」

そして、導かれてきたことを大切にしなさいと言い残して離れていった。忠は、室生寺にたびたび訪れたのは、そのせいなのかなと改めて思った。


「知り合いのお坊さんなの？」

すぐ横に恵子が立っていた。

「いや、初めてなんだけど……」

歯切れ悪く答えると、

「何か変なこと、言われたの？」

心配そうに顔を見た。

「いや、不思議な話でね」

簡単に説明した。

「私が来たかったのも、そのせいなのかな？」

室生寺を訪れたいと以前から思っていたと恵子は話し、室生寺の仏様をぜひ一度拝観したいと思っていたのを忠に伝えた。もともと神社仏閣巡りが好きな恵子には当たり前のことだった。「また、いつ会えるか分からないから、今日はじっくりと拝観させてもらったわ。心が洗われたわ」と忠の手を握り、奥の院へと続く石段を上り始めた。

「美しいわ！」

見上げると五重の塔が厳かにそそり立っていた。「写真でしか見てないのに、なぜか懐かしい」と声を漏らした。五重の塔を守るかのように、大きな御神木の杉がそびえ立っていた。

「杉の木の前で写真を撮ろうか?」

「心の中の写真で撮って!」

独身の頃の二人だけのルールだった。心の中の写真にしましょう。恵子の提案である。恵子が大きな樹の下でポーズを取り、心のシャッターを押した。

「ハイ! OK」

二人共、童心の顔だった。杉の木に抱きつき、ゆっくりと離れた。山道を登り降りしながら奥の院へと進み、急勾配の石段に差しかかると、

「待って!」

恵子が忠の手を取った。

「こんな時でないと恋人たちみたいに手を繋ぐことはないわ」

上から下りてくる二人連れがいた。他には人影はなく、時間もゆっくりと過ぎていた。

「こんにちは」

若い二人連れだった。恵子が、

「あと、どのくらいで着きます?」

「すぐそこですよ。あと、五分くらいかな」

恵子は握った手に力を入れて、

「久し振りだわ」

萩、津和野を思い出していた。寄り添い、初めて腕を組んだ時のことを。その時も人影少なく、沈みかけた夕陽と共に城址を散策した。頼りたい、頼り切れない複雑な気持ちで時間を過ごしていた。幼さが残っていた時だった。

「真剣に登らないと、転げ落ちるよ」と恵子の手を強く握った。深い山の中に弱い残り陽が木立の間から漏れていた。そこは異次元の世界だった。奥の院でお参りを済ませて回廊を回り、見晴らしの良い所で恵子は止まり、忠も隣に並び、眼下に小さく見える村落を眺めていた。

「新井田君、少しの間前を向いて、話を聞いて」

恵子が語り出した。「今日はあなたには絶対言わないつもりでいたのだけど、本堂で仏様の顔を見つめていたら気が変わったの」と言う。自分で落ち着こうと深呼吸をしていた。

「私、離婚するかもしれないの。それでも時々会ってくれる？　今みたいに」

理由は言わないが、「いろいろと大変なの」と忠の方を向いた。

「俺の方は一向に構わないよ。どんな時でも君は君だ」

素直に答えた。これには、忘れられない思い出があった。忠が恵子に結婚の話を持ちかけた時に、私が今承諾すればあなたの彼女が今度は、私と同じように苦しむわ。だから無理と断った。遠い昔の出来事だった。恵子の気持ちに寄り添いたかった。恵子も「これは私自身の問題だから気にしないで」と強気で言った。

「今度は、僕の方から会いに行くよ。そして、少し恩返しをするよ」

「ありがとう。その気持ちだけで十分よ」

小さく見える村落には、うっすらと靄《もや》がかかり始めていた。忠は、恵子のためにできる範囲で尽くそうと考えていた。忠は、いつも心の中で支えてくれていた恵子が独りになれば、恵子が無性に愛しくなり、身体を引き寄せ、抱き締めた。

「離婚は、もしもの時だからね！」

恵子は慌てて取り繕った。そして忠の額に軽くキスをして、そのまま唇に触れて強く抱き締めた。どのくらいの時間が過ぎたのだろうか、樹木の葉音が心地良く聞こえ、ゆっくりと時が流れた。恵子が顔を見て心配そうに「今日の泊まり大丈夫だった？」と聞いた。

恵子の身体の感触を味わっていた忠は返事をしないでいた。再び恵子が、身体を揺すりながら聞いた。

「野宿かな？」

関の山のキャンプを思い出しながら答えた。

「野宿でも私は、大丈夫」

そう言いながら両手を首に回して激しく唇を吸った。忠も応えて強く抱いた。葉音がますますざわついていた。麓から吹き上げてくる風がふる里の風のように優しく包んでいた。束の間の時間が過ぎた。

「これ以上続けると、仏様の罰が当たるわ」と、忠の唇に人差し指を押し当てた。

足元はすっかり暗くなり、幅の狭い石段を、手を取り合って慎重に下山していった。五重の塔の近くまで来て、足元が少し明るくなった。もう大丈夫だと手を離そうとしたが、恵子は逆に握り返して離さなかった。周りには人影もなく、どうやら二人が最後の参拝者だった。室生寺の門を出ると橋を渡り、左手の旅館に向かった。フロントで若女将に宿泊の確認をして、その足で遠く離れた駐車場に向かった。忠一人で行くつもりだったが、手荷物をフロントに預けた恵子が小走りで後を追ってきた。陽がすっかり暮れていた。室生寺の奥の院の山の端に上弦の月がかかっていた。忠の腕に身体を預けながら恵子は歌を歌い出した。聞き覚えのある歌だった。

「いつも、歌っているの?」

忠が聞いた。

「あなたを思い出すの。今頃、何しているかなとか。月夜は特にね。そしてなぜか関の山にかかる満月を連想するわ」

恵子が口ずさんでいるのは、岡村孝子の『夢をあきらめないで』だった。忠もハミングして一緒に歌った。駐車場は室生寺の郷の外れにあり、月明かりで川面は輝いていた。

「私、一生の宝物にするわ。この風景を」

光輝く太陽よりも、物静かな月がいいわと忠に言った。

「この世に一つしかない月よ。どこから眺めても同じ月だから好きなの。そしてあなたもきっと見ているって思うの」

旅館に戻った時は、夜の帳がすっかり下りていた。悠久の時の流れの中で、人生が一瞬クロスオーバーし、心を寄せ合う男女が存在する、この不思議さを忠は常に感じて生きてきた。今回の二人旅も突然に訪れた。こんな時に、特に感じることがある。もう一人の自分が鳥の目になって空高くから二人を観ている、そんな光景を。

二十歳過ぎの頃、二人して太宰府天満宮に参拝して、過去、現在、未来の橋を渡りながら恵子が呟いた。

「未来も一緒なのかな～」

はしゃぎながら車に乗り込み、ふと漏らした。

「ここの神様は恋人たちが訪れると、嫉妬して別れさせるって、知っていた？」

神妙な顔をしていた。不安だらけの青春だった。時空を超えた恵子の顔が交錯した。

上弦の月

「どうしたの？　浮かない顔をして」

「いや。ちょっとね」

何でもない振りをして、明日の新幹線の時間を気にしていたと誤魔化した。駐車場で車に乗る時に、室生寺の五重の塔の真上に出ていた月を観ながら、

「今夜の月は上弦の月ね」と指で上の最初の文字、「う」を書きながら、中学校の時に習ったわと忠に相槌を求めた。旅館の部屋に通されると、

「立派なお部屋ね！」

キャンセル待ちだったので、値段を確認せずに予約を取った。忠は今頃になって料金が気になり出

した。不安気な様子を見て、

「大丈夫よ。私、持っているから」

「その代わりに食事の後に、熱燗、頼んでもいい？」と甘えた。忠が酒を飲まないことを知っていた恵子は忠に気を遣っていた。それに今夜は、室内の灯りを消して月明かりの下で二人だけの時間を過ごしたかった。太古の昔から吹いていた風を素肌に受けながら。

内風呂もあったが忠は大浴場に行き、汗を流して部屋に戻った。恵子は部屋でシャワーを浴びて浴衣に着替えていた。紛れもなく初めて見る、大人の成熟した女性だった。

「一泊、八万円ですって」

フロントで確認した様子だった。忠も金額を聞いて安心して細流の音の聞こえる窓辺に腰を掛けて、夕餉の支度を待った。仲居さんが中座すると、恵子が、

「宿帳に名前と住所を書いたわよ」

「何て？」

「間柄は、妻よ。住所は適当よ」

悪戯っぽい目をしていた。忠の反応を確かめた。

「あっそうか！」

名古屋の駅で会った時に久し振りと挨拶を交わし、忠の目の前でクルリと、ひと回りをした。その足でそのまま駐車場へ向かったのだが、恵子が取った行動の意味が今、分かった。

「髪を揃えてきたの？」

身振りで髪をカットする仕草をした。

「今頃やっと分かってくれたの」

中学生の時に、今日の私の格好を覚えていてねと言って、次の日に髪をカットして忠の前に現れた。

「どうしたのだい！」

「女の一大決心よ」

女性が何か重大なことを決める時には髪を切るのよと大人の口調で忠に言った。男の忠には、そんなものかと理解できなかった。

「本当に、鈍感なんだから」と膨れて横を向いた。今日の髪型がそうだったのだ。

「いつもショートカットなの？」

「今日も一大決心で来たのよ」

やっと気付いてくれたのだと微笑んだ。あなたと連絡が取れた後でカットして、化粧も香水も控えているのよ。仕事柄あまり使わないけどねと付け加えた。特に今日は気を付けてきたわ。気付くのが遅いのだから。

「相変わらず、鈍感ね！」

窓には先ほどの月が高く上っていた。明治は遠くなりにけりという俳句があるが、今では「昭和は遠くなりにけり」、忠たちの青春時代はセピア色になった。今や過ぎ行く時間がますます加速していく。

テーブルの上に並べられた山菜料理を食べながら、自然と話はお互いの仕事の話になっていた。お互いがストレスのかかる立場にいたので、その解消方法に行き着いた。恵子の話に忠は引き込まれていった。心の持ち方の応用だった。知識としては持っていたのだが、医療従事者の恵子の話は、忠の心のスイッチをオンにした。大半の病気にストレスが絡んで病状を重くする、ストレスを解消すればリラックスに変化する。天秤の理屈で、ストレスを解消すればリラックスが増える。これは心の使い方で決まる。

二人にとって、もっぱらふる里の話に尽きた。少し遅い夕餉を済ませて、床を調えて仲居さんが下がった。会話に夢中になっていて、熱燗が用意されてないのに気付いたが、気にせずに窓辺のテーブルに座って月を観た。雲一つなく、水面に月の明かりが反射して輝いていた。

「少し、落ち着いた……けど」と恵子も月を眺めながら思い出していた。二十数年前の出来事を……。

独身の頃、忠が帰省して名古屋へ帰る時のことだった。恵子とデートして別れ際に急に、

「私もフェリーに乗って一緒に神戸まで付いていくわ」と言った。

恵子は何かを決心して忠の気持ちを確認したかったのかもしれない。恵子は次の日は休みを取っていた。忠は、フェリーの予約を急遽変更して二人で萩、津和野の旅に行った。誰も知らない二人だけの秘密の旅だった。今思うと甘酸っぱい青春の旅だった。名阪国道で恵子は、その続きの旅行だと言った。修学旅行での約束と、萩、津和野の続きと。恵子にとっては大きな意味のある行動だった。四十代半ばの女性の決断だった。

コンコンとドアをノックする音がして、「ここに置いときます」と仲居さんの声がした。恵子が返事をして席を立った。熱燗とつまみが載ったお盆を持ってきた。

「このお酒がないと素面じゃ聞けないわ」

忠は、すぐに見当はついた。徳利から猪口に酒を注ぎ、恵子が「お酒の勢いを借りる？」と黙って猪口を差し出した。忠の頭の中は何を話すのか、少し混乱していた。この日のために聞きたいことや、言っておきたいこともあった。

「恥ずかしいことだから、一番に聞いておくわ」

飲みなれた仕草で飲み干して、記憶をたどるように語りだした。津和野で泊まったラブホテルでのことだった。求めてきた忠に対して激しく抵抗して拒んだ恵子だった。

「どうして、簡単に諦めたの？ もっとアタックしなかったの？ なぜ簡単に諦めるの？」

一瞬、呆然として耳を疑った。

「嫌だって激しく拒んだから、やめたのだよ」

恵子は自分で酒を注ぎ、飲み干した。猪口を置くなり、

「女心を見抜けないのだから」と呟いた。

「好きな人だからこそ、拒まれるとできないものだよ。男としては、嫌われたくないから」

恵子は忠を責めるつもりはなかったのだが、気を鎮めて静かに続けた。あの夜、自分の取った行動が今の結果に繋がっていると。もし、あの夜結ばれていたら、結果は大きく変わっていたと後悔していた。忠も編集長から、あなたたちは一生の関係だと言われたのを単純に結婚できるものだと信じ込んでいた。そして、いつでも結婚できると安心していた。忠は、室生寺の奥の院で恵子が打ち明けた離婚のことを聞いたが、恵子はいろいろあってねと詳しくは語らなかった。答えは北九州に戻れば出

るわと言い、どんな答えが出ても心配しないでと明るく話した。小声で、
「でも、最悪の時は、助けてね」
最悪の時が来てほしいとも思ったが、恵子の沈んだ表情は見たくないとも思い、揺れ動いていた。

この数年後、同窓会で二人だけになった瞬間に、恵子が少し困惑した表情で、空港に到着すると出口に大きなかすみ草の花束を抱きかかえた主人が出迎えに来ていたと言った。大きなかすみ草の花束の中に真っ赤な薔薇の花が五本バランス良く入っていた。ドリームズ・カム・トゥルーの歌詞と同じ意味だと言った。歌を知らない忠は名古屋に戻って調べると、別れた恋人が車のブレーキを五回踏んでア・イ・シ・テ・ルのサインを出すという歌詞を見つけた。嫉妬心を感じたが、粋な旦那だと思い、俺には絶対に真似ができないと、ほっとしたことを覚えている。

津和野への旅の時、飲めない酒を口に運びながら、恵子と打ち解けた会話をした。キスだけなら良いわと許し、次の日に秋吉台のカルスト台地を巡り、疲れ切って日本海の見える海岸に車を止めて仮眠を取った。恵子の膝枕で仮眠を取った。忠の寝顔を見ながら恵子は涙を浮かべて後悔していた。このままじゃいけない。近いうちに、もう一度と決めていた。そして二十数年が過ぎた。

あなたが独立するために帰省して小倉の駅前の喫茶店で会った時に伝えたのがこのことだったのと言う。

「二十数年も、かかってしまったわ。だから、髪をカットしてきたの。いつもあなたとは行き違いで、今回も不安で迷いに迷って電話をかけたのよ。でも不思議なものね。潜在意識の中に入れておくと、純粋な願い事なら叶うものね。繋がりのある人には、必ず叶うものなのね。今ではそれぞれの人生を歩んでいるわ。でも、それを超えた力が存在するとしたら面白いよね」

と恵子は言った。そして続けた。

「お月様は一つしかないわ。太陽じゃなくてあえて月なの、私は。その月にいつも想いを伝えているの。誰にも言えないあなたのことをね。不思議と目に見えない力で叶うのよ。これは不思議な力、魂と魂の響き合う力なのね。時間はかかるけど叶うものなのね」

人生には必ず付きまとう表と裏、損得、プラスとマイナス、出会いと別れ、見方が違うだけで同じことなのだ。

「人生には太陽も月も必要で、私はあえて月に徹しているの」

萩、津和野の時も今回の旅も、いきなり湧き上がった出来事だった。心と潜在意識と魂にお互いが想い続けていた結果が現象として現れる。今日の室生寺の僧侶のことも、名古屋に上った時の編集長のことも恵子に伝えた。恵子も仕事柄、人の生死に関わる所で働いている。人の生死の境目には、目に見えない力を常に感じていると言った。亡き人を思う時には、必ず魂がすぐそばにいるのよと付け加えた。

話は尽きなかった。窓を大きく開けて月明かりだけで話し込んだ。

中学を卒業した年から正月三日にクラス会を開き、先生の家には十五名から二十名の生徒が集まった。忠も恵子も必ず参加した。その後、学年全体の同窓会へと移行し、開催も五年に一度になり、同窓会の最初の一、二回は恩師も参加したが、病に倒れてからは恩師抜きで寂しい同窓会になった。恵子と忠にとっては、先生の存在は特別なものだった。二人それぞれに、「手紙のやり取りをしているのか？　時々会っているか？」と近況を聞いてきた。そんな先生の話題に触れるのが辛くて、開いた窓に二人共、持たれかかり黙り込んだ。

「月を観ながら寝ましょう」

恵子が布団を一組窓際に敷き直し、そのまま布団に潜り込んだ。

「あなたも早く入ってきて、良い具合に月が観えるわ」

恵子は室生寺の月を懐かしそうに見入って言った。忠は、素直に恵子の横に入り、力強く抱き締めた。恵子が身体の向きを変えてお互いが向かい合った。忠は上半身を重ねながら両手で恵子の頭を触り、軽く抱き寄せた。

「私、時々夢を見るの。あなたと一緒にいるのになぜか離れて見失う夢なの。寂しい気持ちだけが残って、はっと目が覚めるのよ。切ない気持ちだけが残って目が覚めるの」

恵子が身体を入れ替えて激しく唇を重ねてきた。少女の頃のイメージしかない忠には戸惑いを感じたが、すぐに現実を受け入れて同じように激しく抱き締めた。

「津和野の時はごめんね。これで気持ちの整理がつくわ。少し時間がかかったけど」

恵子の瞳が潤んでいた。忠にすれば逆に恵子に心の負担をかけていたと思うと無性に愛おしくなり、優しく言った。

「そんなこと、もう気にしなくていいよ」

恵子はさらに忠に抱きついてきた。ふる里の関の山で遊んだみたいに。小高い丘の木苺を腹一杯に食べ、食べ飽きたら下の冷たい泉で泳いだ。関の山から吹き下ろす風はいつもと同じ、昔懐かしい香りと味がした。忠にも恵子にとっても二度と訪れることのない大切な時間となった。室生寺の月が神々しく輝き、二人を観ていた。

「俺も時々じっくりと、一つしかない月を観るよ。特にこの上弦の月を」

「魂が触れ合う時は、多分こんな神秘な時なのね」

二人が激しく求め合い動いた後も離れず抱き合っていた。過ぎ去った時間を取り戻すかのように、今思い返すと不思議な空間だった。突然に降って湧いた特別な二日間だった。二人共に冷静に過去と向かい合って、ひと時を過ごした。

「喉が渇いたね」

「渇いたね。冷たい水が欲しい？」

そう言いながら立ち上がった恵子は冷蔵庫の扉を開けて、

「ミネラルウォーターでいい？」

「いいよ」

恵子が一口飲んで扉を閉じて戻ってきた。忠が手を差し出すと優しく払いのけて、

「私が飲ませてあげるわ」

寝転んでいる忠に口移しで飲ませた。生温かい水が生き物のように喉に入ってきた。飲み干して、

「美味しい！　もう一杯」

恵子は満足した顔で
「今度は、ゆっくり飲ませてあげるわ」

月を観るのに部屋の灯りを落としていたために恵子の裸の輪郭が忠の眼の前にあった。口移しで水をもらいながらゆっくりと時間をかけて飲んだ。身体が火照ったまま再び、二人は中学時代に戻り、関の山の麓で遊んだ頃のように身体を絡め合った。

そこは斜面一杯に広がる木苺がある秘密の場所だった。飽きるほど食べて、新堤と呼んでいたすり鉢状の池で素っ裸になって二人で泳ぎ、遊んだ。冷たい湧き水だったが気持ちの良い秘密の場所だった。疲れ果て関の山の頂上の崖から下りた祠《ほこら》で二人して休んだ。忠は、母親に抱かれた赤子みたいに深い静寂の空間にいた。上弦の月は姿を消していた。

渡月橋の岸辺へ

「忠兄《チュウニイー》い起きて！」

夢の中で呼ばれているようだった。妹が忠を起こす時に掛ける言葉だった。夢か現か混乱していた。俯せに寝る習慣の忠の頬に恵子が氷を含んだ冷たいキスをした。

「お早うございます。妹のすみれちゃんと呼んでいたよ」

既に恵子は身なりを調えていた。変な夢を見ていた。忠も洗面所で顔を洗って戻ると朝食の準備が整い、会話も交わさずに食卓に着いた。二人には二度とない朝を迎えた。かりそめの朝の食事だった。どうやら恵子が時間ぎりぎりまで忠を起こさずにいた様子だった。今日の強行スケジュールのために気遣っていたのだった。忠にとっては二度とないこの風景は全てが新鮮で、宝物になった。最後に恵子が入れてくれたお茶を脳裏に刻みながら飲み干した。

「昔と同じね。綺麗に食べるのは」

恵子の家で試験勉強をした時、藤増と三人で食事をしたことがある。その時も同じように恵子は言った。

「疲れているのね。少し鼾をかいていたわ。病気ではなくて、健康な鼾よ」

鼾にも病気があるのかと聞き返すと、

「たかが鼾、されど鼾よ。気を付けてね」

恵子らしく注意を促した。また、仕事の話になってしまったわと微笑んだ。忠は、室生寺にたっぷりと時間を費やしたために、今日の予定が掴めてなかった。名古屋駅まで戻る時間を逆算して、京都南インターから名神高速に乗ろうと考えていた。次の目的地、牡丹で有名な長谷寺へと車を走らせた。チェックアウトする時に宿泊料金を出すと、恵子が自分のカードで精算した。出した金を忠に戻しながら、

「大丈夫。私たちは別々のお財布で生活費を出しているの」

あなたは使い道の説明をするのは下手だから、それに私は覚悟がと言って……言葉を切った。すぐに笑顔を取り戻して、

「今日はどこに連れて行ってくれるの？」

長谷寺の後、奈良公園の隠れ家でお茶をして、蕎麦屋で昼食をとり、修学旅行で記念写真を撮った思い出の桂川にはぜひ寄りたいと恵子に伝えた。

「渡月橋の岸辺ね」

恵子も忠も懐かしい表情になった。

「大人になって、二人で来ようよ」

この言葉が昨日の言葉のようによみがえってきた。お互いの想いが潜在意識の中で信念に変わり、三十数年経って突然、実現する。二人にとっては時空を超えた経験だった。室生寺の川筋を走り、高い木立の中を抜けて広い田園風景を見ながら、二人だけの時間を満喫していた。車の中は昭和三十九年だった。異次元の空間に戻っていた。二人にとって過去の時間と、未来の時間を先取りして、費やしている大切な時だった。

恵子の仕事は患者さん相手の仕事。辛い日々もあり、疲れ果てて落ち込んでいた時に、忠に似た雰囲気の患者さんを担当した。心の負担が軽くなり、うまく大変な時期を乗り切れた。それ以来、患者さんを好きな人物に置き換えて接している。要は自分の心の持ちようを変えればいいことに気付いた。

「あなたは良いモデルだったわ」

そして、サービス産業をしている忠にチョットしたアドバイスをと、こう言った。

「好きな人をイメージして接するとうまくいくわ」と。

自分を指差しながら少しおどけて見せた。

三つのコップ

長谷寺に着いた時には、参拝の人影は疎らで、ゆっくりと参拝したい恵子は喜んでいた。長い石段の回廊に差しかかると気の利かない忠の方から手を差し伸べた。恵子は一瞬怯んだ様子だったが自然と手を繋いだ。上りの石段が緩やかに続き、そばの庭園には時期外れの牡丹が残っていた。その都度恵子は足を止めて、手を繋いだまま近寄り、心の中のカメラで写すように、じっくりと眺めていた。

「卒業の時のサイン帳に花柄のカバーを付けてあげたのを覚えている？」

サイン帳はＢ５判のフィラーノートだった。表紙は明るい黄色だった。

「誰が付けてくれたのか分からなかったけど、あれは恵子さんが付けてくれたの？」

「サイン帳は一生の宝物だから、ノートにカバーを掛けて次へ回したのよ」

三学期が始まってサイン帳を回して手元に戻ってきたのは、卒業式の二、三日前だった。級友、後輩、心の友の心友たちが綴ったサイン帳だった。恵子、健の激励文は忠の心のバイブルとなっている。その文章の中に恵子が書き綴った意味深なところが気になっていた。

「あなたがサイン帳を作った本当の目的は？　私にはよく分かるの」

書き綴ってあった。そのことを恵子に尋ねると、

「忘れたわ。何を書いたのか。ただ言えるのは嫉妬心だけは感じたわ」

続けて言った。

「あのサイン帳は一方通行のラブレターと同じで、あなたからの返事がないのよ。ずるいと思わない？」

昔を思い出したようで頬を膨らませた。

「ごめん！　そんなつもりじゃなかったのだ」

忠は、手を離して拝んで謝った。

「時効で許してあげるわ」


本堂の仏様の前に来ると、室生寺の時と同じように時間をかけて見入った。広大な境内は時間の流れも止まっているようで別世界だった。帰路につくと観光客と擦れ違い、恵子がゆっくりとお参りができて良かったと手を握ってきた。生死と隣合わせの生活を送っている恵子には、神社仏閣が心安らぐ場所なのかもしれないと思った。

回廊で手を繋いで戻っている時に、恵子は言った。

「人生の節目、節目に私たちは確認するために時々会うようになっているのよ。これは必然で、偶然ではできないわ。他人から見れば良くない関係でも、私たちにとっては普通なのよ。これで良いのよ」

三度目の正直か、二度あることは三度あることなのか。

拝観を終えて参道には人影も疎らで、お土産を売っている店も閑散として静かだった。参道から少し奥まった所にお茶処があり、恵子が小走りに走り寄って声を掛け、振り向いて忠に手招きをした。

飛び石の踏み石を渡り、庭園の見える席に恵子は座っていた。歩き疲れて甘いものが欲しいと言っていた。学生風のバイトの女の子がオーダーを取りに来て、水の入ったコップを三個テーブルの上に置いた。三個目は、忠の隣の席に置いた。

「私たち二人ですけど?」

恵子が言うと、

「後から一人、入って来ませんでした?」と若い女の子が言った。コップを一つ下げながら首を傾げて戻った。忠は、すぐに小夜子かなと思った。恵子は、入院している先生だと思っていた。二人のことを気にしていた先生に違いないと思った。それを聞いた忠は、

「まだ、亡くなっていないよ?」

「私たち、二人の心配をするのは、先生しかいないわ。私には分かるの。もしかしてあなたのことが一番気になっているかもね」

先生には常にお世話になり、気遣ってもらっていた。次の言葉が出ずに恵子の瞳を見た。沈黙の時が続き、間を持てなくなった恵子が、「今日は私の方の心配かもね」と話をはぐらかした。そして魂は生死には関係ないのよと付け加えた。

忠は、この時分から魂の存在を認めていた。だから、恵子の言うことが余計に身に染みた。心とか魂とか潜在意識などを、疎かにして生きてはいけないと考えるようになった。恵子に言われて心細く不安になったわけではなく、どうしたらいいのかが分からなかっただけである。ただ、漠然とだが、どんな些細な出来事でも全て意味があり、自分の人生に価値があると思っている。だから必然なので

ある。

出てきた抹茶の飲み物を飲み干したら独特の渋みに現実に呼び戻され、思考回路が動き出した。お手洗いに立った恵子は先ほどの女の子に二言三言、話し掛けていた。そして、会計の時に、「眼鏡を掛けた男の人でした」と言われたのだった。

今度は、恵子が黙り込んでしまった。車に乗るまで無言で歩いた。車をスタートさせると溜め息交りに、

「やはり、先生だったわ。いつまでも心配かけて、しっかりしろと言いに来たのね」

車は天理市を抜けて奈良公園へと向かった。奈良公園の一般駐車場に車を止めて、散策をしながら、大仏、春日大社、若草山を回った。大仏を見て、「修学旅行の時は大きいと思ったけど、意外と小さく感じるね」と何回も忠に確認をしていた。

「歳を重ねたせいかもしれないよ。きっと」

「歳をね～」

妙に素直に納得して繰り返した。心の奥底に大きな悩みを抱えていた恵子だったが、今日一日楽しくと切り替えていた。恵子は離婚を考えていることを新幹線に乗る前に打ち明けるつもりだったが、室生寺の静寂な雰囲気に飲まれてごく自然に話したのだった。別れ際だと忠が動揺して恵子を帰さなかったかもしれないと思っていた。

お互いが軽く交わした約束、それが潜在意識の中で熟成されて、いつの日か恵子と奈良公園を散策したいと願い、二人で散策すると信じていたのかもしれない。

「あなたが、心の癒しで訪れるお店に、今日連れて行ってくれる?」

「いいよ。今日のために探していたのだから」

興福寺の五重の塔を観て、少し早目の昼食をとりに小さな蕎麦屋へと向かった。奥まった所にあるために、古都の雰囲気が漂う土塀の続く裏道を歩いた。蕎麦屋を何度か利用していたために迷うことなく歩いた。観光客とは擦れ違うこともなく、たまに地元の人と擦れ違った。

「こんな裏道をよく知っているわね」

「気に入った店だから覚えたのさ」

「本当に一人で来ていたの? 怪しいわね」

組んでいた腕に力を入れた。

「石畳の上を歩くのって風情があるのね」と靴音の響きを楽しんで歩いていた。

忠は、一人で訪れた時も時間の許す限り奈良公園界隈を歩いた。ある時などは、陽が沈んで車の通りが少なくなってからゆっくりと名阪国道を名古屋に帰る時もあった。

「何年先になるか分からないけど、誰にも迷惑のかからない頃に、また来てみたいね」

遠い未来を予測するみたいに、晴れた空を見上げて恵子が呟いた。

「誰にも迷惑のかからない頃か。そんな時が来るのかな?」

「長生きして生きていれば、必ず来るわ」

　地元の人しか通らない裏通りを、恵子と忠は誰に遠慮することもなく、遠い昔を取り戻すかのごとく腕を組んだまま歩いた。それが当たり前のように。

　九州から遠く離れた地で、なおかつ誰も知る人もない場所だから、二人は大胆に行動していた。若い頃に北九州市の肴町のアーケードの商店街を歩いた時は、久し振りの再会にもかかわらず離れて歩いた。その過去を取り戻すかのごとく、恋人のように振る舞った。離れて生きていても繋がっているのだなと脳裏に過った。三十分近く歩いた。

「着いたよ」

「どこ？」

　道の突き当たり、一段低い所にある店だった。古民家を改装した店舗で階段を五、六段下りた所が店の入り口だった。座敷テーブルが五個しかない小さな蕎麦屋だった。看板がなくて、入り口に暖簾が掛かっているだけだった。畳に上がって二人共、店が勧める「鴨南蛮蕎麦」を注文した。店主の趣味が高じて出した店らしく、商売気が全くなくて質素な店作りだった。ここもなぜか窓の外に小川が流れていた。川の畔には桜やもみじの木があり、それぞれの季節には趣があるだろうと思わせる。庵か隠れ家と呼びたい店だった。

「あなたが好きそうなお店ね」

　忠は、恵子に言われて気付いた。知らず知らずのうちに関の山の麓を連想させる場所を選ぶ習慣になっていた。恵子も忠の心の中では常にふる里が宿っていると思った。そのふる里の一部に自分も入っていると思うと嬉しかった。男と女を超越した関係の繋がりに心打たれた。透かさず忠に言った。

「藤増君とあなたと三人で激論したことを覚えている？」

「忘れていないよ。今でも思い出すと血が騒ぐね」

男と女の友情は成立するのかという内容だった。一度だけでなくて、何度も激論した。放課後のグラウンドのバックネットの上の土手で陽が暮れるまで語り続けた。昼休みに教室の片隅でもやり合った。「結論はいつも同じで、あなただけが成立すると言い切った」と恵子。

当時、自信たっぷりの忠の答えに恵子が楯突いて言った。

「私との友情は成立するの？」

「成立するね！」

拍子抜けの顔をして、怒った。

「いい加減なことを言わないで！」

真顔で怒った。藤増が慌てて間に分け入った。

窓の下を流れる水音を聴きながら、

「あの時から今でも私、友情と愛情の間を行ったり来たりしているわ」

結婚するまでは手紙のやり取りをして、心の中で会話をしていて目に見えない繋がりで生きてきた。

「常にあなたがそばにいたわ。それぞれが別々の道に進めば、途絶えるのに。なぜかふっと私の前に現れるのね。不思議な人だったあなたは。他人の迷惑省みずによ。中学生の時から私はいつも不完全燃焼なの。卒業して三十数年、振り返るとそんな関係ね」

「鴨南蛮二つですね」

入り口の階段の所では客が並んで待っていた。せかす様子もなく静かだった。

「どうぞ、ごゆっくり」

蕎麦を食べながら長谷寺での出来事をそれとなく聞いた。恵子には、心当たりがあるようで話しだした。

毎年正月の三日に集まっていた。ある時、恵子が早く先生の家に着いた。新井田とは手紙のやり取りをしているかとか、うまくやっているかとか、恵子は先生に言われた。

「先生にとっては初めての卒業生の中からめでたく結婚するカップルが誕生するのを楽しみにしているのよ」と奥さんに言われたそうだ。恥ずかしさで何も答えずに下を向いていたら、他の生徒たちが入ってきた。恵子が忠にこのことを話したのは、お互いが結婚した後だった。

「先生がまだ俺たちのことを心配しているのかい？」

「きっと、そうよ。私には何となく分かるわ」

「先生は、北九州市の病院に入院中なんだろう。まだ、亡くなってはいないよ」

「生き霊もあるわ」

会話が止まってしまった。二人にとってはリアルすぎる会話で、笑って終わらせる雰囲気ではなく、この二人旅が終わって間もなく、その答えが忠の元へ届いたのだった。

蕎麦屋を出て、今来た道を東大寺の方面へと戻った。人通りが少なくて、恵子も心の安らぎを感じて解放されているようで穏やかに歩いていた。

「スイーツの店もこの近くなの？」

「東大寺の信号を右に曲がった所だよ」

板塀の切れた所が店の入り口だった。木札で珈琲店と書かれていた。ここも畳敷きの店で靴を脱いで奥に上がった。民家の間取りそのままで、テーブルも不揃いで、コーヒーとスイーツだけが売りの店だった。女性客がほとんどで、男の客は他に一人だけだった。モンブランと抹茶を頼み、頼み終わると恵子はまじまじと忠の顔を見た。そして、疑い深く、

「男のあなた一人で本当に来ているの？」

本当に？　と確認しながら迫った。この店にせよ、蕎麦屋にせよ、食べることに対して無頓着な忠だったが、仕事柄、勉強のために入ることがたびたびあった。

「一人で入ることが今は多いよ。成長しただろう」

「変われば変わるものね。朱にまじわれば赤くなるね」

忠の顔を見ながら、妙に納得していた。よく流行る店らしく、何人かのグループが店を覗いては、満席を確認するとそのまま出て行った。人の出入りが激しくて落ち着いて話せずに早々と店を後にした。鹿がいる公園の中を歩いた。

「奈良公園に来ることはこれから先、ないと思うわ」

恵子がしみじみと呟いた。こんな時に忠は、聞くばかりで返事ができなかった。素直になれない自

分が腹立たしかった。なぜなんだろうかと自問自答を繰り返していた。

「何を考えているの？　呆然として」

「何もないよ」

手を取って、嵐山に行きましょうと催促した。薬師寺に寄り、参拝を済ませてから京都の嵐山に向かった。恵子とのドライブはいつも予定を立てずに行動するために忙しい旅になった。京都では渡月橋界隈を歩くしか時間がなかった。修学旅行の記念写真を撮った思い出の場所でゆっくり休んで、名神高速で名古屋へと考えていた。恵子は京都駅でもと言ったが、少しでも長く一緒にいたかったので、早く切り上げて名古屋駅に向かうことにした。桂川の岸辺の記念写真を撮った思い出の場所で、昔を思い出しながら川風に当たった。一瞬の時間移動で今現在と中学の時が交錯して二人だけの世界が広がった。大勢の観光客が周りにはいたが、二人が座ったベンチだけは異空間だった。雑踏も消え、異次元の世界が広がっていた。二人の生活の環境はどうあれ、今二人はここにいる。時の悪戯である。

「懐かしいね」

「本当に来たね」

他には何も言わなかった。

「本当に実現するものね」

と恵子が、溜め息交りに呟いた。考えてみると見えない力の存在を確信した。見える世界に対して同じように見えない世界が存在する。時計の振り子の振り幅と同じように。生まれて死んで、振り子の反対の世界が存在する。

若かりし頃の自分たちと別れを告げて、京都南インターから名神高速に乗った。二人の会話がなくなり、恵子は漠然と窓の外を見つめていた。

「次のサービスエリアで、少し休みましょう」

「少しだけなら……」

気持ちだけは昔のままだった。名古屋に近い養老サービスエリアに止めることにして、ひたすら名古屋駅に向かって高速を走った。休憩でサービスエリアに入り、車を止めた。車の外へ出て軽くストレッチをして身体を解した。恵子も同じように背伸びをして、残り少なくなった時間を気にしていた。

「車に乗って」

恵子が車の中で話したいわと忠に促した。「萩の海岸でも車の中で過ごしたことを覚えている?」と忠の方を見て言った。

「もちろん。忘れてないよ」

「私ね、女の子の孫か曾孫に、男と女の友情は成立するのかということを、話しておきたいの。つまり、私のもう一つの人生を伝えておきたいの。生きていく上でどれだけ支えてくれていたかということを心に秘めて生きてきたことを。本当は誰でも良いとは思っていたけれど。今では、私を肉親と感じて、話を聞いてもショックを感じない孫か曾孫にね。他人から見れば私たちを危ない関係だと結論付けるわ。心の中の微妙な動きを感じてくれるのは身内の孫か曾孫ね」

「呆けずに、長生きしないとうまく伝わらないよ」

「あなたは、仕事一筋で生きてきてリタイアした後はどうするの……？」

忠は、恵子にはっきりと言った。洋画の『風と共に去りぬ』のラストシーンに憧れていることを。

すると、すかさず恵子が言った。

「ラストシーンは全てを失った主人公が田舎に戻るところで終わるあの映画だよね。あなたの心の中で何かが引っかかっているのかもしれないね。私との約束が」

「名古屋で高校、大学を卒業したら帰ってくるから」と忠が言ったことだ。

話は尽きない。サービスエリアを出てからも、その話は続いた。

気の許し合える仲間というものは素晴らしいもので、光輝いている。

そして、自分史を作る時に、たわいもないことを思い出す。潜在意識の中に潜んでいてふとした瞬間によみがえる。当の本人はすっかり忘れ去っている。

車の中に西日が差し込み、恵子が眩しそうな表情をした。忠はある光景が浮かんで懐かしそうな笑顔になった。藤増と恵子の三人で放課後に話し込んでいた時に、今と同じように眩しい顔をした。

将来、魂の履歴を覗き見る機械が発明できたら、ぜひ見たい。そうすれば、辻褄の合わない出来事がスッキリとして現れると思う。

一宮インターを下りて名岐バイパスを名古屋駅へと走った。こんな時は早く着くし、時間も早く進む。名古屋駅はいつもと同じで、人混みの中を無言で歩き、入場券を購入して改札口を通り、上りホームへと進んだ。時間ちょうどに新幹線がホームに滑り込んできた。けたたましいベルの音に掻き消されるように、握った手に力を込めて、

「肝心なことの相談に乗れなくて、ごめんね」

「二日間楽しかったわ。勇気をもらったから大丈夫よ。心配しないで」

座席の方に行かずに恵子はドアの所で立ち止まり、小さく手を振った。恵子のいつもの仕草である。

「またね！　ふる里でね」

「必ず会いに行くよ」

これが精一杯の返事だった。閉じたドアの窓越しから手を振り続けていた。新幹線の赤い尾灯が消えるまで見送った。


この日以来、忠は出張で夕方に東京に行くのは少し苦手になった。この情景を思い出すからだった。誰も知らない秘密の旅は終わった。時間が過ぎれば、証明のできない二人だけの旅だった。何の痕跡も残さず恵子は消えていった。幻のごとく。

忠は気持ちの火照りが冷め切らずにホームに立ち竦んでいた。駐車場に戻って車に乗ってどの道を帰ったのか記憶に残っていない。気が付いた時には、牧真一と待ち合わせをしたスナックだった。夢から醒めた様子で店に入ると、ママの娘の由紀が出迎えてくれた。牧が亡くなってからはご無沙汰で、まして酒を飲まない忠にとってはあまり縁のない店になってしまった。由紀がママは遅くなると伝えて、カラオケでもと勧めたが、忠の気のない返事に、

「今日の新井田さん、少し変よ。おかしい」

と席を外した。忠もまだ夢の中にいるようで早目に切り上げて店を後にした。由紀が、ママが来る

までいてよと言っていたが、それにも、うわの空だった。夢の中の出来事だった。引きずったまま自宅に帰って、ネクタイを外して、着替えをしていたら娘から「お父さん！　パンツが裏返し」と指摘されて現実に引き戻された。

恵子と別れてからの数日間は時差呆けのような状態で仕事に気が入らず、二日間の出来事を引きずっていた。しかし、男四十代は忙しい盛りで仕事が後から後から押し寄せてきた。社会的な繋がりの冠婚葬祭があり、プライベートな出来事も起きてくる。時間と共にいつもの忠に戻り、仕事をこなした。

当時はこの状態が続くものと錯覚をしていた。しかし人生のその年代に経験すべきことも間違いなく起こる。振り返ると、見えてくる人生のひとコマである。過ぎ去って過去になれば分かるひとコマであった。その証拠に、この歳になってこそ、やるべきことが見えてくる。自分の人生を振り返らせてくれた自分史の作成は感謝ものである。

それに併せて卒業文集やサイン帳は人生の宝物である。これを紐解いていくと思い通りの人生が送れることが分かった。古稀を過ぎたこの歳になって。

いろいろな出来事が起こったが振り返ると、自分の気遣いが、もう少しあったらと心を痛めている。

筑紫野市の恩師宅へ

娘が高校三年生で、息子が大学二年生の時、忠は通信制大学の一年生。四人家族のうちの三人が学生で、嫁さんには面倒のかけっぱなしだった。振り返ると落ち着かない動きっぱなしの生活を送っていた頃だった。

恵子との室生寺の二人旅の残り香が薄れてすっかりと忘れ去っていた頃だった。現実の日常生活に追われている時に、突然に知らせが入った。忠は名古屋でのスクーリングを終えて、いつも通りの時間に帰宅した。珍しく娘が家にいた。忠の顔を見るなり、

「お父さん、誰かが亡くなったみたいよ」

と葉書を渡した。差出人を見ると先生の奥さんだった。短い文章だったが、先生が亡くなって既に三カ月ほどが過ぎていた。身内だけで葬式を済ませたようで、生徒や学校関係者には連絡せずにひっそりと済ませた様子だった。顔色の変わった忠を見て、

「大変お世話になった先生だったのでしょう。お参りに行ってあげたら」

と言い残して二階に駆け上がっていった。忠は食卓に座り、葉書を目の前に置いて腕を組みながら考え込んだ。覚悟はしていたのだが、いざ、この時が来ると心が動揺していた。連絡を入れるのは喜多村と恵子にと決めていたのだ。三人が都合の良い日は土曜日と日曜日しかなく、躊躇わずに二人に連絡を取って、日曜日の朝早く名古屋駅を出る予定を組んだ。

博多の駅に昼頃に着く予定の新幹線に乗った。待ち合わせの場所は博多駅にした。先生の奥さんに電話を入れると、奥さんは葉書を出すのを迷った挙げ句に出したと言っていた。先生の遺品の整理をしているうちに、なぜかあなたたち三人には知らせてくれと私の耳元で囁くのよ。それもハッキリと、

そう言うのよ。と電話口で泣いていた。私のつまらない意地だけでごめんなさいねと忠に謝った。奥さんの胸の内が痛いほど忠には伝わってきた。

忠は、帰省した時や出張で福岡に行った時などには、必ず先生の家に顔を出していた。その都度先生が倒れたことを奥さんは悔やんでいた。その後悔を聞いて忠は帰った。子供三人が学生で、それも心配だった。今では卒業してそれぞれに頑張っている。名古屋に就職した娘さんには会ったこともある。

先生の自宅は筑紫野市の分譲住宅に転居していた。一度だけ訪ねたことがあったが、迷わないためにも葉書を持ってきた。喜多村健の車で行くことにしていた。恵子と三人で行くというのが心強かったし、二人が即決断したのも嬉しかった。先生が一番喜んでくれると思った。

恵子に連絡を取った時は段取りを話すだけで終わった。博多の駅で待ち合わせることにした時に、到着時間をメールしてと恵子に催促された。恵子は長谷寺での出来事を気にしていた。忠が名古屋へ行く時の飯塚駅での別れの時に先生に抱き締められたことや、見舞いに行った時の出来事も忘れられないと言っていた。「先生が亡くなったと聞いてからもなおさら、身近にいるのよ」と言っていた。「精神生命の死後生なのね。先生を交えた私たちは特別な何かで繋がっている存在なのね」とも。先生が担任した初めての卒業生というだけではなくて、お互いの人生に絡み合って生きてきた。先生が亡くなったことで、全ての縁が消えるのだろうか。答えの出ない問答を新幹線の中で繰り返しているうちに深い眠りに落ちていった。昨晩は寝床に入っても目が冴えて一睡もできずに朝を迎えた。

突然肩を揺すられた。

「新井田君。新井田君」

と誰か呼ぶ声がした。懐かしい優しい響きだった。

「小倉駅を過ぎて、次は博多よ」

半分夢心地で隣の席を見ると恵子が座っていた。

「どうして、ここに」

「小倉から乗ったのよ。新幹線で博多まで一緒に行こうと思って乗ったの。ちょうど良いと思って合わせたのよ」

博多の駅で合流するのに車両と座席を恵子にメールしていた。眠り込んでいる忠を見つけて隣の席へ座り、小倉駅を出てから忠に声を掛けた。隣の席に誰か座ったことはうすうす感じていたが、まさか恵子だとは思わなかった。

「喜多村君、少し遅れるそうよ」

忠にも電話をかけたが繋がらなかったと、私に電話をしたことを告げた。

「相変わらず、忙しそうね」


博多駅に新幹線が滑り込む。二人して階段を下りて、ゆっくりと改札を通り、駅前に出た。遅れてくるはずの健が待っていた。いつものように派手さはないがダンディーな着こなしの健が笑顔で迎えてくれた。

「お二人さん、元気かね」

少し、はにかみながら近寄ってきた。中学生の時と同じで、忠はその笑顔に落ち着き、ふる里を感じた。三人揃って会うのは久し振りだった。先生のお見舞いに行った時以来である。車に乗り込みながらお互いの予定を確認して博多の駅を後にした。

「誰にも知らせずに葬式を済ませたのか？」

「奥さんの事情がいろいろとあったのじゃないのかな。よくは分からん」

「入院してから長いから、その後のことは、庄内の方では皆目分からないそうよ」

三人にとってはいきなりの連絡だった。本来ならば忠の方にも連絡が来ずに、そのまま過ぎ去っていたのかもしれない。そのことを思うと先生との不思議な縁、繋がりを感じる。人生の節目、節目に関わり合い、特に恵子との間ではなくてはならない大切な人だった。ぽつんと健が、

「先生があまりにも可哀想すぎる」

と言い、連絡があれば葬式に参列する教え子は大勢いたのにと悔やんだ。

忠は一度訪ねただけだったから家の場所の不安も募って葉書を取り出した。

「いろんな問題があったみたいよ」

「分譲住宅の一角だな。この住所は」

健がカーナビに打ち込んだ。

「住所を打ち込めば、大体分かると思う」

話は自然と庄内中学校の頃に遡った。恵子は、健と忠とは違った思いを先生に抱いていた。少し年の離れた兄のように慕っていた。健と忠は生徒会の役員をしていたので、いつも先生に怒られ、怒鳴

られていた。時には、プールサイドで両手に水の入ったバケツを持たされて、炎天下に立たされた。寒い冬の日には身体を温めようと柔道部室に窓から侵入して見つかり、大目玉を喰らった。部室の前の廊下で、

「生徒会の役員でありながら、下級生の見本になるべき人間が何をやっている」

と拳骨を頭のてっぺんに二発も喰らった。

またある時は、職員室や校長室の前でも立たされた。下級生が目の前を笑いながら走り去っていった。格好の良かった健は腕力もすごかったが、特に下級生にはよくモテた。つるんで一緒に遊んだ忠もそのおこぼれにあずかった。そのノウハウは今でも社会生活の中で十分に生かされている。

特に人生をリセットし直してからは非常に役に立っている。上品な爺になるためには必須の条件である。

中学生の頃の男の先生は怖い存在だったが、忠の家庭環境をよく理解してくれて、卒業後も本当に世話になっていた。恵子とのことも大変世話になっていた。忠は自分の親と同じように行く末を見ていてほしかった一人でもあった。そんな思いを巡らせていた。

「忠、香典袋用意してきたか？」

「いや。持って来てないよ。すっかり忘れていたよ」

「私が用意してきたわ。三人で一緒にと思って」

「さすが！　俺たちのマドンナだな」

気持ちはすっかり中学生の頃に戻っていた。先生に会ってお参りするには、この中学生の時の気持

ちが一番だと思った。

車は福岡市街を抜けて筑紫野市に入っていた。分譲地の公園の前に住宅地図の看板が立っていた。たどり着くと、

「この家だ。間違いない」

忠の記憶がよみがえってきた。表札を確認しながら健が玄関のチャイムを鳴らした。不安気に家の中の反応を待った。しばらくしてガチャという音と共にドアが開いた。

「まあ！　喜多村さん」

想像していたより元気な奥さんの声だった。健が忠の手を取って早く挨拶をしろと催促をした。すかさず恵子が、

「今日は三人で先生のお参りに来ました」と頭を深々と下げた。

電話でお参りをしたいと言った時よりも喜んで迎え入れてくれた。半分強引に押しかけたつもりだったので、忠はほっと安心した。そして本当に来て良かったと胸を撫で下ろした。

応接間に通され、その片隅に質素な祭壇が祀ってあった。恵子と健は驚いていた。忠は、その旨を聞いていたので驚きはしなかったが、あまりの質素さに見入ってしまった。奥さんは申し訳なさそうに三人の顔を見ながら、宗教上の理由でこれくらいしかできないのよと断って深々と頭を下げた。

「まず、お参りしましょう。先生が待っているわ」

恵子が、健と忠に促した。忠は、この部屋に先生がいると感じて手を合わせた。長谷寺で一緒になって付いてきたのにも、何か先生が言いたかったのだと思った。ただ、忠の頭の中に響いたのは

「どんな環境、状況になっても変わらずにな」という先生の声だった。そんな先生の魂に守られていると思うと胸が熱くなった。

「先生が笑っているわ」

祭壇には若かりし頃の一枚の写真が飾ってあった。普通の出で立ちの澄まし顔の写真なのだが、恵子には笑って見えるらしく、何度も忠に呟いた。突然、右首筋に鳥肌が立った。恵子と忠との間に気配を感じた。納得すると、スーッと鳥肌が消えた。健は奥さんに、先生に怒られた話をしていた。二人も加わり、懐かしい消えかかった思い出をよみがえらせた。三人共、それぞれに一生忘れられない人生の一時を過ごして、それぞれに貴重な思い出に感謝していた。

話題が一段落した時に奥さんが切り出した。本当はクラス全員に連絡して送り出してあげたかったのだけど、私のわがままで庄内を離れ、福岡市の郊外に住んでいたためにできなかったと詫びた。「でも、あなたたち三人には迷いに迷って、お別れに来てほしいと葉書を出したのよ。来てくれてありがとう」と涙声になっていた。恵子もハンカチで目頭を押さえていた。忠は、この時に先生は本当に亡くなったのだと実感して急に寂しさ、虚しさが襲ってきた。現実に引き戻された。祖母の時にも現実感がなく、ふる里でいつでも会えると脳が勝手に判断していた。遠く離れて生活していたためだろうか。だから何でもない時にいなくなった寂しさを感じる。これが一番心に響くのである。

不思議なことにこんな時には、どこか他人事のように寂しがっている自分に対して、鳥の目になって観ているもう一人の自分がいるのに気付く。落ち着いて安心しているもう一人の自分が。

死んでもなお生き続ける、これが精神生命の死後生なのだろうか？　確かに先生、両親、祖母が生き方に影響を与えてくれた。その教えを随所で思い出す。遠く離れているが、心の中ではしっかりと生きている。

正味一時間くらい、先生の家にいただろうか。一時間の間に先生との楽しい日々を思い出し、懐かしい時間になった。心残りを感じる中でお暇をしようと祭壇に最後の別れを告げた。無言で手を合わせ、心の中で「先生、またね」と告げた。右首筋に風が微かに触れた。

玄関に行く途中で、ドアの開いている奥の部屋から、赤ん坊の泣き声が聞こえてきた。忠が目を向けると、赤ん坊を抱いている女性と目が合った。軽く会釈をしてきたが、見覚えのある女性だった。

「名古屋に住んでいる長女なのよ。出産で里帰りしていて、当分の間いてもらうつもりなのよ」

名古屋で結婚して生活している時に一度だけ会っていた。今では東京近郊の街で生活している。奥さんも今ではそこで一緒に暮らしている。忠は右指のリハビリを兼ねて時々手紙を認《したた》めている。

玄関先で奥さんには、「お元気で」と言うのが精一杯だった。三人揃って深々と頭を下げた。無言で先生の自宅を後にした。階段の上から奥さんが笑顔で送り出してくれた。車に乗り込んだ三人は何を話していいのか黙っていた。差し障りのない話を健が切り出した。

中学校を卒業してから三十数年が過ぎていた。忠が名古屋に出てからは頻繁に先生に会えずに人生の節目にしか会ってない。何か変化のあった時にしか顔を合わせなかった。夢か現か妙な気分だった。受け入れてない自分がいた。時々起こる、時の悪戯なのかもしれない。寂寥感だけが心に残った。

「気持ちの切り替えに、お茶でも飲もう」

「なるべく騒がしい店の方がいいわ。お通夜みたいな所は避けてね」

健は途中のファミレスに車を入れた。座ると煙草に火をつけながら、

「人間の一生って儚いものだな」

「いきなりくるからな。永遠の別れってやつが、突然に」

恵子が、静かに語るように話しだした。

「先生の亡くなった日を聞いて思い出したの。ちょうどその頃に職場で変なことがあったの。仲間の間では、ごく普通の当たり前のことなのだけどね。患者さんが亡くなる時にナースステーションの冷蔵庫の陰に現れることが時々あるの。その日、私が感じたから同僚に確認すると、この二、三日は誰も亡くなってないわと言われ、結果その週は誰も亡くならずに過ぎた。奥さんの話を聞いて、あの時先生が来たのだと思ったわ。見た時には嫌な感じではなくて、普通にいられた自分が不思議だったの。長谷寺の時もそうだったよね」と忠に聞く。

「あの時も、嫌な気持ちはなかったな」

と思い返しながら忠は答えた。その時の気分と同じだったわと恵子も同調した。

「おいおい！　二人して秘密の旅行かい」

ファミレスは日曜日で賑わっていた。そのせいか気楽に話を続けた。健が恵子の話を受けて、そんな職場は俺には無理だ、勤まらないなと大袈裟に言った。恵子は健の言葉を聞きながら、

「悪いことばかりじゃなくて教えてもらうことも多いわ」と続けた。

それはお坊さんが入院していた時のことだという。生老病死が日常的な病院で、このことを別々に考えてはならない。全て同じ出来事で、そのことに感謝しなさい、良いことも悪いことも人として生

きているから起こることだから心配するなと言ったと。恵子が、室生寺や長谷寺を回っていた時にたびたび口にしていた言葉だった。特に別れる時には、「出会った時の気持ちで別れましょう。さよならは使わないで、またね！」と微笑みを残して別れた。嫌な余韻を残さずに。

仕切り屋の健が恵子に帰る時間を確認して、いつものように今からの段取りを決めていた。恵子の自宅まで送り届けることに決まった。飯塚市内で三人で食事をして、田川市から北九州市に行くことになった。こんな時には全て健が段取りをしてくれた。忠みたいに行き当たりばったりは、落ち着かないらしい。頼もしい親友だった。コーヒーを飲んで飯塚市に向かう車の中でもお互いの近況報告が主だったが、どうしても話題は先生のことに移った。そんな中で健がおかしな提案を出した。人生何が起きても不思議じゃないから、俺たちは縁あって繋がっているから、もしもの時のために、「魂でも心霊現象でも、何でもいいから必ず俺に知らせてくれないか」と。

忠は、健よりも恵子の方に関心があったので、

「必ず二人には、耳元で囁くよ。お先に」

「誰が先かは分からないけど、私も参加するわ」

たわいない話が健の行きつけの焼肉屋でも続き、大事な時間が過ぎていった。これも先生が三人だけに与えた貴重な時間だった。健は素面じゃ辛いからと酒を少し嗜み、恵子もそれに付き合った。忠は、付き合いの一口も飲まず、ウーロン茶で相手をした。これもいつものパターンであった。夜の帳も下り始めていた。運転を代わり、北九州に行こうと走り出すと、

「俺の家に先に行ってくれ」

と健が言った。酔っ払うほど酒は飲んでいないのにと尋ねると、用事を思い出したと二人にみえみえの嘘をついた。このまま、二人で赤土恵子を送って行くつもりだったが、喜多村健は気を利かして忠が送って行くように気遣った。そんな男なのである。健の自宅前に着き、車を降りた健に忠が玄関まで付いて行った。いつもの調子で、

「車は明日でいいからな。本当は一緒に行きたいけど、楽しい報告を待っているから」

と肩を叩きながら表情を崩した。

「たまにしか会えないのだから……な」

指でVサインを作った。

二人のサイン

国道を田川市に向かって走り出した。二人になると、どちらも黙り込んでしまった。妙な空間で逆に落ち着かず、二人は少し焦っていた。唐突に恵子が口を開いた。

「離婚しなかったから、怒ってない？」

「残念だとは少し思ったけど、恵子さんの悲しい顔は見なくて済んだから安心しているよ」

「優等生の答えなのね〜。いつも」

恵子は、負けるのはいつもこちらねと下を向いた。

車は烏峠を越えて田川市へと入り、曲がりくねった道を下っていた。別々の道を歩いている二人には、ふる里、初恋、幼馴染みなどのキーワードでしか人生のクロスオーバーができない関係だった。事の起こりは藤増と三人で激論した「男と女の友情は成立するのか？」だった。振り返ると男と女が愛し合うよりも、難儀な挑戦だった。若い頃の遊び心で終われば良かったものを。そのおかげで、祖母や実母に対するのと同じ気持ちで恵子は常にそばにいた。恵子にしてみれば、「余計なお世話よ」と言ってもおかしくない話だった。

「一時間ほど、時間に余裕があるわ」

ポツンと呟いた。忠はこれで当分の間、いや全ての関わりがなくなると思った。忠は、今夜が最後の機会になると覚悟していた。

「車を止めて、星空でも観て過ごそうか」

久し振りのふる里で見る星空だった。卒業して時間だけが確実に過ぎたが、輝く星空は昔のままだった。恵子も同じ思いだったのか、

「思い出すわ。あの時も二人で明け方まで車の中で話したわ」

「懐かしいね。俺の気持ちは、あの時と少しも変わらないよ。今でも」

「おかしいわね。それにしては、結果が伴ってないよ？」

「人生、先が見えないから、どこかで擦れ違ったのだよ」

「あの時に何か言い忘れたことが……あるのじゃないの？」

「覚えているよ」

「私、その言葉を今まで、ずうっと待っていたのよ。昔からずうっと今でも」

「人生にもしもが一度だけ、許されるのなら」

「許すわ！」

冗談で話す懐かしい会話が突然、本気モードに切り替わった。若い頃言えなかった一言を忠は恵子の手を握り、

「結婚しようよ！　愛しているから」

恵子の瞳に涙が溢れていた。

「ありがとう。心の中のモヤモヤがスーッと晴れたわ」

澄み渡った夜空を見つめながら遠い、遠い昔を思い起こすように、忘れていた一言を伝えた。

「長い時間をかけて、あなたの答え、本心を聞けたけど、宇宙の時間で見れば一瞬の風ね」

「関係、間柄は大きく変わったけれども、絶対に変わらないものがあるね」

「男と女の友情？」

「そんな軽々しいものじゃなくて、それを遥かに超えた大切なものさ」

「この関係は経験できないわ。裏の人生なのかしら？」

恵子は慌てて裏という言葉を打ち消して、訂正した。

「もう一つの、私の人生なの」

宇宙の法則で考えればあり得ることで、忠は納得した。今の幸せが大きいものなら、反対側にもその幸せを支える大きなものが存在する。それは、不幸じゃないことだけは分かる。

忠は、星座を探すのが好きだった。小さい頃は常に一人だったから流れ星をよく見つけて遊んだ。見つけると幸せを感じた。

「流れ星を見つけたら帰ろう。二人がハッピーになれるから」

あとは恵子の自宅まで送るだけだった。車が自宅に着けば今度はいつ会えるか分からない、これで一生会えないかもしれない。そんな別れが待っていた。恵子が忠に言った。

「私、川中美幸の『遣《や》らずの雨』って歌が大好きなの。川中美幸が高倉健を想像して歌うらしいの。中でも一番二番の次のサビの歌詞が良いのよ。知っている？」

恵子の住んでいる住宅街に車は入っていた。止める所を指示された。

「次の角を左に曲がって止めてくれる？」

ゆっくりと車を止めた。

「五軒目の門灯の点いた家よ」

忠はなぜか自然と車のライトを消した。

「私、実は玄関の鍵を持って来てないの」

少し動揺して焦った。時計を見ると十時を少し回っていた。

「大丈夫なの？」

「玄関が閉まっているか確認するから、ここで少し待っていて」

言い終わらないうちに素早く車を降りて運転席に回り、窓を開けてと小さな声で呟いた。窓を開けると軽く口づけをして素早く踵を返し走って行った。いつも落ち着いている恵子にしては、すばしこい動きだった。門灯の灯りで恵子がインターホンを鳴らす仕草が窺えた。玄関の明かりが点き、恵子の姿がハッキリと浮かんで見えた。慌ててスモールランプも切った。待っていてと言われて動くわけにもいかずに半信半疑で待っていた。五分くらい待っただろうか。サンダル履きで戻ってきた。助手席に座り、家の様子を手短に説明して、

「玄関に入る前にサインを二回出すから確認をして車を出して、二回だからね！」

熱烈な巨人ファンの恵子は昔からこのサインという言葉を使う癖があった。

「二回ね」

「さあ今度は、本当のお別れね」

恵子が、テレビドラマのワンシーンのように両手で忠の顔を軽く挟んで熱い口づけを求めてきた。忠も応えるように軽く抱き合った。忠の頭の中では、知らないはずの母親に抱かれた安心感が溢れていた。ほんの一瞬だった。

「今日はありがとう。明日からまた仕事、頑張ることができるわ。ありがとう」

玄関を開ける前にサインを出し、中に入って、もう一度ドアを開けてサインを出した。そして、いつものように小さく手を振ってドアを閉めた。忠は、深呼吸を二、三度繰り返して車をスタートして、その場をゆっくりと離れた。一人で庄内の実家に帰るのには、時間がありすぎて、恵子との今後のことをいろいろと考えさせられた。心の中では今日で終わりだと思っていたのだが、迷っていた。

ゆっくり運転をしてきたのだが、深夜のためか思ったよりも早く実家に着いた。いつものように玄

関の鍵は開いていた。仏間に寝床が用意されていた。両親は既に寝ていたので忠も音を立てずに床についた。恵子との別れ際のやり取りを思い起こしていたが、そのうちに深い眠りに落ちていった。夢の中の出来事のように、掛け布団を誰かが下に引っ張った。忠は祖母がまた引っ張ったなと安心して寝返りを打った。

朝、義母に起こされ、先生の住んでいる場所のことや先生の家族の近況報告をした。先生が倒れる前は庄内中学校も荒れていて、生活指導で大変だったことを詳しく話し、そのことが原因で倒れたと言っていた。ストレスで頭の方へそのストレスが出たのじゃないのかと親父が言った。そんな噂話を聞いたとも付け加えた。義母がお茶を飲みながら、

「夜中に祖母《ばあ》さんが出てきたか？」

と忠に聞いた。

「いつものように、布団を引っ張ったよ。昨日は少し強く引っ張っていた」

義母は、お前が帰ってくるのを楽しみにしているのだと嬉しそうにお茶を飲んだ。

忠は長男でありながら家を飛び出し、その後を弟妹に任せっぱなしでいた。極力実家には顔を出すようにと心掛けていた。忠は、両親よりも祖母との関わりが長く、雨が降ると学校に傘を持ってきてくれたり、授業参観に顔を出してくれたりした。義母と歩いていると姉さんと間違えられ、中学生の忠は恥ずかしくて嫌だった。その点、祖母には何事も安心して頼むことができたし、また、甘えることも多かった。今考えると贅沢な悩みだった。だから、夜中に布団を引っ張られても挨拶代わりだと思っていた。

忠がふる里、庄内を離れる時も、祖母と弟と先生と恵子が見送りに来た。若い頃は「恵子ちゃんは元気にしているのか」と気遣ってくれた祖母だった。だから昨夜は余計に布団を引っ張って知らせたのかも。もう祖母が他界して五、六年になるのに、危なっかしい生き方に向こうから心配しているのかもしれない。義母が時計を指して、

「もうすぐ十時になるよ。健君の家に行く時間だよ。今度は、いつ帰ってくるの？」

大学のスクーリングで博多に来る予定が入っていたので、

「二カ月後に来る予定だ。その時は二、三日泊まってゆっくりしていくから」

関の山から吹き下ろす風のように、慌ただしく車に乗った。父親が庭の方から、

「気を付けて帰れよ！」

姿は見えなかった。喜多村の家は五分ほど離れているだけだった。健の家に着くと遅い朝食をとっていた。勝手に上がっていくと、

「時間通りだな」

奥さんは外で洗濯物を干していた。健は小声で、

「報告は車に乗ってから聞くから、ここで喋るな」

と当たり障りのない話をしろと釘を刺した。

「分かった」

先々困ったことにならないようにと注意をしなきゃいけないと、まるで自分に言い聞かせるみたいに声が小さくなった。忠が何をびくびくしているのだと小さく聴くと、

「本当の女の怖さを知らないから悠長なことを言っておれるのだ。お前の奥さんは優しい人だからな」

後ろから「新井田さん、久し振りだね〜」と聞き慣れた声がした。

「今日は博多の駅までお願いしていますので、よろしくお願いします」

「新井田さんとなら心配ないわ」

健が忠の肩を軽く叩いた。余分なことを言うなと諭すように。

「昨日は久し振りに美味い酒だったから、酔うのが早かったな」

「大丈夫か？　行きは俺が運転するよ」

健が着替えている時に、奥さんと当たり障りのない先生の話をした。ここでも先生は学校のことで悩んでストレスを溜め込んで倒れたらしいと言っていた。タフな先生が悩んだり倒れたりすることが忠は信じられなかった。健も着替えながら話に加わり、手に負えない揉め事を一人で、その処理に当たっていたらしい。先生の性格なら放っておけないタイプだから、なるようになったのだとネクタイを締めながら健が言った。

「ネクタイを締めて行くのかい？」

「この人、変わっているのよ。遊びの時に締めて出掛けるの。変わっているでしょう」

「仕事柄ネクタイは必要ないから。だからこんな時にしか締める機会がないのさ」

久し振りに立ち寄った喜多村の家は何の変わりもなかった。平和で幸せそのものだった。家を出る時に今度ゆっくりお邪魔しますと挨拶してから車に乗った。車に乗るとすぐに恵子を送り届けた話になった。ゆっくり聞きたいからと、まずは新幹線の時間を確認して飯塚でコーヒーを飲みながらということになった。柏の森の国道に面した喫茶店に車を止めて、店内に入った。席に座るとネクタイを外し、ラフな格好になった。

「ネクタイをもう外すのかい？」

「カモフラージュでやったのさ、だからもういいのさ」

どこから話そうかと迷っていると、

「あれからどこかに寄ったのか？」

「寄らなかったよ。車の中で話しただけさ。ただ気になることがあってね」

恵子が玄関の鍵を持って来なかったことを伝えると、健はもっと早く帰るつもりだったのかな、食事に誘ってまずかったかなと漏らした。

「玄関が開いているか確認するからと、離れた所で待たされてね」

「それから、どうなった？　旦那が出てきたのか？」

忠は恵子が車に戻ってきた、その後のことを詳しく話した。旦那は夜勤で仕事に出て行った後で、娘がドアを開けてくれた様子だった。もし娘が寝てしまってドアが開かなかった場合はどうしたのと聞いたら、

「彼女は、何と答えた？」

「仕方ないわ、どこかで一晩過ごすか、庄内の実家に送ってもらう、と。そうすればますます問題が大きくなるわ。今度こそ離婚ね、と」

健が黙って唸っていた。そしてしばらくしてから、

「その後どうなったのさ?」

トーンを落として聞き返した。

「今度こそ本当のお別れね」と恵子が言った昨夜の別れの時を思い出しながら、

「別れのキスをした」

「お前からか? 彼女からか? ここが肝心なところだ」

「自然となった」

「自然と、な……」

健は、「二人の関係は他人が聞けば同級生の初恋の不倫の話で片付けるが、俺にはそんな簡単に決められない。むしろ俺一人だけでも応援している。ただし、難しいとは思うがお互いの家族には迷惑をかけないことだ」と重ねて忠に言った。店を出て車の中でも話は続いた。健とは中学の時からの遠慮のない付き合いだった。友人、損得を超えた次元の高い仲間だった。誇りにしている友達だった。

「ところで、実家での昨日はどうだった?」

「祖母が、出てきたかってことか?」

「俺はそんなことを信じないタイプの男だけど、気になってね」

「昨夜はハッキリと分かるように、挨拶に来たよ。いつものようにね」

「お前の話を聞くたびに羨ましくてね。少しずつそんな世界もあるのかなと理解するようになってきたよ」

「この世には見えない大切なものが存在するのさ。年齢を重ねるごとにそう思うね」

車を運転していた忠がそんな想いにふけっているうちに、博多の駅へと着いた。

「喜多村君、時間は大丈夫か?」

「俺の方は一向に構わんよ」

博多駅の屋上駐車場に車を止めて、駅前の二階のファストフードの店に入った。こんな店には滅多に入ることはないという健は、「あと頼む」とさっさとテーブルに着いた。注文して健の待つ席に座ると、すぐに、

「まだ、大事なことを話してないだろう。隠し事は身体に悪いからな」

「分かるか」

「長い付き合いだからな。分かるさ」

恵子と別れる時に、ドアの前で出したサインのことだった。恵子が取った仕草を真似てやって見せた。

ドアの前で一回、そして玄関に入り、また手を出して、繰り返して最後は玄関のドアの隙間から小さく手を振った。

「新井田、お前は心当たりがないのか?」

「自分の都合の良いように取ると良い解釈になるのだが……」

「自信がないのか?」

忠がゼスチャーのようにやって見せた。右手で胸を触り、その手の指を親指から順に小指まで数え

るように折り曲げた。確認するかのようにゆっくりと恵子はやった。忠に分かるように確認できるようにゆっくりと。

「胸はハート、心だろう。指を折るのは五文字の言葉じゃないのか。例えばサヨウナラとかさ」

「その五文字なんだ。問題は……」

「よく考えろよ」

忠は、恵子が東京での研修が終わって空港に到着した時のエピソードを話した。旦那がかすみ草の花の中に五本の真っ赤な薔薇の花を抱えて待っていたことを。

「その五本とは、一体何なのだ？」

「アイシテルの意味らしい」

「そうか。今度は、お前の方にアイシテルが回ってきたのかも……な」

駅前の雑踏に目を向けたまま、遠い未来に照準を合わせたように、健がぶっきらぼうに言い放った。

「お前よりも長生きして結末を見届けないといけないいな」

「俺はそう簡単には死なんぞ」

「くれぐれも言っておくが、変なことにはなるなよ」

「大丈夫。お互いに大人だから」

健は、中学生の時と変わらずにいられていいなあと言いながらフッと溜め息をついた。忠に気付かれぬように。

二人を知り尽くしている健は、中学の時から、数少ない束の間の出来事を人生の肥やし、いや、生き甲斐として忠たちが生きているのをとても羨ましく感じていた。そして、俺にはできないと思った。ただ二人の友人として温かく見守っていこうと改めて思った。

健は忠と新幹線の改札口で別れて庄内へと帰っていった。忠と会うと、いつも若返る自分が好きだった。そして同じ時代を生き抜いている仲間として最高だと思っていた。お互いがなくてはならない存在と感じていた。

関の山に吹く新しい風

忠が人生の折り返し点を過ぎて改めて思うことは、人生とは大きな括りで出来上がるものではなくて、一瞬一瞬の積み重ねが人生なのだと分かった。だから、その一瞬で大きく変化して人生は進んで展開していく。後戻りはできないから、当然過去には戻ることはない。自分史を考えるに当たって、「束の間」を大切にしたいと思うようになった。「束の間」の幸せ、「束の間」のひと時、この積み重ねが人生を豊かにしてくれるように思えてならない。人生の心構えや生き抜くこと、人生のからくりが少し見えてきたような気がする。一瞬、束の間が幸せに思える時があれば、それで幸せ者になる。要は心の持ちようだけである。

新幹線に乗り込んで名古屋に着くまでの四時間足らずの間は、タイムマシンに乗って過去から現実に戻るのにちょうど良い時間だった。聞き慣れた筑豊弁から名古屋弁に思考が切り替わるのである。忠にしてみれば、先生とのお別れのお参りと恵子との再会は、大切な時間だったが、それに酔っている暇などなく、現実の時間だけが忠の背中を押していた。大きな出来事だったが、世の中から見れば、大勢に影響なしで冷たいものである。日常の生活の中で、その日々は徐々にセピア色に変わっていった。つれないものである。

男の四十代、五十代は働き盛りで何もかもが忙しい。特に恵子との出来事は、大きな河の流れの中で小さな泡が弾ける、そんな関係だった。本当に二人の間に起こったことなのか？ 夢か幻か自信がない時がある。時間の経過と共に。同窓会で会うだけで、その後は何の変化もない。忠が右足の大腿骨を切断した時に健から連絡が入った。「あの人はその程度でへこたれる人じゃないわ。必ず復活するわ」と赤土恵子が言っていたそうだ。平成最後の同窓会で会った時には、忠に、

「私、この二月に心臓が止まって一度死んで復活したのよ。これで長生きできるわ」

清々しく言い放った。二人の物語は続編に突入したと感じて、別れた。

筑豊ハイツの澄んだ空に、間違いなく関の山から風が爽やかに通り抜けていった。時間の経過と共に二人の間の出来事が間違いなく薄れていく。時間が経てば、なおさら薄れて消えていく。子供の頃に水汲みをしていた頃の、バケツの中の泡が弾けるように跡形もなく消える。何の証拠も残さないで消える。これで全てが順調に進んでいる証である。生まれて、歳を重ねて、病を患い、消えていく。自分史で再認識させられ、再び生きることに挑戦している。すなわち、いかに死ぬべきかを探している。

令和二年十一月三十日に忠は七十一歳の誕生日を迎えた。昭和、平成、令和と生き抜いている。自

分史に着手して過去、現在、未来と生きているわけだが、最も大切なことに気付き、唖然としてペンが時々止まった。自分自身が使えるのは現在、一瞬、束の間だけの時間である。そこを疎かに生きてきたような気がして、猛省をしている。現在でも自分が使える時間は束の間、一瞬の時間しかない。それが過去と未来を創り、束の間のこの一瞬の時間の使い方が人生を創り、また岐路にもなる。

六十三歳で右足の大腿骨切断手術をした時、嫁さんが泣きながら呟いた一言、

「一生懸命に生きてきたのに、なんで右足を失うことになったの？」

忠も、神様の悪戯にしては度が過ぎて納得できずに落ち込んだ。しかし、それも束の間だった。なぜかそんな気持ちも、なぜか束の間だった。すぐにもう一人の自分が囁いた。

「なるようになったのだ」

術後二日目から勝手にリハビリを始めると、担当の看護師が聞いた。

「そんなに元気で過ごせるわけは何なの？」

手術をして二週間後に退院。通院で治療を行い、担当看護師に会うたびに、

「落ち込まない原因は？」

「分からん」

この問答で、ふと何かのスイッチが入った。

「なるようになっているのだ」

漠然とだが、必然的に物事が起きているのだと気付いた。右足の手術をする前には、自分の人生を何らかの形にして残したいと考えていた。手術をした翌年の一月末に義足ができて、義足を付けたリ

ハビリを開始する。それと併用して、ヨガ、ストレッチ、呼吸法、瞑想を取り入れた自己流の体操を始めた。一回が時間にして四十五分、それにプラス四十五分の散歩。大雨以外は朝と夕方に体操と散歩を実行している。医者からは、付き添いがいれば散歩を許可するとのことだったが、家族は仕事でいないために一人で毎日行っている。

始めてすぐに四、五回転んだが、幸いにも無傷で済んだ。今は転ぶこともなく、楽しんで散歩に出掛けている。健康な頃の体力に戻りつつある。右半身がこれ以上悪くならないために、実践している。無理をせず歩くのが健康に一番良いことも分かった。楽しく愉快に心を添えて歩くのが、効果が倍増することも経験して分かった。毎日の日課として四、五年続けていた頃に、名古屋の友人から、思い出ノートという自分史を作る仕事を手伝ってほしいという誘いの電話があった。仕事の面で助けてもらった恩人だった。

電話口では断ったものの、珈琲店で会って話しているうちに挑戦してみようとパチンと再びスイッチが入った。看護師がいつも言っていた前向きな性格の原因、その種が見つかるのではないかと。それに並行して今までと全く違う生き方を見つけるために、人生の中間棚卸しを決行した。六十三歳で中間棚卸しは……ないのかもしれないが。自分なりに見えてきたものがハッキリとして、七十歳までに準備をして第二の人生を生きようと決めた。神様、仏様に助けてもらおうとは思わないが、自分を信じて、心と潜在意識と魂をフルに使って生きてみたいとまじめに考えた。その七年も過ぎた。

個人的に師匠と仰ぐ先生が九十二歳で他界。彼の生き方をベースに自分の長生きの考え方を上乗せして、束の間、一瞬を生き抜きたい。要は心の置きどころ次第である。人間として生まれて、いずれか生まれる前の元の世界へと戻っていく。宇宙の原理で考えると成長している宇宙は、その反対には、訳の分からないブラックホールのような世界を土産として残して拡大成長している。成長している宇宙と謎のブラックホールが合体すると消滅するらしい。人間にも当てはまるのか。九十五パーセントが未知の世界で生きている人間だからこそ面白い。

生い立ちからこれまでを小説にした。小説の内容を吟味しているうちに、人生の成果とか結果ばかりを気にしていたのだが、ふっと行程とか、その途中の大切なことに思い当たった。自分の経験、想いを繋げて物語に仕上げるのは、星空に光輝くいろいろなタイプの星を繋ぎ合わせる作業に似ている。十年後に自分史を作ると全く違う話になる可能性がある。当たり前だが良いことも悪いことも全てを肯定し、感謝することは変わらないと思う。その時に心が不幸で貧しいならば、恨み辛みが満載の小説になり、今、現在の心ならば全ての事柄に感謝してハッピーな小説に仕上がると思う。生きてきた事実は変わらないのに、心がどう思うかで決まる。若いうちに気付けば良かったのだが、この歳になって気付いただけでも、よしとしている。死ぬ前に気付いたことに感謝している。

私小説に着手して、つくづく感じることがある。不幸に思っていたことが全て反転した。浄化作用なのか私小説を綴っていると間違いなく、もう一人の自分が確実に現れてくる。だからこそ今からの人生が楽しみになっている。喜怒哀楽を心がうまく処理をして常に幸福に変換できる、やる気のスイッチを持つことができるようになった。楽しんで、余裕を持って生きていける。それを実証して孫に残したい。

この私小説を書いている期間に登場人物の夢をよく見た。脳を刺激しているから当然なのだが、進むにつれて、いつしかそれぞれの魂と会話をしていると信じるようになった。双方の魂が触れ合っているように思えてならない。作家か学者が言っていたとおり、このことが「死後生」なのかもしれない。

炭住の跡地にセイタカアワダチソウが黄色く咲き乱れ、台風の影響で関の山に雨の簾が掛かり、秋の夕暮れに枯れすすきが銀色に輝く。そんな、ふる里、関の山に毎晩魂が戻っているような気がする。ある意味で世間を騒がしているコロナウイルスのおかげなのかもしれない。パソコンで私小説作りに熱中することができて完成した。今後の課題として、肉体生命と精神生命、太陽と月、青春と赤秋にフォーカスして生き抜いてみたい。そして、答えを見つけたい。

私小説に熱中している間は、ふっと時間の外側から自分を見つめている誰かがいた。心地良い束の間の空間だった。生き抜くことに価値を見つけ、自信を得た。少しだけど。精神生命で子孫に、月でふる里の人に、赤秋で自分自身に検証して人生を全うしたい。

日課にしている夕方の散歩に出た。関の山から吹いてくる風の爽《さわ》やかさを感じて歩いていた。

「少しは生き方が分かったか？」

「赤秋の答えを見つけることができそうです」

もう一人の自分が呟いた。

「そうか、楽しみができて、それは良かったな」

右足を失ってから九年が過ぎ、忠の年齢は七十一歳と九カ月になっていた。

さらに私小説と自分史は続く。

令和三年九月末日　新井田忠

この物語はフィクションであり、実在の人物・団体とは関係ありません

著者プロフィール

新井田 忠（あらいだ ちゅう）

1949（昭和24）年11月30日生まれ
福岡県出身、愛知県在住
愛知県碧南高校卒業（昭和44年）
通信制大学卒業（平成10年）

関の山から吹く風

2021年12月15日　初版第1刷発行

著　者　新井田 忠
発行者　瓜谷 綱延
発行所　株式会社文芸社
〒160-0022　東京都新宿区新宿1－10－1
電話　03-5369-3060（代表）
03-5369-2299（販売）

印刷所　株式会社フクイン

ISBN978-4-286-23121-1　JASRAC 出2106862－101